昆明血案後胡錦濤徹底放棄軍權

習近平
軍委布局內幕

「習軍軍委」浮出水面

新紀元周刊編輯部

目錄

習近平軍委布局內幕

序

軍頭集體效忠 一年七次史無前例

2014年12月12日，在前政治局常委周永康被移送司法、前中央軍委副主席徐才厚調查結束後，中共37名最高將領集體在《中國軍法》雜誌撰文向習近平表態效忠。非比尋常的是，黨媒將37名將領的名字一一列出。他們是：

軍委副主席范長龍、許其亮，國防部長常萬全，總參謀長房峰輝，總政治部主任張陽，總後勤部部長趙克石，總裝備部部長張又俠，海軍司令員吳勝利，空軍司令員馬曉天，第二炮兵司令員魏鳳和，總後勤部政委劉源，總裝備部政委王洪堯，海軍政委劉曉江，空軍政委田修思，第二炮兵政委張海陽，軍事科學院院長劉成軍，軍事科學院政委孫思敬，國防大學校長宋普選，國防大學政委劉亞洲，國防科學技術大學校長楊學軍，國防科學技術大學政委王建偉，瀋陽軍區司令員王教成，瀋陽軍區政委褚益民，北京軍區司令員張仕波，北京軍區政委劉福連，蘭州軍區司令員劉粵軍，蘭州軍區政委苗華，濟南軍區司令員趙宗岐，濟南軍區政委杜恆岩，南京軍區司令員蔡英挺，南京軍區政委鄭衛平，廣

州軍區司令員徐粉林，廣州軍區政委魏亮，成都軍區司令員李作成，成都軍區政委朱福熙，武警部隊司令員王建平，武警部隊政委許耀元。

這無疑是習近平軍隊班底大亮相。讓外界震驚的是，這已是中共軍頭們一年內至少第七次集體效忠習的公開表態。

第一次是 2014 年 3 月 7 日，中共軍報以兩個版面發表了包括七大軍區、空軍、海軍、二炮、總後、總裝、軍科、國防大學、國防科大的政委在內的 18 名中共將領參加第一期研討班時的發言摘登，表態效忠習近平。

就在這一周之後的 2014 年 3 月 15 日，徐才厚被正式調查，並在當天軟禁在 301 醫院。

4 月 2 日是第二次。中共七大軍區司令員、空軍司令員、二炮副司令員、武警部隊司令員在內的 18 名軍頭，在《解放軍報》發表署名文章，集體表態「效忠」習近平。該報以兩個整版刊登了這些軍頭們以個人名義表態，這在中共改革開放 35 年來前未有過。人們預感將有事情發生。

4 月 18 日，中共各軍區副司令、總政主任助理、總參謀長助理等 17 名副職將領發表署名文章，再次集體向習表「效忠」。這些代表了軍隊副職們的表態。

6 月 30 日徐才厚被宣布落馬，7 月 2 日，中共軍報報導，總參謀部、總政治部、總後勤部、總裝備部和各大單位要求官兵看徐才厚被查的相關新聞報導。隨後，中共軍方上下表態向習效忠。

9 月 21 日，習近平從印度回國後，立刻召開中共全軍參謀長會議，22 日習近平與會議代表見面。當天《解放軍報》刊載了包括海、空、二炮、七大軍區及武警部隊共 11 個正大軍區級單位

表態擁護習的文章。

11月3日，中共軍報刊發包括副總參謀長乙曉光及七大軍區、空軍、海軍、二炮、總政、總後、總裝、軍科、國防大學、國防科大軍頭在會議上的集體發言摘錄，各軍頭紛紛表態支援習在軍中反腐和肅清徐才厚影響。

這次12月12日的37個軍頭集體再度表態，是習近平上台後，第七次大規模軍頭集體表態，也是中共竊政以來的首次。

中共每到政局劇變關頭，「槍桿子」輿論屢屢先行。如1978年12月底中共11屆三中全會決定所謂「改革開放」後，各大軍頭曾表態支持鄧小平。1992年，鄧小平「誰不改革誰下台」的南巡講話之後，楊尚昆、楊白冰兄弟率各大軍區軍頭對第二輪「改革開放」表態。

習近平掌軍兩年，在拿下薄、徐、周之後，史無前例的大規模軍頭集體表態，顯示目前習江博弈異常激烈，政局敏感，更隱藏中南海分崩加劇的危機。

徐周將被重判 其後還有大老虎落馬

12月6日，在周永康被捕當天，大陸門戶網站「網易」發表文章《揭祕各國如何審判卸任領導人》，盤點了法國、韓國、埃及、印尼等國卸任領導人被審判的情況。此前，6月30日中共前軍委副主席徐才厚落馬後，新華網也曾發表署名博客文章《法國檢察機關為何敢調查前總統？》。

12月10日晚，《人民日報》發文盤點中共歷史5個高級「叛徒」均被處死的結局，其中包括中共前總書記向忠發叛變被處死

等內容，被視為官方可能以此暗示周的下場或與中共歷史上的那些「叛徒」一樣。

12月10日同一天，中共軍報批徐才厚是政治投機主義的「兩面人」，「用面具掩蓋骯髒靈魂和醜惡行為」；而這樣的「口言善，身行惡」的「兩面人」在歷史上被稱為「國妖」，治國者要「除其妖」。

這二人在同日被官媒發文批判，用詞之強烈，在近兩年落馬高官中前所未有；評論認為，習近平當局意圖向外界釋放二人的政變罪名；而懲辦「叛徒」，清除「國妖」，背後則透露出或將判處兩人死刑。

另外，11月23日，大陸時政微信帳號「察時局」發表文章稱，官方正在加速辦徐才厚案，仍將有人在徐案中落馬，「最近一些動向顯示，軍中正在打另一隻『大老虎』，或將適時公布。」。

海外媒體一直有報導，早在2013年調查徐才厚的同時，針對另一「大老虎（指江澤民）」的情況正在大範圍調查，「這隻『大老虎』現在已經形同被軟禁」。

一些有中國官方背景的媒體，如《鳳凰周刊》等已經公開刊文《國賊徐才厚》和《谷俊山貪腐內幕》，並用代號X、Y、Z來暗指谷俊山的黑後台，而徐才厚、谷俊山都是中共前軍委主席江澤民的心腹，被視為江澤民的「軍中最愛」。

中南海多次釋放針對江澤民的信號

在拿下徐才厚後，習近平10月底在福建古田召開軍方會議，聲稱要對徐才厚「徹底肅清影響」及軍中反腐。

中共高層在採取重大政治行動之前，都需要獲得軍方的支持和表態，這種情況在過去也經常出現。現在軍方所有高級將領都發文表態支持習近平，一個是顯示出習近平對軍權掌控越來越穩固，還有就是可能將開始重大的政治行動。有分析認為，很可能前軍委副主席郭伯雄、前國防部長梁光烈，會像徐才厚那樣被懲治落馬。

也就是說，江澤民時代的三大軍頭都將被習陣營懲治。

習近平和江澤民的激烈博弈已經成為 18 大之後中國政治經濟的焦點。中通社引述北京權威消息稱，習近平在 2014 年 11 月召開的中央外事工作會議上，就進一步打大老虎脫稿「放出狠話」，「令在場人士均感到震驚」。習說，周永康案「絕不是句號」。

周案之後，習近平、王岐山的反腐重點放在「三大深水區」，即軍隊、國企、海外。其中軍隊首當其衝被確定「深挖」。挺習的軍中太子黨、中共國防大學政委劉亞洲 11 月也曾表示，查出徐才厚、谷俊山等軍老虎，「只是開始」，後面落馬的高官還很多。

逮捕江澤民的「誓師大會」

中共軍隊 37 名高級將領集中撰文挺習近平，被視為是習近平陣營逮捕江澤民的「誓師」之舉。高級將領撰文表態挺習，2014 年已有 7 次之多，撰文將領軍銜權位之高、表態之密集，已屬 1927 年建軍以來之僅見。這次表態更有其新特點：

第一，這次表態的 37 將領全面覆蓋中共軍隊最高級別的兩個領導層：一級領導層（軍委）和二級領導層（四總部、軍兵種、

大軍區、最高軍事學府）。換言之，中共軍隊第二把手至第三十八把手集體表態挺第一把手。徐才厚、周永康已是死老虎，不需習近平再費太多時間和精力。即使抓捕郭伯雄、曾慶紅之流，再如前6次表態形式即可。如此全編制、全陣仗、全體將領集中表態，只有對（前）最高領導人動手才有此現實需要。逮捕江澤民的大戲即將開演！

第二，這次將領都以（或同時以）個人名義表態效忠。例如，魏鳳和、張海陽分別是二炮軍、政主官，都有資格如以往那樣代表二炮撰文。遇到特別重大事件，兩人聯名代表二炮撰文也就行了。而這次軍方顯然還有以個人名義表態的要求，這可能是「軍委主席負責制」將要逐級下伸的一個信號。

第三，總參謀長房峰輝這次表態時提到，黨指揮槍、槍服從黨的原則和實踐具有其「唯一性、徹底性、無條件性」。預計此「三性」將成為中共軍方媒體的流行用語。在中共軍隊中，總參謀長的地位僅在軍委副主席之下。

序

習近平軍委布局内幕

第一章

江澤民腐敗治軍埋惡根

江澤民故意放縱將官大肆斂財，得了好處的人，自然對江感恩戴德。江用這種方式換得軍隊對他的忠心：誰忠於他，他就給誰貪腐的特權。於是，腐敗治國，成了江澤民穩坐釣魚台的「成功之道」，但受害的卻是人民。（Getty Images）

第一節

中共中央軍委的迷思亂象

　　2014 年 6 月 30 日下午 6 點多，中共官方突然宣布退休不久的前中共軍委副主席徐才厚被開除黨籍，並被移送司法。同一天，前政治局常委周永康的親信蔣潔敏、李東生、王永春等江派三高官也被開除黨籍。

　　對於一直被封鎖信息的大陸百姓來說，這無疑是個驚雷。以往經常出現在電視上、倍受官方宣傳吹捧的官員，一下變成了貪腐犯，落差極大。不過，有機會「翻牆」出來看網路新聞、或擺脫怕心，敢於到香港、澳門、台灣買「禁書」的民眾並不吃驚，因為《新紀元》等港台媒體早在 2 年前就報導了徐才厚的貪腐、政變、謀殺等系列罪行，如今的官方宣布只能說是遲來的信息了。

　　當時《新紀元》獨家報導了《習近平政治局發火 江澤民急赴北京》的消息。徐才厚的突然落馬令江澤民措手不及。7 月 2 日江乘坐專列從上海趕到北京，想見習近平，哪知被習以要準備出

訪韓國為由，拒絕了。

十多年來，徐才厚一直掌管著中共軍隊師長以上高層將官的人事變動，至少有 500 多將領涉嫌捲入徐的買官賣官交易中。作為江澤民在軍中的頭號代言人，徐才厚的落馬無疑掀開了習近平在軍中拔除江澤民勢力的序幕。

有人說，徐才厚的落馬給中共軍隊的人事布局帶來巨大衝擊，不過真實情況是，徐才厚的落馬只是習近平設法掌控軍隊、重新布局中共中央軍委的全過程中的一個環節，隨後還會發生更多大大小小的變動，把這些變動串起來，就是一幅習近平整肅軍隊的示意圖。

讓我們從頭來整理、分析這個過程。

「中央軍委」頭銜的迷思

在迷信暴力、崇尚「槍桿子裡面出政權」的中共專制殘暴思維裡，誰掌控了軍隊，誰就掌控了中共黑幫。習近平自從 2012 年 11 月在中共 18 屆一中全會當上中共中央委員會總書記及中共中央軍事委員會主席之後，表面上他是中國共產黨和中華人民共和國的最高領導人，不過在實際權力的掌控中，並非如此。

在中共體制中，「中央軍委」一詞包含兩個含義：一是中共政黨系統的「中國共產黨中央軍事委員會」，一個是國家系統的「中華人民共和國中央軍事委員會」。在世界任何一個地方，一個政黨全面附體在國家肌體上，一個黨派掌控了整個國家，這種畸形體制，只出現在共產國家，在正常人類社會中，「國家」與「政黨」理應是分離的。

由於黨、國不分，中共的中央軍委實際上掌控著中國的所有武裝力量：一隻由「軍、警、民」三部分構成的暴力機器，也就是「中國人民解放軍（包括現役部隊和預備役部隊）、中國人民武裝警察部隊（由國務院與中央軍委統轄的「國家憲兵」）、中國民兵」三部分。

從 1983 年成立以來，國家中央軍委與中共中央軍委一直是「一個機構兩塊牌子」，不過由於中共的黨代會往往比全國人民代表大會的換屆提前半年，於是在這半年的過渡期中，有時中國會出現兩個不同組成的軍委，而且那個黨派的中央軍委主席一旦上任，往往不等中共全國人大召開就提前頒布命令，或任命上將。這種現象無疑是違背了憲法，為法律界人士所詬病。

如 2004 年 9 月，中共中央軍委主席胡錦濤授予張定發及靖志遠上將軍銜，但當時國家中央軍委主席為江澤民；2012 年 11 月，中共中央軍委主席習近平授予魏鳳和上將軍銜，但當時國家中央軍委主席為胡錦濤。

事後人們發現，這種「迫不及待」的任命大都和政局動盪相關。被提前晉升上將的張定發，並不是胡錦濤的人馬，相反，他是後來奉江澤民命令在黃海暗殺胡錦濤的江派心腹。這道命令與其說是胡錦濤新官上任的初啼，不如說是胡錦濤被江澤民「政治綁架」的生動展示：胡錦濤不得不聽從江澤民的命令，提拔仇恨自己的人。而魏鳳和的上位，則和習近平上台後急於建立自己的軍委班子密切相關：魏鳳和只有被提拔為上將後，才有資格進入習的中央軍委。

其實，中共違背憲法的做法比比皆是。比如《憲法》第 29 條稱，「中華人民共和國國家的武裝力量屬於人民」，但《國防

法》第 19 條又規定：「中華人民共和國的武裝力量受中國共產黨領導」。到底是人民指揮軍隊，還是政黨指揮軍隊，紙面上誰也說不清。

中共制定的憲法也不斷變換。如《1954 年憲法》規定：「中華人民共和國主席統率全國武裝力量，及兼任國防委員會主席」也就是國家主席管軍隊，因為那時毛澤東是國家主席；《1975 年憲法》又規定：「中國共產黨中央委員會主席統率全國武裝力量」，變成了黨主席管軍隊，因為劉少奇從 1959 年到 1968 年間當了國家主席兼國防委員會主席，毛澤東為了自己掌控軍隊，隨意改動憲法。

1976 年華國鋒上台後，《1978 年憲法》規定：「中國共產黨中央委員會主席統率中華人民共和國武裝力量。」等到了《1982 年憲法》，又規定：「中華人民共和國中央軍事委員會領導全國武裝力量。」由主席個人變成了一群人，因為 1981 年到 82 年間，中共中央主席是胡耀邦，而退休後的鄧小平為了握有發言權，占據軍委職位，由軍委來掌控局勢。等到了後來，鄧小平憑藉一個「退休老人」的身分，在自己家中就可撤換國家主席、中共黨主席等，關鍵原因就是鄧小平的親信掌控著軍隊。

等到了 2002 年胡錦濤以「隔代指定的接班人」身分當上中共黨魁時，他的政治宿敵江澤民卻還占著中共和國家雙重中央軍委主席的職務，直到兩年多以後，胡錦濤才具有軍委主席的名分，但那時在徐才厚、郭伯雄、梁光烈等江派軍頭的夾擊下，胡錦濤只有提拔少將的實權，等到胡快退休前的 2013 年，胡才真正掌控軍隊。

當時海內外、軍內外都一致認為，胡錦濤會學江澤民，再當

兩年軍委主席之後，才把軍權移交給習近平。不過，18 大前一系列意外的事發生了，於是，習近平掌控中央軍委的過程也大大改變了。

在介紹胡錦濤為何主動放棄軍權之前，讓我們回顧江澤民給後來繼位者留下的是怎樣一支軍隊。

第二節

江出三大惡招來治軍

一葉知秋，從前中共中央軍委
副主席徐才厚身上就能看出江
澤民腐敗治軍的結果。（大紀
元資料室）

俗話說「一葉知秋」，從徐才厚身上就能看出江澤民腐敗治軍的結果。徐曾任中共中央軍委副主席長達十多年，是中共解放軍思想政治工作的總負責人，也是全軍反腐敗的總負責人，不過據海外媒體披露，光從徐才厚家搜查出的資金財物總價值就超過16億人民幣，徐家錢多得無法點數，只能用秤來秤重量了。

據香港《動向》雜誌報導，2014年6月27日下午，徐才厚被抓捕時，從其及家屬、女兒5個住宅——北京二幢、大連一幢、山東濟南一幢、珠海一幢，所搜抄到的資金、財物超過16億元。文章並披露了相關抄查清單：

1. 在5家國有商業銀行有17個帳號，14個是以假名開設的。14個假名開設的帳號內共有3億3500萬元。

2. 在6家地方發展銀行有12個帳號，全部以假名開設，共

有存款 4 億零 300 萬元。

3. 在 5 家外資銀行有 10 個帳號，8 個是以假名開設，共有存款 2 億 2200 萬元。

4. 在濟南一幢別墅花園中一口井底抄查到美元 480 萬，歐元 400 萬，英鎊 80 萬。

5. 在珠海一所作為冬季避寒的別墅臥室中的席夢思床墊內藏有 8650 克黃金。

6. 徐才厚的妻子名下持有 20 幢住宅，女兒名下持有 15 棟住宅及一幢位於北京二環線內十多層的商用大樓。僅住宅和商用樓的市值就達 4 億 8600 元至 5 億 1200 萬元。

此前 2006 年，前海軍副司令、解放軍總後勤部基建營房部部長王守業，也被查出收回 1.6 億人民幣，包養 5 名情婦，最後王守業被判處死刑，緩期兩年執行。

相比於王守業，徐才厚的貪腐金額將近 10 倍。為何中共軍隊腐敗如此嚴重呢？究其根源，還是江澤民擔任軍委主席那十年埋下的惡果。

1989 年，北京、天津、上海等地很多大學生帶頭站出來反對官員利用手中職權謀取私利，遭到中共用坦克、機關槍的方式血腥鎮壓。當時，無才無德的江澤民，靠查封《世界經濟導報》而被鄧小平看中，成為中共名義上的最高領導人，統管黨政軍。

在西方民主國家，軍隊不屬於任何政黨，而只屬於國家。軍隊以維護人民利益和保衛領土完整為天職，不介入政黨之間的爭鬥。民主選舉中，不論哪一黨派當選，軍隊仍然保持中立，如此也就有效維持了國家的穩定。然而在中國，所有暴力機器、包括軍隊、公安等，都屬於共產黨，軍隊成了謀取一黨私利的工具。

中共宣揚「支部建在連隊上」，毛澤東提出所謂「黨指揮槍」的理論，原因就在於此。於是，上位後的江澤民極力掌控軍隊。

江澤民收買人心的辦法主要有幾種：

一、加官晉爵 拉幫結派

在正常國家裡，軍隊晉升靠的是保家衛國、英勇奮戰的事績。而江澤民的標準卻是：誰聽自己的命令就加封誰。於是，張萬年、郭伯雄、由喜貴的提升模式在軍中廣為流傳，最典型的是 47 軍軍長郭伯雄，在江澤民午睡時站崗，就站出了一個軍委副主席！

自 1988 年中共軍隊恢復軍銜制以來，到 2004 年江澤民從軍委主席的位置退下，中共共授予 96 名上將，其中鄧小平授予 17 名，江澤民授予了 79 名。江加封的少將、中將更是如同兒戲。

據《江澤民其人》一書披露，1996 年 1 月 23 日，江澤民一時高興，對旁邊人說：「今天我們來封它幾位上將，高興高興，怎麼樣？」左右趨炎附勢，答覆當然是再好不過。於是江即時就封了 4 名。二炮政委隋永舉就是在這一天從中將爬上了上將。在 1997 年 10 月 24 日這一天，江澤民就提升了 152 名將軍，高幹子弟和有裙帶關係的更成了江澤民拉攏的對象，到 1997 年江澤民一手冊封了各級將軍 530 名。

當中共軍隊老幹部從電視轉播中看到江澤民單用一隻手頒發命令狀時，氣憤地說：「江澤民連起碼的規矩都不懂。」2004 年 6 月 20 日，在江澤民快下台時，又授予 15 個軍官上將軍銜警銜，其中包括他的親信由喜貴。

很多中共軍官議論說，這樣提拔人，軍隊能不爛嗎？

二、縱容走私貪污

1980 年代，由於軍隊人數龐大，中共財政無力承受，於是軍隊開始經商，所謂「以軍養軍」。等到了江澤民時代，江一方面故意放縱將官大肆斂財，讓他們中飽私囊，得了好處的人，自然對江感恩戴德，另一方面江用這種方式換得軍隊對他的忠心：誰忠於他，他就給誰貪腐的特權，誰要不聽他的話，他就剝奪這個特權，並用「黨紀國法」來處罰誰。於是，腐敗治國，成了江澤民穩坐釣魚台的「成功之道」，但受害的卻是人民。

當時東南沿海軍隊走私比海盜還猖狂，北方軍隊走私比響馬還厲害。朱鎔基在一次「反走私」會上講：光 1998 年上半年軍隊開槍、開炮打死海關緝私人員及公安武警、司法人員 450 人，打傷 2200 多人。他們還動用軍方氣象台來服務，冒用總理簽字，隨便蓋上軍委副主席大印就冒領 20 億，事情到江澤民那裡就被壓下了，軍隊的惡行真使海盜、響馬、地方貪官皆望塵莫及。

1998 年 7 月 26 日，北海艦隊四艘炮艦、兩艘獵潛艇、一艘 4000 噸運輸艦，對 4 艘來自北歐的裝滿 7 萬噸成品油的走私油輪，進行保駕護航。

無巧不成書。行經 104 年前甲午海戰的海域時，撞著了中共公安部和全國海關總署調來的 12 艘緝私炮艇。緝私艇向海軍喊話，要求海軍配合其執行公務，也就是搜查。海軍回答，除非有中央軍委、海軍司令部的命令，否則你們不可造次！

雙方對峙了約 15 分鐘。在這 15 分鐘裡，為走私油輪護航的海軍緊急向上請示，上司不敢作主，又向北京軍隊高層請示。北京給的命令很簡單，也很乾脆：「給我打，打他個稀巴爛！」

於是，海軍一艘炮艦迅速對準海關和公安的指揮艇，發射數發機關炮。幾乎同時，海軍的運輸艦和其他三艘炮艦，開足馬力，撞向緝私艇。雙方交戰歷時 29 分鐘，總共造成 87 人死傷。不過，事過之後，不了了之，沒有人受到任何處罰。

1998 年 7 月 13 日中共中央開會，朱鎔基證實中共統戰部走私汽車 1 萬輛，與政協黨組合夥分贓 23.2 億元人民幣。1998 年 9 月，朱鎔基曾說：「近年每年走私 8000 億，軍方是大戶，至少 5000 億，以逃稅為貨款的三分之一計，便是 1600 億，全未補貼軍用，八成以上進了軍中各級將領私人腰包。」中共軍隊真可堪稱為中國的「走私大戶」。

軍中走私物品無所不有，甚至包括毒品。據英國廣播公司（BBC）2001 年 3 月 28 日消息，菲律賓國家安全顧問戈萊日表示，在中國東部 5 個省內有些非法毒品製造廠由中共軍隊人員經營，每年提供菲律賓價值約 12 億美元的「冰毒」。戈萊日希望中共能夠制止毒品運送到菲律賓。他說，若中國毒品走私減少 50％，菲律賓的毒品問題就可以解決一半。後來菲律賓政府不得不多次派代表去北京協商這個問題，抗議江澤民掌控下的軍隊走私毒品。

軍隊走私，只是軍官們發財的一條捷徑；而另一條捷徑，就是藉軍隊經商，乘機大撈特撈。

中共南京軍區下面有一個火箭炮營，該營有一名上尉成立了一家「宜興中國人民長城公司」，以豐厚的分贓條件，從銀行貸得巨款，僅僅上尉軍階就貪污了 3 億！軍委辦公室主任董良駒一人 9 幢豪華別墅分別建於全國名勝之地，一人 15 輛豪華轎車；廣州軍區司令員以經濟實體資金買 6 幢花園別墅，4 輛豪華轎車；軍事科學院副院長從義大利進口私人住宅裝飾值 12 萬美元；二

炮副司令，安排家屬到歐美逛商場，購物花銷了 25 萬美元；廣
州軍區 7 名軍級幹部，搬個家，花巨資裝修，衛生間設備全從義
大利進口，花費 120 萬美元，平均每戶衛生設備 18 萬美元。

1998 年 11 月，時任中共國防部部長遲浩田也公開承認：「1994
年以來，軍隊所辦經濟實體的資本及收入 80％以上被高、中級幹
部挪走私分，每年軍費中有 50％以上是花在高、中級幹部吃喝、
出國旅遊、修建豪華住宅、購買豪華轎車上。」

中共對外公開數據，1998 年軍費加超支共 1311 億，50％是
655.5 億，加上從軍中經濟體挪走的共計貪污公款 1863.5 億，也
就是說軍中幹部 1998 年揮霍相當於當年軍費預算 940 億的兩倍！
至 1999 年 3 月底立案貪污、挪用、攜公款外逃等大案 2170 多宗，
那年已有 24 名少將級或以上軍官挾巨款外逃海外。

1996 年朱鎔基提出軍隊應當禁止經商，但並未得到江的支
持。1998 年問題越來越嚴重，朱鎔基再次要求禁止軍隊經商。

當時江澤民也察覺，再這樣腐敗下去，自己的位置也坐不穩
了，同時江澤民害怕軍隊經商會給軍人帶來更大的獨立性，不利
於江的控制，因此也希望斷了軍隊的財路，令軍隊不得不在經濟
上依靠江來撥款，聽令於江。於是，在 1998 年 7 月，江才宣布
軍隊、武警、政法和公安系統不准再經商。

三、分贓不均 互相殘殺

停止軍隊經商，把軍企交給地方時，原經濟實體的資產就在
軍中瓜分了。已經鑽到錢眼兒裡的軍隊、武警為分錢、分贓，更
頻繁爆發武鬥，用槍、用炮甚至動用裝甲車，相互殘殺。

比如廣東軍區和南海艦隊的頭頭持有幾個酒吧，瓜分財產時有爭持，席間雙方將士一言不和，就各自用酒瓶擊打對方的頭，流血者甚眾，而廣東軍區後勤部唐姓處長和海軍湛江基地政治部肖姓主任，二人皆因流血過多，砸出腦漿而喪命。

13 軍副軍長崔國棟於 1998 年 11 月 28 日飛往西昌，向西昌軍分區後勤部宋姓副部長索要 2000 萬元。二人發生爭吵，宋副部長掏槍射擊，軍長崔國棟與警衛蔣國民應聲倒地。

湖北咸寧的「空六五六基地」雷達站大爆炸，1000 多官兵與十多架直升飛機救火，死傷慘重。事故起因是，曾在 1996 年向台灣海峽發射中程導彈的雲南楚雄導彈基地，其後勤處倉庫主任將上級貪污到手的贓款，雁過拔毛，經手三分肥因而被上級苦整，於是趁 1998 年 4 月 5 日星期日營中無人，心懷報復到儲藏室放火，大火從早晨燒到下午二時，死傷 120 多人，損失無數。

在江澤民的掌控下，中共軍隊沒有死在戰場上，卻倒在了人為財死的烽火中。下面就東、南、西、北、中地區各舉一例。

東面：華東軍區屬下安徽省軍區，合肥市警備區和安徽省武警總隊，三方合夥經商，辦移交前三方財政由省軍區掌管，安徽軍區首長移交前先吞沒四分之三，餘四分之一瓜分。不服者動槍，在省軍區禮堂三方混戰，僅軍官就傷亡 30 多名。

西北：蘭州軍區與甘肅省軍區合營經商。1999 年 1 月 15 日，眼看辦經濟實體移交，蘭州軍區派軍隊去省軍區搶走 30 多輛嶄新轎車。幾乎同時，省軍區也出動兵車、載重汽車多輛到蘭州軍區「零七五」倉庫搶鋼材，雙方窄路相逢，彼此開火，傷亡 72 人，打死軍官 12 人。

西南：遵義駐軍與貴州省軍區為爭奪 260 萬元在駐軍大樓發生槍戰，傷亡 90 餘人，打死官兵 52 人。

東北：遼寧錦西駐軍與二炮部隊合營經商。移交前，錦西駐軍先吞 50 萬，二炮全員出動，將駐軍大樓包圍 70 多個小時。幸而導彈不能近戰，嚇得瀋陽軍區司令員，二炮司令員乘直升飛機如喪考妣，奔赴現場。

1997 年 9 月 7 日晚 11 時，瀋陽警備區、39 軍 116 師、遼寧省武警三家為瓜分 1.2 億元利潤，開槍混戰出動軍隊 350 人、37 輛軍車、兩輛裝甲車。116 師出動 250 名官兵，機械化團蔣副團長第一槍便喪命。武警死傷 40 多人。

西面：1997 年 11 月 22 日中午，山西省大同市郊西坪的 28 軍，軍部被炸，東一樓被炸毀，死亡軍人 63 名，包括軍黨委辦公室主任鞏大校。

中部：號稱亞洲最大、世界第二的中共空軍飛機儲存中心，位於河南省南陽的社旗，1990 年 8 月動工，1994 年 12 月完工，耗資 80 億。該中心有二層式飛機洞庫 20 個，可儲 350 架飛機，地面停機坪可停 160 架戰鬥機、強擊機和轟炸機。

1996 年 8 月 3 日晚 11 時，該中心西南 7 號值班室，兩軍人為參與外面另一軍事單位經商所得贓款分配不均而爭吵，進而動火器引發爆炸，繼而引發火災，又進一步引發更大爆炸、火災，形成連環套：炸了燒，燒了炸，整整地燒炸 8 小時，直到次日 8 月 4 日晨 7 時 20 分。

事件共造成 81 架飛機炸毀，90 名軍人傷亡，直接軍事損失 11 億。當時中共只有 5000 架飛機，這一下損失 1/60 ！

儘管中國老百姓負擔的軍費開支逐年增加，但中共軍隊除了私自牟利，還大肆進行「軍官、幹部減肥運動」，分「連營」、「團師」、「軍」三級，減 5 公斤以上者獎 1000 至 2000 元；減 7.5

公斤以上者，獎 2000 至 5000 元；減 10 公斤或以上者，獎 5000 至 1 萬元。

江澤民如此治軍，中共軍隊越發腐敗。

四、聲色犬馬 縱欲奢靡

江澤民不但自己淫亂，還把整個大陸、軍隊都變成了淫窩。軍隊的文工團幾乎成了中共高級軍官們公開的「後宮」，軍隊借用特權開辦色情服務業更是如雨後春筍。僅 1995 年總參三部屬下就有 15 間娛樂場，編制外招聘 476 名「六陪」女郎。

到了 1997 年，這些燈紅酒綠、尋歡作樂的場所達到高峰，據說還分等級：特級、高級、次高級，全年每天 24 小時提供服務，天天「客滿」。特級的、高級的場所，還配備醫務所，並有高資歷的軍醫服務，還有急救醫療設備和救護車。特級俱樂部還配備有急救用的「直九」型直升機。內部設施都十分講究、豪華。「服務員」、「協理員」、「護理員」等工作人員，全部是未婚女姓，都經過「政審」從軍警文工團、軍警衛生學校、中小城市黨政機關中挑選出來，再經過文化、文藝、禮儀、社交等培訓。

為了獨霸軍方，江澤民在曾慶紅的出謀劃策下，不但用離間計把楊尚昆、楊白冰兄弟倆趕下台，而且在鄧小平死後，還利用他控制的解放軍總醫院（301 醫院），害死楊尚昆。

1998 秋，楊尚昆得了感冒，住進了 301 醫院，不久後就傳出楊尚昆突然去世的消息。楊家人指控是江害死楊尚昆的，但中共官方一直拒絕調查其死因。

《孫子兵法》曰，無能而又逞能、貪權、貪財、膽小、言而

無信、殘暴、自私之中。仔細觀察，江澤民哪條沒有沾上？他挑選、培養出來的軍頭們大肆貪腐，也就不奇怪了。上樑不正，下樑必歪。

雖然中共軍隊在 1998 年後禁止經商，但後來又怎麼出現王守業、谷俊山這樣的巨貪呢？

答案包括三方面。一是土地。軍隊雖然沒有了企業，但還有很多土地，這些土地不歸國家所有，而是有軍隊占有。軍隊土地的來源一是 1949 年後，中共接收了國民黨遺留下來的資產，另一方面，在 1953「鎮反」、「肅反」把那些所謂的反革命分子處死之後，軍隊沒收他們的財產土地歸為己有，再加上 1956 年所謂資本主義工商業改造運動中，大批城市裡的，尤其上海、北京、南京、廣州一些非常好的土地的地段，全部被共產黨奪走，其中一部分被中共軍隊瓜分了。

二，土地能賣錢，軍隊的官銜也能賣錢。如今中共軍隊的腐敗程度，到了讓人不可思議的地步。誰家孩子想當兵了，得給武裝部長送禮，到了軍隊裡面，士兵升班長要拿錢買；入黨要拿錢買；升官要拿錢買；提拔讓你到軍事學校讀書，也要錢買；團長升師長，師長升軍長，統統要錢買。連曾任中共國防部副部長陳賡之子因為沒送禮，無法提為中將。

三，藉生物工程和現代醫學，販賣人體器官和人體組織結構。在徐才厚任軍委副主席、谷俊山任後勤部副部長時，谷俊山掌控軍隊醫院，直接參與了偷盜、販賣人體器官的罪行。這是一個號稱「無本萬利」的買賣，本書第十章、第十一章獨家曝光這個發生在我們眼皮底下的人間最邪惡之事。

第三節

驚人相似的解放軍與北洋水師

2014 年 7 月 25 日,適逢中日甲午戰爭 120 周年。8 月,海外網路上流傳陳破空的新書《日美中亞洲開戰》中對比中共軍隊在這 120 年前後變化的文章。轉載如下。

硬實力比拚:從日清到日中

1888 年創立的北洋水師,是清廷「洋務運動」和「富國強兵」的產物。因為裝備先進和規模巨大,當時名列亞洲第一、世界第四,其實力,大大超過當時的日本海軍「聯合艦隊」。中共人民解放軍,在中共「改革開放」、經濟起飛的背景下,借助「強國夢」和「強軍夢」,實現了現代化的「大躍進」,如今也名列亞洲第一、世界第四(根據英國《簡氏防務周刊》2013 年全球最新軍力排名),其規模與實力,也遠遠超出如今的日本海上自衛隊。

對比在黃海交戰的清國北洋水師與日本聯合艦隊：北洋水師擁有各類軍艦 12 艘，聯合艦隊擁有各類軍艦 10 艘；北洋水師的重炮和大炮數量為聯合艦隊的 2 至 3 倍；聯合艦隊僅在輕炮和速射炮方面占優勢。除清國海軍比日本海軍強大之外，清國還擁有陸軍 100 萬人，日本只有陸軍 20 餘萬人。

如今的中共解放軍海軍，擁有 65 艘潛艇（其中 9 艘核潛艇）、31 艘驅逐艦、61 艘護衛艦、數百艘導彈艇和兩棲船，以及 1 艘航空母艦。海軍人數 23 萬 5000。如今的日本海軍，即海上自衛隊，擁有 16 艘潛艇、41 艘驅逐艦、2 艘護衛艦、6 艘巡防艦、以及 1 艘被稱為「準航空母艦」或「輕型航空母艦」的直升機戰艦。海軍人數 4 萬 5000。除海軍之外，中共還擁有陸軍 125 萬、空軍近 40 萬，日本僅擁有陸軍近 16 萬、空軍 4 萬 7000。論軍費開銷，中國排名世界第二，日本排名世界第五。

國力方面，日清戰爭時，清國經濟總量居世界第一，日本經濟總量只有清國經濟總量的五分之一；占世界總量的比例，清國為 17.6％，日本為 3.5％。如今，論經濟總量，中國排名世界第二，日本排名世界第三。占世界總量的比例，中國為 11％，日本為 8.3％。

貪污軍費，中飽私囊

清朝政府撥給北洋水師的軍費中，彈藥、保養、訓練三項費用中，多數被北洋水師的各級將領所貪污。身為北洋水師司令官（當時稱提督）的丁汝昌，帶頭中飽私囊，完全忽視炮彈儲備，還在電報中告訴清廷後勤部門：「炮彈已多得無處擺放，只撿緊

要的運即可。」直到日清戰爭前 3 個月，才急忙購買炮彈，以至於，開戰時，炮彈不足，其中兩艘主力艦主炮只有三發開花彈。

許多艦長（當時稱管帶）以權謀私，把軍事訓練、保養船械等款項全部鯨吞，致使船械「應換不換」，「應油不油」。時任清廷直隸總督（相當於首相）的李鴻章，視察北洋水師時，愕然發現有石頭冒充的炮彈。

「定遠」艦的炮術長，出航時帶上侄子，到艦艇上混補貼。不僅官兵腐敗，連北洋水師修理所的工匠，都不例外。這些工匠，收入遠高於一般工人，卻仍然在北洋艦隊身上揩油。一位名叫楊貴光的工匠，就對家裡人這樣說：「我經常從修理所帶出一些雜鐵，賣給街上的鐵匠，也能撈些外快。」

如今，中共政府每年公布龐大的軍費開支和高達兩位數的增長後，其具體流向，就不為外界所知了。解放軍軍費開支，分維持性開支、軍人生活費和裝備費三大塊。各級將領、軍官層層貪污。尤其軍備生產與採購，涉及回扣，是個無底洞。2002 年，中國從俄羅斯購買兩艘「現代級」驅逐艦，原價 6 億美元，但俄羅斯從「北方造船廠」轉手給「波羅的海造船廠」，再賣給中國時，價格居然炒到 14 億美元。中方之所以心甘情願「挨宰」，因為價格越高，中國採購官員所獲回扣越高。

解放軍腐敗，原先很少查處。近年，當局才公開了幾起解放軍將領腐敗案：其中一起，解放軍中將、海軍副司令員王守業，受賄 1.6 億元。另外一起，解放軍中將、總後勤部副部長的谷俊山，貪污 200 億元，房產 400 餘處，自己還擁有多家公司。谷俊山出事後，他位於河南省的老家遭到查抄。那是一處仿照北京紫禁城而建的別墅大院，號稱「將軍府」，與其兄弟的房舍比鄰，

地下有 30 米通道相連。查抄持續了兩天，貴重財物裝滿了四個大卡車，包括一艘純金大船、一尊純金毛澤東像、以及許多純金器皿。當局趁夜間運走這些財物，以免引發村民憤怒。

習近平為抓軍權，發起軍中反腐。特成立「中央軍委巡視工作小組」，到各處部隊巡視。剛剛離任的軍委副主席徐才厚被關，而據傳，另一位前任軍委副主席郭伯雄正遭到調查，包括前任國防部長梁光烈和現任國防部長常萬全，也都涉入貪腐大案。

據解放軍內部人士透露：因為貪污盛行，在解放軍「二炮」部隊裡，也曾發現有水泥裝進導彈彈頭的假導彈。

聲色犬馬，荒淫無度

北洋水師曾有章程規定：軍長（當時稱總兵）以下將官，終年住船，不建衙，不建公館。但實際上，各艦艦長早已在基地附近興建私宅，與妻妾同居。在北洋水師的基地——山東省劉公島上，煙館、賭場、妓院林立，多達 70 多家。身為北洋水師最高統領，丁汝昌經常離開艦隊，與妻妾自居一處，不問軍事，自得其樂。丁還蓄養妓女，淫欲無度。丁又在劉公島上開設店舖，斂財無數。1886 年，北洋艦隊訪問日本長崎，清國官兵湧向妓館，尋歡作樂，引發互相鬥毆的醜聞。李鴻章聞訊，並不下令處分，只輕描淡寫地說：「武人好淫，自古而然」。

「濟遠號」艦長方伯謙在威海、煙台、福州置有五套公館，在艦隊常去之地，都蓄養優伶。日清威海之戰的緊要關頭，「來遠號」、「威遠號」兩艦的艦長丘寶仁、林穎啟竟在岸上嫖妓未歸，兩艦無人指揮，被日軍擊沉。

如今，眾多解放軍將領，養情婦、包二奶，過著聲色犬馬的墮落人生。比如，上述兩名貪腐軍頭中，海軍副司令員王守業包養情婦6名情婦，谷俊山包養情婦23名情婦，徐才厚則與薄熙來、周永康共用一名情婦，那就是著名的「中國時尚民歌天后」湯燦。這些，還只是已經曝光的情色醜聞。沒有曝光的，更是不計其數。解放軍的各類文工團，專門招收美女，實際成為解放軍領導人和各級將領、軍官的高級「妓院」。

拉幫結派，山頭主義

北洋水師，任人唯親，拉幫結派，因為官兵多數是福建人，形成龐大的福建幫。司令官丁汝昌（安徽人）哀嘆道：「我孤身一人，統領這些福建人，受福建幫掣肘，有令難行！」「定遠號」艦長劉步蟾（福建人），成為實際上的司令官。

如今的解放軍將官，也各有其主，各成派系。鄧小平任軍委主席時，提撥得最多的，就是「二野」（解放軍第二野戰軍，鄧曾任首腦）的人馬。江澤民任軍委主席時，向鄧小平告狀，懷疑當時的軍中實力派「楊家將」（楊尚昆、楊白冰兄弟一派）日後會變天。於是，鄧臨死前，設計解除了「楊家將」兵權。原先並無軍中資歷的江澤民，依靠授軍銜的手段，大量提拔自己的人，曾創下一天之內授銜和晉升152名將軍的記錄，連江的祕書都成了上將。後來，江澤民人馬在軍中勢力龐大，以至於，當胡錦濤任軍委主席時，完全被架空，成了「光桿司令」。當今的解放軍高級將領中，北方人越來越多，南方人越來越少，則是因為，中共領導人多疑，認為南方人比北方人精明，容易反叛，因而傾向

於不信任他們。

軍紀廢弛，軍心渙散

北洋水師司令官丁汝昌曾率領6艘軍艦訪問日本，威風八面，但據說，日本東京灣防衛司令東鄉平八郎觀察後，卻很快得出結論：「日本海軍可以擊敗清國海軍。」因為，他發現，清軍士兵居然在主炮筒上晾曬衣服，由此可知，北洋水師軍紀廢弛，軍心渙散。

而今，北京連年狂增軍費，不斷改善官兵待遇，解放軍的生活水準，已經達到「奢侈」的程度。2007年，北海艦隊報告中央軍委：由於官兵「吃得太好」，體重超重的，從3.7％驟增至34.6％，為此「嚴重影響了戰鬥力」。所謂軍事訓練，也由此大幅度縮水。而解放軍士兵，絕大多數都是獨生子，長大過程中，父母嬌生慣養，到了部隊，仍然嬌生慣養，吃不得苦，受不了累，更貪生怕死。這樣的軍隊，早就喪失了軍魂。

軍訓造假，敷衍了事

李鴻章檢閱北洋水師，要求觀看實彈射擊。「定遠號」艦長劉步蟾派人藏在靶船上，只要軍艦上的炮聲一響，這人就點燃靶船上的炸藥，火光一閃，彷彿被炮彈命中。弄虛作假的軍訓，居然騙過了李鴻章，以為北洋水師百發百中、銳不可當。在後來的日清戰爭中，作為北洋水師旗艦的「定遠號」，首先開炮，但所開第一炮，就將自己的艦橋震坍，當場將司令官丁汝昌震落甲板，

左手臂骨折，重傷，而無法指揮戰事。「定遠號」原本有一發重炮擊中日本旗艦「松島號」，但因彈藥不足而沒有爆炸。之後，「定遠號」連發數炮，都打不中日艦，反而被日艦開炮擊中。

如今的解放軍，訓練造假，遠超北洋水師。2013年9月，《中國青年報》報導：部隊普遍存在「消極保安全」現象，人為地減少訓練課目、降低訓練難度和強度，甚至弄虛作假。解放軍內部簡報，總結了各種各樣的軍訓造假：首長機關戰術作業中，部分幹部照搬照抄編腳本，照本宣科念台詞，研究問題走程式。有的單位在射擊前提前標記陣地位置、測算距離，讓老射手打、不讓新兵上；構築野戰工事時隨意降低標準和難度，把功夫下在平整溝壕上；有的單位400米障礙場，「矮樁網」不掛鐵絲而是繃上橡皮筋，夜訓課目要麼利用傍晚時分、要麼利用月圓之夜展開；某團連續6年參加演習，每次都進攻同一座高地，似乎敵人永遠「傻乎乎」地駐守那個山頭……

蘭州軍區第47集團軍，被稱為解放軍的「王牌軍」，韓戰中曾產生所謂「一級英雄」邱少雲。2013年10月，該軍爆出軍訓造假醜聞。實兵演練中，步槍射擊，官兵命中率達96％；坦克分隊實彈射擊，4發4中。但這次演練是在乾燥炎熱的戈壁灘上，動輒揚起沙塵，影響瞄準，為何還有這麼高的命中率？原來，該軍官兵悄悄在射擊跑道上灑水，才造成「奇蹟」。

2013年12月，廣州軍區某裝甲旅機關幹部，參加5公里（5000米）越野考核，結果，成績普遍好於平時。有一位旅長不信，親自丈量線路，發現實際距離只有4850米，比考核標準短了150米。同年，在南海舉行解放軍特種兵大比武海上課目，一支參賽隊在潛水區域的海底悄悄做了記號，用以指引方向，因被當場發現，

3 名艦長遭撤職。

貪生怕死，共軍更甚清軍

北洋水師戰敗後，司令官丁汝昌、「定遠號」艦長劉步蟾、「鎮遠號」艦長林泰曾等人，尚知廉恥，先後自殺。筆者可以斷言，未來日中戰爭後，若解放軍戰敗，共軍將領，或投降，或逃生，只求活命，絕無一人會自殺。因為，當代中國的極度腐敗、縱情淫亂和及時尋樂風氣，已經達到歷史上的極致，解放軍將領不知廉恥、貪生怕死、苟且偷生，也已經達到歷史上的極致。

第四節

總參謀長曝
江澤民阻撓汶川救災

2008 年時任中共軍隊總參謀長陳炳德（左）撰文回憶汶川大地震救災的日子，2014 年 7 月徐才厚被公開拿下後又再度在網路上流傳，文中透露出江澤民（右）阻撓軍隊救災的黑幕再次浮出水面。（新紀元合成圖）

2014 年 7 月 3 日，在徐才厚被公開拿下後，葉劍英的養女戴晴在接受「美國之音」採訪時，公開炮轟江澤民。她曾經和徐才厚同在哈軍工讀書，兩人相識但不熟。

她說：「（徐才厚）會說套話，能夠溜鬚拍馬。絕對不會表達自己獨立的意見。他主要是買官賣官，還有別的吶，武器裝備、土地，這些還沒弄出來呢。買官賣官當然是要別人給他進貢了。」

戴晴還談到了胡錦濤當年被江澤民安插的徐才厚和郭伯雄架空的情況，她認為當時軍權有限的胡錦濤面對徐才厚等人在軍中的胡作非為「太弱勢了」，談到軍中惡事誰幹的？戴晴說：「還是那些強勢的，權力在誰手裡，就是誰幹的。還是江澤民。」

2004 年 9 月，已經卸下中共總書記和中共國家主席職務兩年

多的江澤民，不得不將他所戀棧的中共中央軍委主席的職權交給鄧小平隔代指定的胡錦濤。與此同時，徐才厚被提升為中共中央軍委副主席。

從中共軍隊退役的當代史專家辛子陵對「美國之音」表示，徐才厚並非由胡錦濤所提拔，儘管胡錦濤是當時的中共軍委主席，但只有少將一級胡錦濤批。中將以上的人事還是操弄政局的「更高的那一位批」，因為掌控軍隊人事大權的徐才厚只忠於「那個人」（指江澤民）。

辛子陵還說：「退下的老人還能不能繼續操弄政治，還能不能繼續干政，像過去指揮胡錦濤那樣指揮習近平？這本身就是個政治（問題）。……胡錦濤個人自身的條件，家庭出身，背景和部隊的關係，都不一樣。他沒習近平這麼硬。習近平敢跟他們叫板。」

在 2004 年，胡錦濤「只有簽字提升少將的權力」，即使到了 2008 年四川大地震時，中共軍隊也一直掌控在江澤民手中，而不是胡錦濤。從下面這篇中共軍隊總參謀長陳炳德的公開回憶錄中就能看出端倪。江澤民不顧數十萬地震災民的死活，阻撓救災的目的就是，讓國際國內的輿論臭罵胡溫。

這是 2008 年 12 月 9 日中共官媒新華網轉載的《解放軍報》上的長篇報導：《總參謀長陳炳德撰文憶汶川大地震救災的日子》，輸入文章名就能在大陸網路看到全文。陳炳德 2007 年升任為總參謀長，實際上是當時還把持軍中權力的江澤民，暗中安排這一人事任命。不過這篇文章發表後，陳的官位就再也沒有提升過，直到 2012 年退休。

這篇表面上為中共軍隊唱讚歌的回憶錄，有意無意間卻向

外界傳遞了被密封得嚴嚴實實的中共軍方高級機密，有人甚至猜測，陳炳德寫此文的目的，很可能跟李鵬寫《六四日記》一樣，讓歷史記住真正的責任人，避免自己背黑鍋。

比如文章5次提到「軍委首長」這詞，這是徐才厚給退休後的前軍委主席江澤民封的專用稱呼。汶川地震後，陳炳德每次都是向「軍委首長」彙報，聽從他的安排，而不向胡錦濤這位現任軍委主席彙報，每次都是胡錦濤自己打電話來探聽信息，或商量對策或追問進度，把胡被架空的現實真實地展現在讀者面前。連胡錦濤都無法調動軍隊，溫家寶這位文職總理再流淚再發火也沒用。

中共軍隊延誤救災犯下的大罪

2008年5月12日下午2點28分，四川省汶川地區發生規模7.9級大地震。官方稱死亡5萬多人，但大陸百姓估計至少10萬人。中共軍隊因延誤救災而犯下大罪。

據新華社官方報導，地震發生42小時後，進入汶川幾個受災重鎮的救援官兵只有赤手空拳的1000人，而需要被挖掘出來的人卻是十幾萬人。即使到了震後72小時，這個地震救災黃金時間的最後期限，進入重災區的救援士兵也不足1萬人。按照國際慣例，把一個人救出地震廢墟，至少需要3個人來抬起水泥板。10萬人受災，至少需要30萬人的救援部隊，這強烈的反差，讓人們懷疑中共是否真心想救災。

儘管溫家寶向中共國務院救災指揮部提出一定要在13日午夜前打通災區道路，並要求武裝部隊「全力以赴」把食物和藥品

空投到災區，然而這一切都沒有實現。據新華社報導，官方派往災區的直升飛機只有20多架，直到14日抗震救災指揮部會議後，才決定「要求空軍15日以空投方式」將部隊送達。即震後第4天直升飛機才增加了90架，這還包括運送食物和傷員。

直到15日21時30分，工程兵才第一次開通了從理縣進入汶川的公路，大批救援人員才剛剛趕到災區，然而此時地震已發生了79小時，絕大多數災民已在廢墟中痛苦的死去。此時受災的58個鄉鎮，還有34個沒有任何救援人員進入……

軍隊一意孤行 不聽溫家寶指揮

人們議論很多的還有救災措施的不得力。人們發現，溫家寶只是個光桿司令，軍隊並沒有聽從他的指揮。新華社還報導了溫家寶的兩次發怒。5月13日當溫家寶得知由於橋梁倒塌，彭州市10萬民眾被堵在山中、生死一線時，救災部隊卻以天氣不佳、有泥石流等藉口，拒絕運送救災物資。溫家寶對著電話大喊：「我不管你們怎麼樣，我只要這10萬群眾脫險，這是命令！」說完他把電話摔了；面對一再延後的災區空投傘兵救援行動，14日溫家寶無可奈何的對傘兵指揮官說：「我就一句話，是人民在養你們，你們自己看著辦！」

然而中共軍委副主席郭伯雄、空軍司令員許其亮，並沒有因為溫家寶發怒了而積極行動起來。能全天候隨時起飛的特種傘兵，卻在地震後40小時才飛進汶川縣城。號稱「逢山開路、遇水搭橋」的工程兵，在震後79小時才開通第一條進入汶川的公路。難怪有人說，這次空軍和工程兵的頭領應該被槍斃。

陳炳德無意中暴露江的陰謀

與陳炳德的回憶兩相對比，人們不難從那些具體的時間過程中清楚地看到，江澤民的故意拖延，不想讓軍隊真正救援百姓，從而讓百姓對胡溫政權的救災不力產生憤慨，江派再伺機奪回權力。

下面是陳炳德文章的節選，括弧楷體字是編者的點評。

「5 月 12 日 14 時 30 分，一份特急電報使我心頭一震：四川汶川發生 7.8 級地震。早一分鐘了解災情，就能早一分鐘制定出兵方案。胡主席和軍委首長要求……。」（陳炳德無意中洩露出制定出兵方案的是「軍委首長」江澤民。）

「15 時 40 分，我簽呈第一份出兵命令，派某集團軍工兵團國家地震災害緊急救援隊趕赴災區。」（這第一份命令是 1 小時 10 分鐘之後才簽署的，事後人們才知道，這個虛有頭銜的國家地震救援隊，全部編制不超過 230 人。）

「18 時 10 分，胡主席打來電話，詢問部隊救災準備情況。我向胡主席報告：『部隊 4400 人正在向災區機動，但道路保障情況不好。』」（由此透露出，總參謀長不主動向軍委胡主席彙報，胡對他們為何最先只派出 4400 人不知情。）

「19 時 20 分，我給四川省軍區作戰值班室打電話，馬上組織部隊進入災區。」（下午 2 點半地震，晚上 7 點 20 才下令組織部隊，部隊出發時間更晚了。白白浪費了 5 小時。按理說，地震一發生，半小時內就應該組織部隊。）

調遣軍隊 為何捨近求遠

「隨著災情陸續報來，我越來越意識到，面對如此嚴重的災情，僅靠駐災區附近的部隊遠遠不夠，必須立即大規模增兵。根據 98 抗洪的經驗，為加快部隊投入速度、便於組織指揮，同時考慮到當時全軍部隊執行戰備訓練任務情況，一個『集中使用濟南軍區部隊、適當調集其他部隊、多路多方式開進』的方案逐步形成。21 時 34 分，我顧不得平時那些繁瑣的程式，拿起電話直接給濟南軍區范長龍司令員下達預先號令：『濟南軍區兩個集團軍立即做好執行抗震救災任務的準備，隨時待命出動。』」

（稍微知曉中共軍區劃分和管轄範圍的人都會問，地震發生在成都附近，為何不派成都軍區去救災，也不派附近的蘭州軍區或廣州軍區，而非要派遠在千里之外、相距遙遠的濟南軍區？

這位總參謀長沒有給出答案。不過人們從江澤民遲遲不派兵，故意要令胡錦濤、溫家寶難堪的用心中可以猜測，派出濟南軍區是胡錦濤沒有辦法的辦法，因為胡主席無力調遣其他部隊，只有濟南軍區的范長龍聽命胡錦濤，於是，胡只好派出遠在山東的軍隊連夜趕往四川盆地。

從范長龍的官方簡歷中也可以看出，2006 年范擔任濟南軍區司令，2008 年 5 月汶川地震後，7 月 15 日他被胡錦濤晉升為上將。2012 年 11 月 4 日，又增補為中央軍委副主席。）

「22 時 34 分，胡主席來電話指示：『當務之急是救人。兵力出動越多越好、越早越好、越快越好！』」（不過在軍委在江澤民、徐才厚、郭伯雄的把持下，軍隊卻按兵不動。）

「『為加快速度，建議派空軍的空降兵趕赴災區，條件允許

的情況下還可派小分隊傘降查看災情。』我向胡主席建議。胡主席當即同意，並要求注意空降兵傘降的安全。我隨即報告『軍委首長』，並與空軍領導通話商定有關事宜。」（要派出空軍跳傘部隊，胡錦濤當場同意了也沒用，陳炳德還得按照徐才厚的要求，立即向江澤民請示，並還得和空軍領導商量做還是不做，而不是直接下命令。）

「23 時 50 分，胡主席再次來電話詢問部隊抗震救災布署情況。我報告說：『重災區是汶川、北川、綿竹、什邡等地，成都軍區某集團軍 1 萬人正準備緊急機動，空軍空降兵某軍 6000 人13 日早上 8 點即可出發，防疫醫療分隊同時趕赴災區。』」（9個小時又 22 分過去了，成都軍區還只是「正準備」出發，空降兵在地震後 17 個小時又 22 分後才「即可」出發！）

「一個小時後，經胡主席和『軍委首長』審批，總參謀部發出《關於參加抗震救災的命令》，調動 3.4 萬名官兵參加抗震救災。」（由此看出江澤民把持軍隊的救災調度與指揮。）

軍隊救援 姍姍來遲

「13 日凌晨開始，濟南、成都軍區 2 萬 2000 名官兵陸續從駐地出發，『趕赴』災區。」（這時人們已經在地下被埋了 8 個小時了，軍隊才出發救援。）

「兩天來不斷傳回的情報顯示，地震災情比最初預想的要嚴重得多，災區還需要增兵。根據胡主席和『軍委首長指示』，總參謀部緊急籌劃下一步用兵方案」。（黃金救人時間是三天，都已過去兩天了，仍在「緊急籌劃」。）

「14 日 12 時 20 分，胡主席打來電話：『前方說兵力不足，還需要再出動 3 萬人。』」（為何每次都是胡錦濤打電話來問，而不是下面主動向上面彙報？人們猜測，這個「前方」就是指溫家寶。

2013 年 4 月 20 日，《老人報》在《汶川地震 168 小時》一文中介紹說：「空軍接到溫家寶總理專機飛行任務的時間，是 2008 年 5 月 12 日 15 時 12 分。……16 時 40 分飛機起飛。……因為進入汶川的道路尚未完全打通，5 月 14 日清早的國務院抗震救災總指揮部會議上，溫家寶向將軍們要求：『把我空投進去！』……」

大陸媒體不敢報導的是，溫家寶見空軍因為下雨不敢起飛，多次打電話催促，哪怕 13 日兩次摔電話，都不管用，14 日清晨他才說出這樣的氣話。）

「14 日晚 20 時，徐（才厚）副主席主持召開空運空投協調會，傳達中央政治局常委會精神，決定立即從全軍調集增派直升機。」（政治局出面了，軍隊才同意增派直升機。這時人們已經被埋在廢墟的水泥板和塵土中兩天多，53 小時了。）

「官兵們晝夜連續奮戰，依靠攜行的『土木工具和雙手』挖掘搜救被埋被困人員，不放棄任何一個搶救生命的可能」。（士兵去地震救災靠木棍和肉手去對抗數百斤重的鋼筋水泥板？這是演戲呢還是救人呢？）

「5 月 16 日上午，在抗震救災的危急時刻，在攻堅克難的緊要關頭，胡主席趕赴四川地震災區。」（眼看 72 小時黃金救人時間只剩半天了，溫家寶還是指揮不靈，胡錦濤不得不親自督戰，也算對溫的支持。）

災區道路遲未搶通 災民自生自滅

「17 日夜，胡主席在成都召開會議。胡主席指出，『當務之急是要組織精兵強將，克服各種困難，在最短時間內恢復通往重災區的道路交通……』」（原來地震發生 5 天半以後，通往重災區的道路交通仍未修通，也就是說，5 天半內基本無人去搶險救援，任由裡面的災民自生自滅。）

「5 月 16 日和 17 日，郭（伯雄）副主席在成都兩次召開抗震救災部隊領導幹部會議。17 日，軍隊抗震救災指揮組和成都軍區聯指下發全力推進救災工作向村寨擴展的指示」（由此看出軍隊擅自行動，故意無視此前中共當局決議由溫家寶任救災指揮部總指揮。）

「19 日 14 時 28 分，『進村入戶』首批官兵 2 萬多名」。（整整 7 天後，才有首批官兵進村入戶。）

以上是中共軍隊總參謀長陳炳德的真實回憶。

假如沒有徐才厚的落馬，2008 年汶川地震中軍隊故意延遲救災的實情，仍將被繼續掩蓋。

第二章

胡錦濤被暗殺
江派策謀政變

隱忍江系奪權十年，胡錦濤在終於掌握大權之際謝幕全退。江派媒體炒作，這是因為胡在「江胡鬥」中大敗而歸，不得不悽慘地離去，但事實上，形象地說，胡錦濤是在江派屢次暗殺未果中「勝利大逃亡了」。（AFP）

第一節

黃海驚魂後 胡才開始奪權

2006 年 5 月初胡錦濤在黃海視察北海艦隊險遭江系暗殺，此後胡錦濤開始緊抓軍權。（AFP）

胡錦濤險些葬身海底

2006 年 5 月初的一天，已經當了 3 年「中共最高領導人」的胡錦濤，正以軍委主席的身分在黃海視察北海艦隊。胡錦濤終於從江澤民手中獲得遲到 2 年的軍權。那天蔚藍色的大海上風平浪靜，胡正興致勃勃地乘坐在一艘導彈驅逐艦上巡視南海，突然兩艘中共軍艦同時向胡的驅逐艦開火，幾聲巨響後，竟然打死了驅逐艦上 5 名海軍士兵！

驅逐艦上官兵做夢也想不到有人竟敢在光天化日之下謀殺「天子」。因擔心還有後續的攻擊，驅逐艦在驚慌失措下立即轉頭，急速逃離北海艦隊的演習海域，直到進入安全海域才放慢了速度。為避免再遭暗殺，胡換乘艦上的直升飛機飛回青島基地，

未敢做任何停留馬上起飛。不過不是飛回北京，而是直飛雲南。胡錦濤在雲南待了一個星期後，才回北京露面。

事後調查發現，攻擊胡錦濤的命令是時任海軍司令員張定發下達的，而張定發是江澤民在軍中的鐵桿親信。事發後幾個月，張定發突然病死在北京醫院。

胡錦濤這次險遭暗殺事件首先被香港媒體報導。而張定發死後沒有弔唁，沒有悼詞，官方媒體也沒有發布其死訊。只有海軍的小報《人民海軍報》刊出一則 33 字的簡訊：「中央軍委委員、海軍原司令張定發同志，因病於 12 月 14 日在北京逝世，享年 63 歲。」

這個簡單得不能再簡單的履歷旁，甚至連黑白遺照都沒有，這讓外界感覺很驚訝。假如沒出事，一個海軍司令、兼中共中央委員、中央軍委委員、上將軍銜的人，就這樣悄然無聲的消失了。不過也有人稱胡還算厚道，沒有按謀殺罪治他。

等到了 2014 年 11 月 20 日左右，中共官方要正式審判徐才厚之前，若在大陸搜索百度網上輸入關鍵字「張定發」，第一條新聞即是「張定發黃海刺殺案濟南熱線」，點開鏈接可看到濟南新聞網 11 月 13 日題為《張定發黃海刺殺案》的文章，裡面詳細描述了胡錦濤 2006 年 5 月初在巡視海軍北海艦隊險些遭到暗殺的過程。

事發後，據被拘捕的艦艇官員供認，命令是由江澤民下達，江澤民的軍中心腹、海軍司令員張定發指揮手下人員執行暗殺。為保萬無一失，要求攻擊胡錦濤的時要兩艦夾擊，並許願給他們大幅度晉級為此事的報酬。

文章還說，2006 年 12 月 14 日，即黃海刺殺事件 7 個月後，63 歲的張定發死在北京三軍總醫院，據說張在死前的幾個月中生

不如死，癌症晚期令他異常疼痛，死時人已經脫相。

不光胡錦濤本人被江澤民派系多次暗殺，胡錦濤的家人也多次遇險。

維基解密於 2013 年公布了一份美國駐上海領事館在 2007 年 10 月 5 日發往美國華府的電報，標題為《南京學者對中國政治暴力的看法》。電報中說，南京一學者表示，政治暗殺和暴力發生在中共政界，甚至偶爾會觸及到高層領導。

該學者說，前中紀委書記吳官正的兒子在青島被謀殺，中共國家主席胡錦濤的兒子也曾成為暗殺目標。

這份電報說，南京大學教授谷某表示，這樣的事情在各個省份都很常見。許多地方官員生活在持續的恐懼中，他們成為那些被他們的政策所傷害的人的目標，也是他們那些覬覦更多上升空間的下屬、或是將他們視為對自己權力產生威脅的上司的眼中釘。

奪回北京 衛戍區警衛局換人

面對自己和家人的性命危機，一向以軟弱退讓著稱的胡錦濤，終於被迫開始向江澤民反擊。外界發現，暗殺事件後，胡錦濤開始真正想辦法緊抓軍權。

胡錦濤回到北京後，第一件事就是在 2006 年 8 月份免除了張定發的海軍司令員職務，由現任軍委委員吳勝利接任。第二件事則是胡錦濤由此開始「盤算」北京軍區的大權。胡錦濤選擇的是從最重要的北京衛戍區司令員和政委開始「開刀」。

2006 年 1 月，原北京軍區參謀長、江澤民的親信丘金凱升任北京軍區副司令員兼北京衛戍區司令員，並晉升中將，還兼任中

共北京市委常委。但是在 2007 年 2 月，當時還不是少將，且缺少地方軍區工作經驗的李少軍，突然接替了丘金凱的衛戍區司令職務，而當時衛戍區政委董吉順是在衛戍區一級級升上來的，卻突然被調到總政治部直屬工作部任政委。

北京衛戍區擔負北京的警衛和守備任務。北京衛戍區屬北京軍區建制，受北京軍區和北京市黨委、政府的雙重領導。雖然當時衛戍區的司令員和政委都「改姓了胡」，但是畢竟北京軍區的司令和北京市委書記劉淇都不是「自己人」。所以，2007 年，胡錦濤又用自己的心腹房峰輝換下了原北京軍區司令員朱啟。

中央警衛局屬解放軍編制，隸屬解放軍總參謀部，但是直接上司是中共中央辦公廳，主要負責「保衛黨、政、軍最高官員的人身安全」。當時拘捕「四人幫」，就是這支隊伍所為。

2007 年是胡錦濤全面掌控北京的一年。當年 10 月中共開「17大」，曾慶紅因為年齡問題退下。但是當時還有一個關鍵人物也在「17 大」退下，此人就是由喜貴。

由喜貴是江澤民的「愛將」，從 1995 年起任中央警衛局局長。2004 年被江澤民破格提升為上將，在當時曾引起很大爭議。而由喜貴並沒入選「17 大」代表，其仕途就已告終。2007 年接任中央警衛局局長一職的是曹清，並一直任職至今。

坊間傳聞由喜貴退下是因為胡錦濤利用當年江澤民和曾慶紅設計李瑞環的「七上八下」的原則，逼走了當年 68 歲的由喜貴。但是在江派的全力阻撓下，胡錦濤也未能如願在中央警衛局局長位置上換上自己的親信。雙方的妥協結果就是派系色彩不濃的曹清。

但是 2007 年，胡錦濤的現任大祕令計劃任中央辦公廳主任，掌控了中央警衛局的調度。至此，胡錦濤將北京牢控在自己的手上。

江澤民死訊是胡反擊第一步

在掌控北京後，一向以「小媳婦」姿態示人的胡錦濤，開始向「惡婆婆」江澤民發起反擊。不過一般的人很難察覺這個轉變，但仔細分析不難看出，在 2009 年四中全會的「兵變」和 2011 年江澤民的「詐屍案」，都是胡錦濤反擊的標記。

2009 年中共「17 大四中全會」上，北京軍區司令房峰輝突然出面表態稱「不討論人事安排」，當時被外界認為是「擁兵要挾」。但第二年的 2010 年 7 月 19 日，胡錦濤親自將房峰輝提拔為上將。

第二次是 2011 年 7 月，海內外盛傳江澤民死了。《大紀元》獨家報導引用消息人士的話稱：「其實早在去年曝出『江澤民死訊』的時候，胡錦濤對江系的全面反擊就即將開始，那是第一步的測試。」

港媒亞視在 2011 年 7 月 6 日晚最先公開放風江的「死訊」，使得外界熱議江的離世，令江系大為恐慌。2011 年 7 月 7 日清晨 4 點開始，大陸東北地區某居民小區內就聽到鞭炮聲。從睡夢中驚醒的人們第一反應這不是過年節的放鞭炮，而是「誰家死人了」？很快民眾中互相傳告「江澤民死了」。

比如據新疆昌吉市民章力回憶，他所在的居民小區 7 月 7、8、9 日連續三天，鞭炮聲特別密集，一派喜慶氣氛。市民在晚上聽到鞭炮聲心裡都清楚，是慶賀江死了。「消息非常快地傳播著，很多人都知道他死了，大家真的挺高興的。直到 12 日晚上還有老百姓放鞭炮，而且持續時間很長。」

消息人士還表示，此舉一方面試探江系的反應與實力，並進

2011 年曝出「江澤民死訊」，是胡錦濤對江系全面反擊的第一步測試。圖為江澤民死訊傳出時，大陸民眾放鞭炮慶祝。（大紀元資料室）

一步逼迫江澤民露面，對其身體狀況作出全面評估。另一方面，是試探中國大陸民眾的反應，確定倒江有無民意基礎。

胡錦濤與習近平聯手結盟

胡錦濤想從江澤民手中奪回軍權，最關鍵的一步始於 2011 年 12 月對谷俊山的清理。說到這，就必須要談胡錦濤與習近平的結盟。江派所掌控的媒體經常散布消息，稱胡錦濤和習近平如何針鋒相對、如何互相殘殺，其實這只是江派企圖離間胡習關係的方式之一。從胡錦濤同意習近平上位開始，兩人就組成了結盟體，互相依靠，共同對付江澤民派系。

兩年前《新紀元》在《胡溫同意習近平上位的內幕》（第 272 期，2012 年 4 月 26 日出刊）一文中介紹了，習近平遠非外界所傳是江澤民、曾慶紅所中意和提拔的，薄熙來才是江派欽定的接班人選。江系意圖藉由薄熙來、周永康的政變取得政權，先是在 18 大讓薄熙來接班周永康，以政法委書記的名義掌控數百萬民警，2 年後即 2014 年左右，再以各種輿論誣陷造謠攻勢和各

種江派製造的恐怖襲擊中，以各種藉口把習近平趕下台。但當時薄熙來資歷不夠，而且溫家寶等人堅決反對薄熙來，於是曾慶紅只好提名習近平來接胡錦濤的班。

胡錦濤是團派大員，而團派最早始於胡耀邦，而胡耀邦與習仲勛關係非常好，習仲勛後來遭貶，就是因為替胡耀邦說話。作為回報恩師，胡錦濤也得給習近平面子。文革時，15 歲的習近平被關進大牢，十多年的農村知青生活，讓習近平與一般「太子黨」有所不同。加上胡錦濤、溫家寶的長期安排，於是習近平在這場看似偶然的安排中順勢出線。

於是從一開始，習近平與胡錦濤關係就不錯，後來加上宋平與胡德平的牽線撮合，兩人很快就結成牢固的胡習聯盟。宋平是胡錦濤的官場提攜人，而宋平本人也與習仲勛交往密切，胡德平則是胡耀邦的兒子。於是，憑藉父輩的餘蔭，習近平在奪取政權方面得到了很多人的幫助。

據說習近平在「17 大」的接班人地位確立後，胡德平曾勸說胡錦濤與習近平聯手對付江澤民。當時習近平對薄熙來確實感到擔憂。與其以後鬧出更大動靜，由自己出手處理，不如由在任上還有最後一年的胡、溫代勞更佳。消息來源表示，習近平和胡、溫達成默契後，決定由胡、溫處理薄熙來這一棘手問題。

胡習聯盟，不但對習近平非常有利，對胡錦濤一樣也是好處很多：第一、習近平是太子黨出身，曾在軍委工作過，而且當時具有軍委副主席的頭銜，習手下有一批太子黨將領。隨著習倒向胡，等於軍委中的實權人物開始支持胡錦濤；第二、習近平本身也是政治局常委，在投票時候，胡錦濤又等於是多了一票，這對18 大決戰江澤民的胡錦濤而言，非常重要。

胡習分工：胡動谷俊山 習動徐才厚

胡錦濤與習近平的第一次聯手就是推倒谷俊山，並撬動谷背後的徐才厚。據說谷俊山的案子上報中共中央後，江派提出把谷俊山調出總後就了結此事，但胡錦濤不同意。胡說，「這樣的人，調到哪都是禍害」，於是在習近平的兒時好友劉源的出面下，胡錦濤開始藉谷俊山案來清理江澤民安置的軍委頭領。

在 2011 年 12 月 25 日至 28 日的軍委擴大會議上，總後勤部政委、上將劉源突然拿起一張軍方高層的豪宅「將軍府」的照片，據說耗資上億元，占北京黃金地帶 20 餘畝，三座別墅群，極度奢侈；直指郭伯雄、徐才厚、梁光烈說：「你們 3 位軍委負責人，在領導崗位上已經多年，對於軍中嚴重腐敗，更有不可推卸的責任！」

胡錦濤和習近平兩人不動聲色地聽著，沒有任何表情。會場大亂，眾人議論紛紛。此後，曾經屬江派的軍頭們紛紛「識時務者為俊傑」，相繼在不同場合表態：擁護胡錦濤。2012 年 2 月，所謂「將軍府」主人、總後勤部副部長、中將谷俊山遭到清洗，從那時起，下面各級將領都公開表態「效忠」胡錦濤。

如 2012 年 1 月 10 日，主管總政治部的軍委副主席徐才厚在北京公開表示，要維護中共中央軍委主席胡錦濤的權威，並聽常胡的指揮。

從那時起，特別是薄熙來事件爆發後，胡錦濤就開始真正掌控中共軍隊。

第二節

江派軍方參與「倒習政變」

「2014 政變計畫」提要

習近平上台後，不僅面臨接收的中共軍隊腐敗無能，而且還需面對中共內部有人要通過輿論政變或軍事政變的方式把他趕下台，必要時甚至要取習的性命。在人類文明史上，一個組織內部如此大規模地生死交鋒，殘殺得如此慘烈，也只有中共惡黨了。

2013 年在薄熙來被公審的前夕，一份據稱是薄熙來「2014政變計畫」的文件提要在網路傳播，雖然無法核實其真實性，但很多人認為可信度比較高。從這個計畫中可以看出，中共軍隊深度介入了這次未遂的政變，其中在西南、瀋陽、北京和二炮的軍隊，跟薄熙來、周永康的政變計畫緊密相關。

這份政變計畫簡要中，煽動地宣揚毛澤東，並稱領袖是薄熙來。而政變「措施」的內容包括：在薄熙來 18 大上台後，要在

全國進行「打黑唱紅」，並在 10 年內，殺掉 50 萬貪官污吏，並打掉 100 萬自由化思潮的頭面人物等。該計畫特別提到必須對溫家寶採取措施，「打死這隻『大老虎』」。

計畫中關於「軍事準備」則包括，任命王立軍為武警總隊第一政委；組建特種部隊；組建 30 個民兵師；18 大之前組建民兵預備役師；軍事培訓方面，可以請求 14 軍、13 軍和成都軍區支援等。

在「武裝起義預案」部分，該計畫認為，薄熙來在軍中有了一批有勢力的支持者，他們分別是：前瀋陽軍區劉亞紅司令員、北京二炮部隊張海陽政委，成都軍區周小舟司令員（編者註：此人曾是北京軍區副司令；成都軍區 14 軍軍長；現任成都軍區參謀長），駐紮在重慶的第 13 集團軍許勇軍長等。在總後，還有前國家主席的兒子劉源。

該計畫制定了兩套方案，一是通過一系列輿論舉措，奪取民意，讓薄熙來進入中共最高層（編者注：谷歌被逼出中國，就是周永康與薄熙來所為，從而讓百度完全聽命於周薄。在 2009 年後，人們經常在大陸網路上看到攻擊習近平、溫家寶、胡錦濤、大肆吹捧薄熙來的文章，這些都是為周薄政變製造的輿論攻勢。）第二套方案就是「一旦行動受挫，在西南舉兵政變，爭取瀋陽、北京軍區和二炮部隊的支持或者至少是作壁上觀，中國勢必形成聯省自治的局面。」

計畫還為參與政變的中共將領劉亞紅、張海陽、周小舟、許勇預備了很好的海外生活條件，讓他們免去後顧之憂。一旦薄熙來上位失敗，立即迅速號召所有參加人員前往重慶集結；成都軍區司令員李世明、政委田修思迅速集結第 13、14 集團軍各部，

負責動員。「二炮部隊將核彈頭瞄準中南海，作為戰略預備，一旦胡錦濤等人負隅頑抗，立即啟動斬首行動……」

最新獲得薄周政變名單

2014 年 4 月下旬，在重慶王立軍出逃美領館事件 2 年後，江澤民集團成員薄熙來、周永康的政變密謀在網路廣為流傳。這時，一份最新政變參與者名單出現在網路，其中包括現任政治局江派常委劉雲山、中共江蘇省委書記羅志軍、雲南省委書記秦光榮等人參與薄周政變以及在組閣名單中的具體任職。

2014 年 4 月有消息稱，現任中共江蘇省委書羅志軍正接受中紀委調查，主要調查其長期包養多名情婦、通過妻子大量斂財。據悉羅志軍在周薄政變中，被委以中共公安部長的職務。

另外，雲南省委書記秦光榮曾輸送百億利益給周永康家族，主要是上千億的錫礦資源。秦光榮還與薄熙來關係匪淺，薄熙來落馬前，曾高調迎接薄熙來到雲南以「考察」的名義，實為政變做準備的宣傳活動，並陪同薄參觀了薄一波建立的 14 軍。

令人注意的是，在周薄的政變組閣名單中，劉雲山的職務是中紀委書記。胡錦濤在 18 大上為保中共，使得江派 3 常委劉雲山、張德江、張高麗成為江澤民集團在中共高層的代言人。圍繞薄熙來案和周永康案，3 人針對習李施政不斷搞小動作、大攪渾水。

中國時政評論人士趙邐珺分析認為，以「昆明血案」和「茂名血案」為標誌，江澤民集團正實施新的另類政變計畫；張德江和劉雲山是新政變計畫兩大新前台人選。

政變組閣名單成習陣營懲治周永康的關鍵

據《臉譜》報導，2013 年 12 月初周永康夫婦被軟禁後，住處被搜查，從周永康的私人物品中發現一份名單，上面是周薄篡權成功後的最高規格組閣意向名單。這份名單成為習陣營懲治周永康的關鍵證據。

名單顯示，若政變成功，前國資委主任、中石油董事長蔣潔敏將成為未來中共國務院副總理的人選（目前蔣潔敏已成階下囚）。現任江蘇省委書記羅志軍出任公安部長，現任河北省委書記周本順（原政法委祕書長）出任最高法院院長等。據稱軍方名單中包含了與薄熙來相熟的幾名人員。

2012 年 2 月 6 日王立軍攜帶機密資料出逃成都美領館，由中共前黨魁江澤民主導，江派二號人物、軍師曾慶紅主謀，前政法委書記周永康、政治局委員薄熙來實施的周薄政變陰謀曝光。

2012 年 2 月 14 日，時任中共國家副主席習近平抵達美國進行為期一周的訪問。美國媒體「華盛頓自由燈塔」曝光了王立軍移交美領館材料中其有關薄熙來、周永康聯手圖謀發動政變、最終整垮和廢掉將在中共 18 大接班掌權的習近平的計畫。美國副總統拜登向習近平出示了周薄政變密謀的鐵證。

薄熙來、周永康政變圈涉網路監聽掌握情報、軍隊支援、經濟提供，以及收買海內外媒體宣傳的配合、人事布局等全方位運作。涉及人員不但包括中共 18 大以來紛紛落馬的眾多江派背景的副部級以上高官，還包括一干新舊江派背景政治局常委，更多涉案人員必將隨著案件局勢緊張不斷被拋出。

倒習政變的任命名單一覽表：

薄熙來：原政治局委員，原重慶市委書記；將出任中共總書記、國家主席和中央軍委主席。

劉雲山：原宣傳部部長、現任中共常委，將出任中共常委、中紀委書記。

梁光烈：原軍委委員、國防部長、解放軍上將，將出任政治局委員、軍委副主席。

黃奇帆：現任重慶市委副書記、重慶市長，將出任政治局常委、國務院總理。

蔣潔敏：原中石油老總、國資委主任，將出任國務院副總理。

周本順：原政法委祕書長、現任河北省委書記，將出任最高法院院長。

羅志軍：現任江蘇省委書，將出任公安部長。

夏德仁：原大連市委書記、遼寧省委副書記，現任遼寧省政協主席。

趙本山：演員，將出任文化部部長。

司馬南：時事評論員，將出任中宣部長。

孔慶東：現任北京大學教授，將出任教育部長。

吳法天：現任中國政法大學副教授，將出任中央政法委委員。

張宏良：現任中央民族大學教授，將在中央擔任重要職務。

薄瓜瓜（薄熙來子）：負責洗錢及協調海外媒體，港媒稱薄熙來期望其子此後當選「民選總統」。

劉樂飛（劉雲山子）：現任中信產業基金董事長兼 CEO。

薄谷開來（薄熙來妻）：現被判處死刑緩刑。

徐才厚：原政治局委員、軍委副主席、中共上將，已被捕。

徐明：原大連實德董事長；被調查。

第三節

「3‧19」槍響的真實原因

周永康實施「3‧19」政變之前，江澤民知情並聽了彙報。政變內容除了搶奪徐明外，周永康預謀行刺溫家寶也是當時計畫的一部分。（大紀元合成圖）

　　2012 年 3 月 19 日深夜，大陸很多知名微博主都發信息，驚呼「北京出事了！」更有人說聽到槍聲。不久，「槍聲」與「長安街」成了新浪微博的被過濾詞了，有人稱，北京東城區「軍車如林，長安街不斷管制。每個路口還有多名便衣，有的路口還拉了鐵柵欄」。「釣魚台國賓館門口外媒雲集」。

　　也有人渾水摸魚，把 2010 年的中共「十一」閱兵彩排時的軍車圖片放上微博，稱「有一支番號不明的部隊 20 日凌晨在北京武警的配合下，迅速進占中南海和北京不少要地，而胡溫兩人已被政變軍隊控制」。不過第二天這兩條假新聞被人們識別了。不久，中共以查處網路謠言為名，抓捕上了近千網民。

槍戰原因的三種傳言

然而兩個多月後，香港雜誌和國外媒體相繼證實，3月19日北京真的發生了槍擊戰。當時網路上對槍戰原因有三個版本的傳言。

傳言一：38軍入京擒王。雖然胡早已親手將中央警衛局大換班，但仍不放心。2月末3月初，胡錦濤將向來由警衛局派駐的貼身警衛全數「炒魷」，遠遣至大牆外圍防守，一個也不留。然後換上38軍調來的一個加強排，使江澤民、周永康的人馬不可能滲透。

與此同時，胡錦濤的大祕令計劃則召集警衛團全體官兵開會，厲聲宣布：任何人員，未經召喚下擅自進入胡錦濤三米範圍，格殺勿論！

3月19日，胡錦濤調動駐紮京南保定的38軍入京，任務是「粉碎陰謀分子軍事政變」，目標是北京市東城區燈市口西街14號，即中共中央政法委總部。還有知情人則肯定為玉泉山某處的周永康私邸。

據傳，當時槍聲從白馬寺附近的中央政法委傳出，該處有一個排的武警特種部隊把守。當時特警喝問趨近的38軍特種兵意欲何為，野戰官兵回答稱：「奉軍委主席令徹查政變基地，緝拿政變首腦！」駐守政法委的特警威脅稱：「衝擊國家要害部門等同謀反，若不馬上撤退格殺勿論！」然後武警又對天鳴槍示警，不過，數秒後38軍則讓武警們繳械。

那麼，38軍官兵接下來做了什麼？是否只是把周永康的衛隊換成了38軍的人馬？還是像陳光誠那樣被囚在家裡「畫地為牢」

呢？這是爆料人和記者沒有交代的。

傳言二：搶奪薄熙來「財政部長」徐明。在 2012 年 3 月 15 日薄熙來下台前後，被稱為薄熙來頭號馬仔、替薄找了上百個女人、並管理薄熙來國內貪腐和打黑搶來的錢財的徐明，最早被周永康的人馬帶走，藉口說是去協助調查，實質是被保護起來了，以免徐明落到中紀委的手下。

為了得到更多有關薄熙來的罪行，溫家寶免除薄熙來職務後，讓自己的親信、中紀委副書記馬馼，設法把徐明盡快掌握到自己人手中。於是，馬派人以調查腐敗為名，要求公安系統將徐明交給中紀委。公安方面在請示周永康後，拒絕了馬馼的要求。

於是有人又拿出周的兒子周濱做生意的資料進行要挾，周永康見對方態度急迫，知道來頭不善，不交人好像難以過關了，於是想上演「金蟬脫殼」。3 月 19 日晚，周永康一面調動武警轉移徐明，以便謊稱徐明被人搶走，一面調動公安加強戒備。中紀委這邊也馬上調動人馬，試圖伺機下手搶奪徐明。雙方於是爭持起來，甚至擦槍走火。由於事發突然，驚動中共高層，為防不測，中共中央辦公廳調中央警衛局加強防範，於是出現了民眾看到的「軍車如林，長安街被管制起來了。」

傳言三：說是胡錦濤為了連任軍委主席，為保軍權而與一些人爭奪起來。

現在看來，傳言三極可能是江派故意散布的謠言。因為事後證明，胡錦濤主動放棄連任軍委主席，怎麼會為了軍權和誰打起來呢？傳言一和二可能是一個大事件下面的兩個局部分支。因為周永康的武警行動了，胡錦濤這邊一面派人去搶徐明，一面派 38 軍去保衛周永康官邸。不管怎樣，北京是出事了，而且 38 軍換

人也是真的。

38軍軍長曾抗命 拒絕鎮壓「六四」

2012年3月初，就在薄熙來被公布下台後不久，民眾得知北京軍區的確發生了人事調動。原38軍軍長王西欣被調往國防大學當副校長（實際上此職位是虛職），而原65軍軍長許林平，在3月15日走馬上任38集團軍軍長。當天官方媒體還報導了保定市委書記許寧等人，舉行晚宴祝賀許林平的高升。不久就在許林平上任後的第4天，北京傳出槍聲，38軍也被調派前往阻擊政變。

第38集團軍歸屬北京軍區，為甲類機械化部隊，軍部駐地為河北省保定市，部隊代號66393。第65集團軍與38軍同屬北京軍區，為乙類非機械化部隊，軍部駐地為河北省張家口市，部隊代號66455。目前第38集團軍號稱是中共作戰能力最強的「王牌軍」。

然而對於普通中國百姓來說，人們記住38軍的名字，是因為1989年「六四」事件中，鄧小平調38軍進入北京鎮壓學生和民眾，當時的38軍軍長徐勤先少將說：「寧肯殺頭也不能做歷史的罪人！」拒絕在調兵令上簽字，徐勤先後來被中共軍事法庭判了5年有期徒刑。但38軍在換將後開赴北京，參與了屠殺同胞的惡行。不過，徐勤先卻因此獲得民眾的尊重，至今這位抗命軍長還生活在保定，2011年「六四」前夕，他還到天安門廣場旁的椅子上坐了一會。

許林平：從士兵到軍長

回頭再說今日的 38 軍新任軍長許林平。他 1957 年 3 月出生，湖南省石門縣人，15 歲從軍。1994 年 37 歲時任 38 軍 113 師副師長，39 歲時赴俄總參軍事學院留學，2005 年 12 月至 2007 年 12 月任第 38 集團軍副軍長，海軍北海艦隊代理副參謀長。

有知情者向《新紀元》披露說，2006 年胡錦濤視察北海艦隊時，差點被江派人馬暗殺，在保護胡錦濤的逃命過程以及後續處理中，許林平表現的忠誠和臨危不懼的應變能力，得到胡的信任和重用。2007 年 7 月晉升為少將軍銜。2010 年 9 月他兼任上合組織聯合反恐軍事演習中方戰役指揮部副指揮，2012 年 2 月任北京軍區第 38 集團軍軍長。

得到胡錦濤信任的許林平任 38 軍軍長，胡當時感覺心安了很多。

「3‧19」涉及行刺溫家寶

2014 年 8 月 6 日，《大紀元》獨家報導了「3‧19」外界獲得的最新消息：「3‧19」政變不但是周永康實施的，周也上報了江澤民。政變之前，江澤民知情並聽了彙報，就連其老家揚州的馬仔、前南京市長季建業也知情。政變內容除了搶奪徐明外，周永康預謀行刺溫家寶也是當時計畫的一部分。

據說 2012 年中共兩會後，3 月 15 日，薄熙來被免去重慶市委書記職務。3 月 19 日晚，溫家寶與周永康因搶奪薄熙來案的關鍵證人、大連實德富商徐明，差點擦槍走火。《大紀元》獲悉，

搶奪徐明只是周永康計畫的一部分，當晚周還伺機行刺溫家寶，但是胡、溫方面早就知曉，並加強戒備。

消息稱，行動之前，周永康、江澤民陣營內一關鍵人物倒戈，把計畫透露給了胡、溫陣營。最後周永康行刺溫家寶的行動流產。當晚之後，徐明被胡溫控制。

有消息稱，這位倒戈人物就是現在的北京市公安局局長傅政華。

這場搶奪薄案關鍵證人與刺殺溫家寶的行動，是在江澤民的密切關注下進行。據說，江澤民在揚州的心腹、「大管家」季建業等，在政變失敗後第一時間就知道此事，並迅速報告給了江澤民。

2013 年 10 月季建業被中紀委雙規，2014 年 1 月 31 日，在馬年正月初一這一天，季建業被開除黨籍。習近平陣營選在這個時間宣布季建業落馬，目的是為了警告江派嘍囉和爪牙。2014 年 2 月季建業被立案偵查並被限制人身自由。

徐明：薄案的最關鍵人物

2012 年 2 月，王立軍出逃美國領事館後，中共政局開始發生天翻地覆的變化。中共兩會期間，溫家寶 3 月 14 日在新聞發布會上，首次就重慶王立軍事件公開表態，並要求重慶市府必須反思。溫提出的「文革」餘毒並沒有完全清除，被認為是批評和否定重慶唱紅，第二天薄熙來即被免職，拉開了胡、溫、習、李的「倒薄」大幕。

據實德集團的內部說法，徐明從 2012 年 3 月 14 日起「失去

聯繫」，當時最早帶走徐明的是周永康的人馬，因為徐明是薄熙來的「大管家」，一旦徐明招供，薄熙來就難保。溫家寶為此已提前安排自己的心腹、中紀委副書記馬馼設法把徐明盡快掌握到自己人手中。

薄熙來在政界、軍方、媒體、知識界和演藝界都供養不少「自己人」，作為圈內「幕僚」，這些人由徐明負責提供資金「資助」，徐明手中握有一批大約 200 人的涉及參與政變的相關人員名單。

據悉，徐明被抓後承認，他負責安排女性與薄熙來的淫亂行為，王立軍掌握這些祕密錄像。同時，徐也是薄家的幕後金主，薄的兒子留學英、美都是靠其資助，薄谷開來也通過徐明大肆斂財。

溫家寶是江派眼中釘

溫家寶一直是江派的眼中釘，其政改言論深為江系人馬如吳邦國、周永康等人所忌恨。溫家寶是薄熙來案的主要推手，與周永康互為死對頭。

薄熙來落馬後，溫家寶在任期間，在中共高層內部多次提出要「逮捕周永康」。此後，中共政法委被降級，並有多人被抓，政法系統被削權與溫家寶不無關係。

溫家寶得到胡錦濤、習近平等常委的支持後，薄谷開來、王立軍、薄熙來等相繼被處置。2014 年 7 月，相傳江派第二號人物、前中共國家主席曾慶紅被關押，江澤民出事的先兆已現，江系走向全面潰敗。

北京武警差點再次政變

江派集團除了發動「3．19」政變之外，隨後還差點策動另一場政變，周永康企圖再次發動政變而被胡溫提前阻止。

了解中國政治的人都知道，北京市委書記、北京軍區司令員和中央警衛團團長，這三位職位直接關係中共最高統治者的性命安危，能不能坐穩權力核心之位，這三個位置是關鍵。儘管胡錦濤當上軍委主席後被江澤民架空權力，2004 年只有批准少將的權力，2008 年四川地震時，胡錦濤和救災指揮部司令溫家寶都無權調動軍隊，但王立軍出逃後，經過一系列權力運作，2012 年 7 月3 日，胡在隱忍近十年之後，終於在這一天收回了三權。

對北京構成軍事威脅的，除了北京軍區及其下屬的 38 軍、中央警衛團，還有北京武警總隊。

中共武警部隊隸屬於中共國務院與中共中央軍委。

中共的軍隊調動自 1950 年代以來一直有非常嚴格的限制。任何排級以上的全副武裝調動，都必須經過中共中央軍委的批准。江澤民 90 年代之後把諸多解放軍部隊轉成武裝警察，使武警擴大到 150 萬，但武警的調動一直遵照原來軍隊的規矩。其中北京武警總隊算是軍級單位，其行動歸中央軍委指揮。

2000 年後，尤其是 2007 年周永康接替政法委之後，有消息稱，大陸維穩事件中 80％是由於政法委系統的貪贓枉法而引起和加劇的，政法委的執法犯法，導致大陸維權事件大量增加，各地群體性事件不斷。

於是 2006 年以來，中共武裝警察連級（中隊）以下攜械行動批准權力，下放給省級政法委，團級（支隊）行動則由中央政

法委批准，團級以上行動仍需中央軍委批准。

重慶事件之後，由於曝光了周永康與薄熙來勾結密謀造反，由周永康控制的北京市武警總隊，在 2012 年 3 月初突然通過一條新規定稱：凡有突發應急事件，武警部隊可以「邊行動邊報請批准」，也就是說，未經中央軍委的批准，北京武警就能執行任務，這等於變相剝奪了中央軍委的指揮權，也就是說，北京武警可隨時發動政變。

「3·19」槍戰發生後，這個新規定很快被胡溫知曉，於是胡錦濤下達緊急命令，以中共中央軍委的名義，收回了政法委調動武警部隊的權力，此舉有效地防範了周永康的異動，阻止了周永康調動武警部隊的權力。

基本上從那時起，周永康的政變罪名就被中南海確認了，周永康此後的行動都在中共高層的祕密監控中，儘管直到 2 年後的 2014 年 7 月 29 日，普通百姓才知道中共中央正式調查周永康。

第三章

惡過和珅的谷俊山

江澤民以腐敗拉攏人心，中共軍隊貪腐也全面爆發。谷俊山（圖）是江澤民的鐵桿親信，成為江澤民、曾慶紅、周永康等人在軍中黑色貪腐鏈的代言人，被稱為「軍中巨貪，堪比和珅」。（大紀元合成圖）

第一節

貪腐殺人 谷俊山惡過和珅

在習近平掌管中共軍隊之前，胡錦濤已經先行開始反腐，第一個大目標就是原總後勤部副部長谷俊山，那時還是 2011 年 12 月。等到了 2014 年 1 月，地方上中共省部級官員已經落馬了二十幾位，但軍隊這邊反腐還是靜悄悄的。谷俊山被查兩年多了，結果還杳無音訊。

於是人們看到與王岐山關係親近的「財新網」，在馬年新年後連續刊出 5 篇特稿，曝光谷俊山的驚人貪腐黑幕，引發輿論震蕩，很多人預感到：軍中打虎大戲終於要開演了。

「財新網」報導稱，雖未正式公布，但谷俊山已確信被調查，且已有兩年。2012 年 2 月，谷俊山的名字從總後勤部官員名單中消失。中共國防部的官方網站上，也搜索不到谷俊山的名字。2013 年 8 月 1 日，國防大學教授、政治工作研究所副所長公方彬作客人民網「強國論壇」時，透露了谷俊山涉及貪腐問題。

公方彬曾說：「谷俊山及其前任犯罪，連續兩個軍隊高官出

現犯罪，老百姓不滿意。」這是中共官方人士首次公開谷俊山因貪腐被調查的消息。

公方彬所言「其前任」，即江澤民軍中的另一個心腹鐵桿——原海軍副司令王守業，被指貪污 1.6 億元人民幣及包養情婦，於 2006 年被判處死緩。王與谷兩人都曾任解放軍總後勤部基建營房部部長。

谷俊山案發後 10 個月左右，辦案人員搜查其在濮陽的老家，在當地顯赫一時的谷氏家族開始土崩瓦解。2013 年 1 月 16 日，谷俊山的弟弟谷獻軍因涉嫌犯罪被網上追逃。警方的追逃信息顯示，谷獻軍涉嫌一起貪污賄賂案。之後的 3 月 26 日，谷獻軍的「挑擔」（方言，又叫「擔挑兒」、「連襟」，指妻子姊妹的丈夫）張濤被警方通緝，涉嫌一起職務犯罪案件。據財新記者獲悉，張濤在此後的 4 月間向濮陽市公安機關投案自首，谷獻軍也於 8 月間落網。

2014 新年伊始，胡舒立旗下的「財新網」拋出「重磅炸彈」，五篇特稿《總後副部長谷俊山被查已有兩年》、《谷俊山崛起之路》、《谷俊山的河南將軍府》、《谷俊山之弟谷三的王國》、《谷俊山的「紅色血統」》，大曝谷俊山家族貪腐。

並且每篇特稿都留下懸念待解：谷俊山被調查已有兩年，結果如何？谷從軍之路附帶著多少權力交易？河南將軍府為何能逍遙法外這麼多年而安然無恙？谷俊山如何從農家子弟到總後勤部副部長？

「財新網」雖然沒有直接點出谷的後台，但也呼之欲出。報導稱，谷俊山 1990 年代進入濟南軍區，不久後受到某位「首長」賞識，擔任濟南陸軍指揮學院副院長。人們查詢下資料就能發現，

這位「首長」就是 1996 年至 1999 年曾任濟南軍區政委，後來歷任總政治部主任、中央軍委副主席的徐才厚。谷俊山奉調進京主管基建營房部，徐才厚應是谷俊山的軍中「伯樂」。

「財新網」報導還稱：谷俊山將自己包裝成為「紅色子弟」，在家鄉為父修陵，墓前牌位上刻著「雨花台烈士」五個字，並且請秀才炮製《生死記憶：周鎬與谷彥生的故事》。這裡「財新網」也留下伏筆，沒有透露原中央軍委副主席張萬年為該書作序，親手幫谷俊山「染紅」。張萬年在序中說，翻閱《生死記憶》一書，心中久久不能平靜。「書中故事跌宕曲折，真實感人」等等。

值得玩味的是，徐才厚和張萬年都是前中共軍魁江澤民的心腹，也是江「腐敗治軍」、「腐敗治國」的直接受益人。習陣營處置谷俊山的真實目標，是否是谷俊山的大後台呢？

「軍中巨貪，堪比和珅」

原解放軍總後勤部副部長谷俊山是江澤民、曾慶紅、周永康這條貪腐鏈在軍隊的體現，被稱為「軍中巨貪，堪比和珅」。據「財新網」報導，2013 年 1 月 12 日深夜，谷俊山的老家河南省濮陽市孟軻鄉東白倉村 13 排第 3 號院被搜抄，連續兩個晚上。20 多名身著便衣的武警，排成長長的兩排，相對而立。一箱箱軍用專供茅台，通過這條人手流水線，被傳送到門前兩輛綠色軍用大卡車。此外，被查抄的還有一艘寓意「一帆風順」的大金船，一個寓意「金玉滿盆」的金臉盆，以及一尊純金的毛澤東像，各種財物裝了整整四卡車。

谷俊山在北京二環還擁有數十套房，這些房子打算送人。上

海，一塊軍產地賣了 20 多億，6％是谷的回扣。地產商從他手裡拿地，差價利潤的60％要歸其所有。財新女主編胡舒立對此表示：雖怵目驚心，只是虎爪一痕。

谷俊山老家奢華的「將軍府」

特稿《谷俊山的將軍府》專門介紹谷俊山濮陽老家「將軍府」的奢華和排場。報導稱，谷俊山這座「將軍府」，是谷俊山的弟弟谷獻軍在 2006 年占用東白倉村十三四畝集體土地所建，而占用土地沒有任何合法手續。

這座私家府邸被當地人稱作「故宮」，由故宮設計院的工程師親自設計，仿照故宮建築建造。主樓三層，配樓兩層。門前迴廊、室內的精美雕梁畫棟，也出自故宮畫工手筆。從 2009 年動工直至 2011 年夏天初步竣工，耗時三年有餘。

曾在「將軍府」幹過活的村民說，兩名來自故宮設計院的老畫工，以每人每天 3000 元的報酬，帶著五、六個工人畫了三個月。谷俊山出事的消息傳出後，谷氏家族人心惶惶，畫工們的工作沒完即打道回京了。

谷俊山的「將軍府」，仿照故宮建築建造，占地十三、四畝，極盡奢華。谷俊山是江澤民的鐵桿親信，被稱為「軍中巨貪」。（大紀元資料室）

報導稱，「整個『將軍府』的結構可謂匠心別運，空中瞭望很像一把手槍。主樓階前，有兩尊站立的漢白玉大象，偏房前是金元寶造型的噴水池；後院有亭台、花園，長長的迴廊蜿蜒其間；靠南圍牆邊的一溜房，專供管家、傭人住宿。」

谷俊山「名言」：中國女星我都玩膩了

當大陸網路聚焦谷俊山時，有民眾繼續挖其老底，翻出鳳凰網的知名節目主持人梁文道說過的一段話：谷俊山貪污68億，開三家美容院，有79套房產，包養23名情婦，家屬已移民德國。

他還說，谷部長「經典名言」：「中國的女星我都玩膩了，用錢搞定她們。」

與此同時，民眾還翻出2013年1月初，大眾網副總編姜長勇在微博披露：新年前總後副部長（中將軍銜）谷俊山被捕。谷涉案金額200多億，房產300餘處。住7000多平米小樓，護工60餘人管理房院。有5情人，一個歌星、兩個影視小星、一個主持人、一個高級白領。

還有民眾諷刺說，谷俊山這輩子應該知足了，「住房賽故宮，情人賽四大美人」，至於他貪腐了68億人民幣，還是涉及200億貪腐，這恐怕是官方不敢真實公布的數據。

後台硬 曾脅迫劉源

谷俊山被宣布移交司法後，幾乎銷聲匿跡，但其腐敗的驚人細節不斷被爆出，比如家藏數萬軍供茅台酒引習近平盛怒等。與

此同時，針對谷俊山的調查也將原主管軍紀的軍委副主席徐才厚拉下馬。

《大紀元》曾此前報導，軍委紀檢部門在收到谷俊山涉貪證據後，曾派遣專人調查該案，但三天後就宣告調查結束，認定谷俊山「沒事」。當時主管軍隊紀委、被傳為谷俊山的靠山的徐才厚。於是，劉源和廖錫龍越級直接把谷俊山的罪證上報給時任軍委主席胡錦濤。在了解基本情況後，胡錦濤和時任軍委副主席習近平要求，查處谷俊山案。

消息說，下令正式逮捕谷俊山的是習近平，並將高層原來有意低調處理的谷俊山案一查到底，而與習近平交情深厚、直接推動處理谷俊山案的解放軍總後勤部政委劉源則表態「絕不手軟」。

另外，據接近軍方的消息人士稱，谷俊山案確實難辦，因為涉及高層太多太深，連根都爛掉了。谷俊山案的最終處理結果，將考驗習近平打老虎的決心有多堅定。

傳谷下台前企圖製造核事件

據港媒披露，谷俊山知道自己出事後的行為很猖狂，甚至企圖製造核洩事件，以至於北京軍區立即檢查核安全，連軍隊醫院的核醫療設備都不放過。

香港媒體《動向》曾報導稱：谷俊山在被雙規前已經獲得消息，但他不以為然，竟然說「要完，大家一起完」，並自己驅車到北京東郊一處核設施企圖製造人為核洩事件。

知情人士透露，劉源曾一度懷疑谷俊山在他食物中投放微量放射性物質，經過半月體檢後才發現是虛驚一場。

江派軍中黑色貪腐鏈代言人

前中共黨魁江澤民上台後，以腐敗拉攏人心，中共軍隊貪腐也全面爆發。谷俊山是江澤民的鐵桿親信，早先被江看中，後來成為江澤民、曾慶紅、周永康等人在軍中黑色貪腐鏈的代言人。谷俊山被提拔成總後勤部副部長，涉及到江派軍委副主席徐才厚和國防部長梁光烈。

另外，很少為外人所知的是，谷俊山還參與了迫害軍隊系統中的法輪功學員、活摘法輪功學員器官的罪惡。與薄熙來、周永康案的核心一樣，谷俊山作為江系鐵桿，為了巴結江澤民往上爬，利用軍隊系統迫害法輪功學員、活摘法輪功學員器官。谷俊山手上沾滿鮮血，他犯的不只是貪腐罪，而是與整個迫害法輪功的江派「血債幫」相同，犯下的這個地球前所未有的邪惡——活摘法輪功學員器官並販賣賺取黑心錢。而中共解放軍總後勤部則成為活摘器官核心機構。

第二節

谷案牽出胡錦濤的一個仇人

谷俊山案再被翻炒,牽出幫谷「染紅」
身分的中共江派軍頭張萬年(右)曾
於 2002 年中共 16 大上,聽命江澤民
(左),發動兵變阻止胡錦濤任軍委
主席。圖為 1999 年 9 月資料照。(AFP)

　　2014 年初「財新網」的五篇重磅文章,使江澤民軍中鐵桿、
原總後勤部副部長谷俊山案再次成為外界關注焦點。谷俊山之父
曾投降日本做過漢奸,谷俊山在其父死後讓人寫書將自己包裝成
為紅色子弟,而江澤民心腹、前中央軍委副主席張萬年為該書作
序幫谷俊山「染紅」。張萬年在中共「16 大」上,曾聽命江澤民,
兵變阻止胡錦濤任軍委主席。

張萬年幫谷俊山「染紅」

　　特稿之一《谷俊山的「紅色血統」》一文披露,1942 年初,
16 歲的谷彥生被國民黨抓了壯丁。這年 4 月,國民黨第 39 集團
軍副總司令兼魯西行署主任孫良誠率手下王清翰等人投降日軍,

身為王清翰勤務兵的谷彥生也成了一名偽軍。

1945 年 8 月抗戰勝利後，孫良誠向國軍「投誠」，他的偽軍部隊被國民黨收編為暫編第五縱隊，後改編為第一綏靖區第 107 軍，孫良誠任綏靖區副司令兼 107 軍軍長。

隨後，谷俊山之父谷彥生當了國共雙面特務頭子周鎬的勤務兵，周鎬被國民黨清剿之後，回家務農。

谷彥生 1990 年死後，谷俊山為了將自己包裝成為紅色子弟，在家鄉為父修陵，墓前牌位上刻著「雨花台烈士」五個字，並且請秀才炮製《生死記憶：周鎬與谷彥生的故事》。

張萬年是江澤民軍中心腹

張萬年是江澤民軍中心腹。據《江澤民其人》一書披露，1992 年江澤民視察濟南軍區時，張萬年還是濟南軍區的司令員。張萬年不失時機地向江澤民表忠心，高喊「擁護以江澤民為核心的黨中央和中央軍委」。言下之意，江澤民不但是黨中央的核心，也是中央軍委的核心。

當時，江澤民在黨內地位還不穩，急需在軍隊中吸納親信。張的口號讓江澤民大喜過望。回到北京後，江澤民馬上把張萬年調到中央軍委，任總參謀長，1993 年又給了張萬年一個上將軍銜。1997 年 9 月後，張萬年出任中共政治局委員、中央書記處書記、軍委副主席。直到 2003 年下台，張萬年一直效命於江澤民。中共「16 大」，張萬年聽命江澤民、曾慶紅發動「兵變」，阻止胡錦濤出任軍委主席。

張萬年發動兵變阻胡錦濤上位

2002 年 11 月中共 16 大召開，當時政治局委員會、常委會五次討論，確定江澤民全退的決議，但是江澤民討價還價，將自己的親信賈慶林、曾慶紅、羅幹等塞進政治局常委會，並且將政治局常委人數從七人增加到九人，然後通過「兵變」繼續留任軍委主席。

2002 年 11 月 13 日晚，在中南海召開中共「16 大」主席團常委會第四次會議。會議要決定 14 日大會即將通過的中央委員、候補中央委員、中紀委委員名單和三個議案的表決形式問題。當時江派擔心江留任軍委主席逼宮胡錦濤的決議遭到否決，故極力反對不記名投票，力導舉手表決。

在取得舉手表決後，張萬年突然發難，提出由 20 名主席團成員（全部為軍人）聯署的「特別動議」，要求與會者同意江澤民繼續留任軍委主席。

之後，李嵐清等江派人馬立即表示：「完全支持特別動議」。會場氣氛頓時非常緊張，據說有些人的臉都嚇白了。

隨即張萬年又逼迫胡錦濤表態。當時會場上鴉雀無聲，大家等著胡的態度，如果他不同意，胡當時就有可能被江派軍人帶走軟禁。

胡錦濤經過短暫的沉默後說：「個人完全贊成張萬年、郭伯雄、曹剛川等二十位同志的提議。」事後據在場的人說，胡當時可能想緩和下氣氛，笑一下來表示他的「高興」，但那表情比哭還難看。

谷俊山攀江快速晉升 跟隨作惡

據大陸媒體報導，谷俊山 2000 年前後進入總後勤部，從基建營房部辦公室主任升至總後勤部副部長，級別從校官變為中將，八年時間升了五級，快得「令人匪夷所思」。

據香港《動向》雜誌 2012 年報導，谷俊山是由河南老鄉、前武警司令吳雙戰保舉得到升遷的。吳疏通的前期關係人是曾慶紅與江澤民。

谷俊山在任總後基建營房部部長、全軍房改辦公室主任期間，還百般巴結江派軍委副主席徐才厚和國防部長梁光烈。

谷俊山被江看中後，2009 年升至總後副部長，成為江澤民的鐵桿親信，在軍中充當江澤民、曾慶紅、周永康等人黑色貪腐鏈的代言人。

第三節

三次追殺谷俊山的關鍵人物

中共前軍委副主席徐才厚的落馬，
總後勤部政委劉源起了關鍵作用。
（新紀元資料室）

　　有人說，假如總後勤部沒有劉源，谷俊山可能至今還繼續在他的將軍府中過他那種「住房賽故宮、情人賽西施」的帝王生活。而假如沒有習近平，即使有了劉源，谷俊山也不會落馬。

　　事實上谷俊山是胡錦濤給拉下馬的，而習近平處置的是徐才厚。不過，在谷俊山、徐才厚的查處過程中，中共前國家主席劉少奇之子、總後勤部政委劉源起了關鍵作用。

　　據說劉源的三個動作三度讓徐才厚崩潰：2014 年 7 月 1 日在中共黨刊撰文力挺習近平；2014 年 3 月兩會期間問及香港天價棄保案；2011 年舉報原中共總後勤部副部長谷俊山。

劉源黨刊撰文呼應習軍中反腐

2014 年 6 月 30 日，習近平親自主持召開中共政治局會議，決定開除徐才厚的黨籍，並將其犯罪線索移交檢察機關。

7 月 1 日，劉源即在黨刊《求是》雜誌上發表署名文章，表態力挺習近平，呼應習近平的軍中反腐動作，處置徐才厚。

徐才厚是中共前黨魁江澤民一手提拔，被視為「江澤民在軍中的最愛」，是江派在軍中的貪腐代言人。徐才厚曾經主管中共軍隊人事長達 10 年，在軍中樹大根深，黨羽廣布。

外界認為，徐才厚落馬，牽扯面很廣，會引起中共軍方各派勢力的震動，劉源刊文力挺習近平，能起到安撫「軍心」的作用。

劉源兩會問棄保案

7 月 1 日，香港媒體《東方日報》披露，2014 年 3 月兩會期間，劉源特意反問香港媒體棄保案進展如何。

劉源這句話語帶弦外之音，讓輿論之火燒向徐才厚。不久，中共官方便正式決定對徐才厚立案調查。

此前 3 月初，有海外消息稱，徐才厚在海外藏有驚人的巨額黑錢，2013 年徐妻曾派一嫡系親屬——21 歲的趙姓女子，持雙程證赴港，代表徐家處理在港多家銀行的 100 億港元。結果該女子因涉嫌洗黑錢被起訴，保釋金高達 3000 萬港元，但她最終棄保潛逃，由徐才厚女兒幫助她偷渡回大陸。但上述消息目前尚未得到中共官方的證實。

劉源舉報谷俊山 牽出徐才厚

2014 年 2 月，有海外媒體曝光了谷俊山被劉源拉下馬的內幕。

據悉，2011 年 12 月 25 日至 28 日，在中共軍委的一次擴大會議上，當著胡錦濤、郭伯雄、徐才厚、梁光烈等時任中共軍委高層的面，劉源公開了谷俊山的腐敗案。劉源表示，拿下時任總後勤部副部長谷俊山的行為，他和廖錫龍將共同承擔責任。為拿下谷俊山寫下伏筆。

最後，由胡錦濤和時任軍委副主席習近平決定查處谷俊山案。

谷俊山涉案金額高達幾百億元，其中谷個人貪占六億多，是中共軍隊有史以來最大的貪腐案件。有消息稱，谷俊山在調查期間「供出了幾乎所有人」，特別是前中共軍委副主席徐才厚。

2014 年 1 月 20 日，親習近平陣營的大陸媒體財新網發表名家博客博文《八年連升五級 谷俊山的靠山是誰？》矛頭直指徐才厚，被海內外媒體廣泛轉載。

徐才厚是中共軍中最大的貪官。早先媒體曾披露，徐才厚把持的中共軍隊總政治部早已成了軍中最大的肥缺，對軍中職位和軍銜腐敗到了公開掛牌出售程度。

徐才厚也是谷俊山軍中的靠山。據悉，谷俊山曾送給徐才厚一輛 12 缸奔馳，車裡裝有黃金一百多公斤。此外，外界也質疑谷俊山從校官變為中將，八年時間升了五級，升官之快與他賄賂江派大佬有關。

2014 年 3 月 15 日，被指捲入周永康案和谷俊山案的徐才厚被當局調查。

第四節

劉源推倒谷俊山後台的內幕

2011 年年底，劉源把軍方貪腐醜事的矛頭對準軍中三巨頭：郭伯雄、徐才厚和梁光烈。（新紀元合成圖）

軍委擴大會上當面炮轟三巨頭

　　2011 年 12 月 25 日至 28 日，中共在北京舉行軍委擴大會議，內容之一就是「18 大」的軍隊代表人選問題，與會者近百人，包括中央軍委全體成員，以及各總部、各軍兵種、各大軍區和各省軍區的主要負責人。

　　會議開始時還是中國共產黨文化的老俗套，尤其此次會議是選「18 大」代表，個個發言重點就是擺成績，對於失職只是虛晃一招。對於這種黨八股式的會議，連中共內部都已厭倦，於是會場上不少人閉目養神。

　　輪到總後勤部政委、上將劉源發言時，他張口就說，開會之前準備了一份講稿，但臨時決定說些不同的話。頓時會場安靜了。劉源提到互聯網上被廣傳的一張名為「將軍府」的照片，一名軍

官在寸土寸金的北京繁華地段為自己建造的官邸，耗資上億元，占地 20 餘畝，內有三座別墅群，極度奢侈。

就在眾人猜測這名軍人是誰時，劉源話鋒一轉說，這樣的案例在軍中不止一例，這樣的貪腐規模還不算最大的。他從貪污軍產、盜賣軍火、賣官鬻爵等方面一一道來，讓眾人瞠目結舌，誰敢在大會上講這些醜事呢？！

接下來更令人吃驚的事發生了，劉源的發言矛頭直接對準坐在主席台上的郭伯雄、徐才厚和梁光烈說：「你們三位軍委負責人，在領導崗位上已經多年，對於軍中的嚴重腐敗，更是有著不可推卸的責任！」

在大會上當著眾人的面，追究自己上級的責任，這是中共統治 63 年來罕見的！全場沉寂，就聽劉源接著說，腐敗在軍隊中已經如此根深柢固，廣為蔓延，要堅決鏟除，不達目的，死不罷休。「無論一個人的職位有多高，後台有多硬，我都不會善罷甘休。」劉源甚至說「我即使丟官，也要與腐敗鬥爭到底！」

這時會場上有人開始悄聲咬耳朵，聲音逐漸由小而大，大會變成了無數個小會，整個會場亂成一團。據會議工作人員形容，突然進來看到這場面，還以為是發生了軍事政變。

據現場目擊者介紹，在會場大亂的過程中，主席台上的胡錦濤和習近平面無表情、不動聲色，顯然是早已知情。被點名的郭伯雄、徐才厚、梁光烈哪裡受過這個，不約而同轉頭去看胡、習的態度，看到兩人「沒有任何反應」，只能轉回頭對劉源的發言不予還擊。最後，徐才厚以主持人的身分要求大家安靜，說繼續討論。

這回可是真正的討論了，發言者分成了兩部分：一部分認為

廢話少說，軍中首要任務就是拿腐敗開刀；另外一部分騎著牆兩邊和稀泥，說了一車話等於沒說。支持劉源意見的大多是少壯軍官，於是香港媒體報導此事：《軍中少壯派掀起 18 大戰火——軍隊腐敗劉源拍案而起，三大軍中巨頭意外遭遇政變》。

發言中，劉源還以陳賡之子被索賄為例子，描述中共軍隊腐敗到了何種地步。陳賡是中共「開國元勛」，1955 年被授予大將軍銜。他的兒子陳知建 1945 年出生，其所屬的第 14 軍的前身就是陳賡的晉冀魯豫野戰軍第四縱隊。2003 年，58 歲的陳知建任職重慶警備區副司令，軍銜是少將，時逢警備區班子換屆，本來陳知建應該順理成章地升為司令，但由於不肯出大價錢「買官」，於是司令一職掛到了別人頭上，而陳知建則一怒之下提出要提前退休。不過由於年齡未到，一直沒有被批准。2010 年，65 歲的陳知建提出，在正式退休時能夠掛上中將軍銜，答覆竟然是：如果錢能夠到位，中將軍銜不成問題。

當天下午，劉源又回到總後勤部召開了黨委擴大會議，會上他呼籲將貪官污吏「牢牢釘在恥辱柱上，讓這幫傢伙遺臭萬年！」

2012 年 1 月 27 日是初五，人稱破五，劉源在總後高層會上宣布了雙規副總長谷俊山，不過，劉源說的是「這幫傢伙」而不是「這個傢伙」，目前光揪出了谷俊山一人，好戲應該還在後頭。

谷俊山牽扯出吳雙戰、江澤民

谷俊山的後台絕不僅僅是軍委的三巨頭。據《動向》報導，谷俊山升官的「恩人」是武警司令吳雙戰。當時吳雙戰買通了曾慶紅和江澤民，讓江把晉升谷俊山為少將當成「一項拜託」交給

了胡錦濤。於是 2003 年 7 月，谷俊山當上了少將。

而吳雙戰上面的保護傘，除了主管武警的政法委書記周永康之外，還有人大常委會委員長吳邦國。當吳雙戰因為嚴重貪腐而被調查了四個月之後，周永康和吳邦國把吳雙戰從武警現役轉到中共人大內司委任副主任。

由此可見，谷俊山是江澤民、曾慶紅、周永康、吳邦國這條貪腐鏈在軍隊的執行人。谷貪得越多，上供主子的錢也就越多，他因此也就越安全，貪起來也就越張狂。

劉源與吳雙戰之間還有一段糾葛。1997 年吳雙戰以武警副司令兼參謀長之職晉中將銜時，劉源還只是一個少將銜的武警副政委。劉源看不慣吳的貪腐做法，那時二人的矛盾就很深，這也是 2003 年劉源從武警轉到總後，另起爐灶的主要原因。

由於深知谷俊山的後台黑幕，所以劉源在拿谷俊山「開刀」之前，才放話說不惜拋棄現有地位和身家性命，同時，他也事先徵得胡錦濤同意，有人撐腰之後，才敢動這個貪腐大老虎。

不過即使這樣，谷俊山的反擊還是讓所有人，不光是劉源，還包括胡錦濤、習近平都大吃一驚。

劉源遭梁光烈暗箭

據說谷俊山在被雙規前已經獲得消息，但他並沒有逃跑，反而不以為然地說：「要完，大家一起完。」他自己驅車到北京東郊一處核設施，企圖製造人為核洩事件，以至於北京軍區立即檢查核安全，連軍隊醫院的核醫療設備都不放過。此舉令中央軍委驚恐萬狀，而不得不誘勸其放棄衝動，以保家人不受追查。

不過，有知情人士告訴《新紀元》，谷俊山提出「要完，大家一起完」，不光是指核輻射的洩露，還包括核心機密的洩露。總後負責組織活體摘取法輪功學員的器官，憑藉谷俊山的精明，他不可能不把這樣的證據掌握在手。一旦中南海要拿他的貪腐開刀，谷俊山就會以在國際社會曝光中共的反人類罪行作為威脅，換取自己的免死權杖。

2012 年 1 月 27 日，劉源對谷俊山動手，谷被免職，接受調查。三天後，被公認是江派喉舌的「明鏡網」，最先開始了對劉源的攻擊。1 月 30 日，明鏡發表題為《劉源出手，中將谷俊山落馬》的文章，但配圖卻是「劉源與毛新宇」，文中把要主張整頓內部腐敗的劉源，與江系出身的國防部長梁光烈、總參謀長陳炳德、總政治部主任李繼耐對立起來。

文章說，面對劉源發起的反腐衝擊，梁光烈在北京軍區、國防大學強調要確保部隊的安全「穩定」，並要求保持部隊的「正常秩序」。陳炳德也在解放軍總參謀部黨委擴大會議上表示：確保部隊「高度穩定和集中統一」。李繼耐則稱，堅持不懈地抓基層打基礎「保穩定」。言外之意，劉源在製造不穩定。

文章還說，「鹿死誰手難以逆料」，「縱觀歷屆中共換屆之際，軍隊的人事安排，都難以逆料。當年炙手可熱的楊尚昆、楊白冰兄弟於『14 大』召開前夕的最後關頭卻意外出局就是一例。」

劉源是軍中第一個公開倒薄的，然而「明鏡網」卻給劉源扣上一頂挺薄的大帽子。薄熙來被抓第四天的 3 月 19 日，「明鏡網」發表文章《劉源上將病中仍挺薄熙來，外界瘋傳其受到牽連也被軟禁》，圖片用的是 2007 年在薄一波追悼會上，劉源與薄熙來等薄家子女的合影。當時去參加追悼會的太子黨人數很多，劉源

絕對想不到這些照片五年後居然成了江派喉舌用來「證明」其參與薄熙來謀反的旁證。

文章說，「劉源因為二期肺癌，在解放軍 301 醫院動手術。」「這是他第二次因為癌症動手術。不過，他在病中，仍然非常關心『二哥』薄熙來的命運。在『太子黨』中，比薄熙來年齡小的稱呼他為『二哥』，因為薄熙來在薄一波的兒子中排行老二。」「明鏡網」還說很多人「對胡溫採取宮廷政變的方式撤換薄熙來，大為不滿。劉源、陳元仍力挺薄熙來。」

雖然文章標題稱劉源病中力挺薄熙來，但內容裡卻沒有劉源如何挺薄熙來，讓人覺得這個結論是該文自說自話。

第四章

胡錦濤突然放棄軍權內幕

18大前，胡錦濤大權在握，在海內外輿論幾乎一致認為他會再擔任兩年軍委主席的情況下，在所有人都預期他將繼續在台上演戲時，他卻突然轉身謝幕了？（Getty Images）

第一節

胡原想再幹兩年

　　從 2012 年 11 月 15 日習近平接任胡錦濤、充當中共第五代接班人開始，他對外經常是副笑臉，那種微笑的表情讓人覺得他很輕鬆愉快，不過深諳中南海內幕的人都知道，習的心裡充滿憂鬱。特別是在經歷了薄熙來、周永康政變陰謀後，習近平的心情就一直不如往年，總感巨石壓頭，重壓在肩，弄不好隨時都有性命之憂。

　　當然，與胡錦濤相比，習近平是幸運的，至少他不用像胡錦濤那樣做 20 年的小媳婦，哪怕名義上當家了，也還要受「江婆婆」的氣。江澤民雖然在 2002 年就交出了黨魁之位，2004 年交出了中共軍頭之權，但直到 2012 年 11 月 11 日之前，江澤民在中南海辦公室的門一直開著，凡是有大事，胡總得去找江澤民商量。不過，這樣的日子，習近平不用再過了。

　　18 大結束後，很多人不解：為什麼胡錦濤大權在握時，在絕

對控制了中國的權力、包括軍權、人事權、制度權、話語權、資歷權、政策權……，在海內外輿論幾乎一致認為他會再擔任兩年軍委主席的情況下，在所有人都預期他將繼續在台上演戲時，他卻突然轉身謝幕了？

有江派媒體炒作說，這是因為胡錦濤失敗了，徹底地輸了，在「江胡鬥」中大敗而歸了，所以他不得不悽慘地離去。有人列舉了胡錦濤失敗的幾大證據：一是胡丟了軍權，沒法再當兩年軍委主席，沒有了槍桿子，說什麼話都是說軟話了；二是七個政治局常委人選中，意外地出現了張德江、張高麗、劉雲山這些江派人物，與之相對應的是，胡錦濤的人馬汪洋沒有進入常委，而且胡錦濤的長期盟友、老朋友李源潮也出現異常，「出了常」；第三，胡錦濤的最鐵心腹令計劃，不但沒有進入常委，還被踢出了中共中央書記處，其位置被江派杜青林占據，「胡大總管」最後被擠到了中央統戰部，以前那個女人或老人待的地方，而且令計劃的任命書，簡短得不能再短了，明顯就是被貶了。

當時唯一發出不同聲音的就是大紀元媒體集團，《新紀元》認為，18大是習、胡共管的溫和取勝，但習和胡採取了更低姿態以換取一時政局平靜的妥協做法。形象地說，胡的退位是「勝利大逃亡了」。

險惡局勢下 胡一直準備再幹兩年

18大前，胡錦濤大權在握，沒人敢逼他退位，那時胡錦濤面臨的具體形勢也一直讓胡決定再幹二年。

據北京知情人士給《新紀元》透露，胡錦濤一直準備連任兩

年中共軍委主席，他的改變主要是發生在《紐約時報》發表文章，聲稱溫家寶家族擁有巨額來路不正的財產之後。

那時雖然薄熙來已被關，但薄案一直沒有審判，周永康、曾慶紅一直在背後攪局，比如利用中共統戰部內線，在日本挑起右翼分子要政府購買釣魚島主權，在香港，曾慶紅命令中共地下黨員、香港特首梁振英，故意放行保釣人員出海，激化釣魚島爭端。同時在中國利用政法委系統變相鼓動民眾抗日遊行。在審判薄谷開來和王立軍時，大陸很多地方都出現了反日遊行，目的就是給胡錦濤添亂，讓他們不能專心處理薄熙來事件，同時也不能正常地準備 18 大籌備工作。

由於 18 大一旦召開，周永康、李長春等人就得退休失去權力，所以曾慶紅竭力布署的目的就是盡力阻撓 18 大順利召開，假如能利用釣魚島事件，挑起中日戰爭，那是他們最希望的，如此就能順理成章地把 18 大延期兩年，或把中國拖入戰爭狀態，進行軍事管制。這樣也能拖延薄案，並等待時機翻案。

胡錦濤、習近平陣營似乎看清了江派這步棋，及早採取了行動加以阻止，使 18 大如期召開，周永康不得不乖乖下台。這裡面也有美國的因素，美國一面重申美、日軍事同盟，一面私下要求日本、中國讓步，釣魚島事件因此得以化解。

但當時的局勢非常動盪，胡錦濤必須牢牢掌握軍權，因為薄熙來不光是文人政變，他還準備了武裝力量。中共官方曾報導在薄案發後，截獲了一輛運有十噸武器、從重慶開往東北的普通貨車。在重慶 4 年中，薄熙來命令王立軍購買了很多武器，籌建「薄家軍」。而且薄熙來跟不少軍頭關係密切，如二炮政委張海陽、總後勤部政委劉源等。胡錦濤出國去參加高峰會議時，薄熙來還

舉辦了軍事演習，一幫支持薄的軍頭集體亮相，顯示其軍事實力。
王立軍出逃後，薄熙來在 2 月 8 日還跑到雲南找 14 軍，商量軍
事割據的事。

於是胡錦濤意識到，不能在此時交出軍委主席的位置。當時
胡在軍委辦公大樓的辦公室也沒有要關門的跡象，幾十個軍頭也
聯名上書，要求胡錦濤延期退休，再擔任兩年軍委主席。

「胡辦」毫無還鄉跡象

一般來說，中共政治局常委在擔任高級職務多年後，都會在
退休前為跟隨自己多年的身邊工作人員提前安排「後路」。胡錦
濤的「大管家」、中共中央辦公廳主任兼胡錦濤辦公室主任令計
劃，應該會一直跟隨他到退休的最後一刻。但是其他工作人員，
包括胡錦濤辦公室的兩名副主任以及手下的十餘名工作人員，都
應該會在胡錦濤退休前一年之內陸續得到較好的安排。這些人通
常會以晉升一級的方式被安排到不同的機關或地方。

但 18 大前，胡錦濤辦公室沒有任何人員調動的情況出現，
也沒有交還借閱檔等「整理行裝」的動作。這說明胡錦濤並沒有
打算退休回家。當時還有消息稱，2012 年 5 月初，中央軍委副主
席郭伯雄、徐才厚、中央軍委委員梁光烈、陳炳德、李繼耐、廖
錫龍、常萬全、靖志遠、吳勝利、許其亮等聯署致函中央政治局
常委會、中央政治局，提出多個呼籲和要求，其中一點是要求胡
錦濤留任中共中央軍委主席。

江澤民缺席 18 大聚會

2012 年 11 月 15 日上午，在習近平攜李克強等新常委集體亮相之後，晚間中央電視台播放兩屆常委交接，除江澤民外的全數中共元老幾乎全部現身。

對江的「缺席」有分析認為，江澤民此次「現身」18 大開幕式，實則胡錦濤想讓其現身，對外展示中共「大團結」的假象，江澤民其實已在胡、溫的掌控之中，想讓其現身並讓其出來「擺擺樣子」。也有分析人士認為，江澤民未能現身此屆常委交接，可能是江澤民身體的確不好，因為在 18 大開幕式上，江澤民在會場上起身、坐下時都需要人攙扶。

更多的人認為，胡錦濤的「全退」是針對江澤民的，讓老江很尷尬。相對於胡的「全退」，江作為「戀權」的代表自然成為輿論焦點。在之前中共的一些高層會議和重大慶典乃至此次 18 大換屆上，他的每次現身都引起廣泛爭議。海內外的各種媒體也指其過多干涉退位之後的人事、政策等安排。

與江同屆退休的中共元老田紀雲就曾暗批江澤民稱，「要明白，到了眼睛睜不開了，嘴巴合不攏了，腰也直不起了，頭腦也不清醒了，還賴在台上，是不討人喜歡的。」其喻意深刻。

11 月 14 日，日本《朝日新聞》援引黨內消息人士的消息稱，胡錦濤「全退」目的是阻止江澤民干政，江澤民在中南海的辦公室將撤除，並且廢除「重要事項須向江澤民報告」的內規。

14 日 18 大閉幕當天，網上盛傳「胡錦濤還沒講完話，江澤民已經在收拾桌子」的小插曲。據傳，連續開了 7 天會，主席台上的中共高層都顯露疲態，面無表情。閉幕式上，播音員讀出大

會決議時，江澤民雙手交叉放在胸前，偶然左右張望，但沒與身邊的胡錦濤或是溫家寶交談。接近結束時，江澤民多次看手錶，在胡講話未完時就開始收拾桌面物品。會終，江在工作人員攙扶下逕直離去，其他人並無主動上前與江握手，兩名工作人員則上前為胡錦濤收拾物品。

據說，18大後江澤民離京時，邀請部分帶江派色彩人士「道別」，但是現任常委張德江、俞正聲、劉雲山、張高麗等人都沒有出現，只有他原來的大祕賈廷安來了。受他提拔的那一堆人都沒見影子，曾慶紅也沒有出現，連曾經為江澤民起草「三個代表」的王滬寧也不給面子「光臨」。其場景可謂「煢煢孑立、形影相弔」。

文章說，更令人叫絕的是，被江澤民從上海拉到北京，這次升任政治局委員的王滬寧，據傳還通知各大媒體，以後不得再報導江的動向，日後需要中共退休官員出面的場合，改由前總理朱鎔基代表。文章調侃說，「是他認為江澤民時日無多嗎？如果江澤民想不開，就很傷身咯。」

第二節

《紐時》事件
令胡全退「炸碉堡」

2012 年 10 月 26 日，美國《紐約時報》報導溫家寶家族貪腐 27 億美元，令中南海一片混亂，胡錦濤最終決定以自己的妥協和全退，要求約束江派。圖為 2012 年 11 月 8 日中共 18 大開幕式。（AFP）

　　據知情人對《新紀元》透露：「就是在《紐時》事件後，胡突然決定全退，11 月 11 日政治局開會時，胡就宣布了這個決定，改變也就在幾天內發生的。」這一消息也得到其他管道的證實。

　　2012 年 12 月中旬，德國之聲發表了原中共官媒「中新社」的文章《胡錦濤何時決定裸退？》的第一篇，文章稱，2012 年中國新年時，胡錦濤與當年的一批清華校友聚餐，大家問他是不是還要幹兩年，胡親口回答：「是。」

2012 年 11 月，日本《朝日新聞》發表文章稱，根據幾個中共高層的消息來源，11 月 11 日內部的高層會議上，胡錦濤就做出全退的決定。胡在做出「徹底引退」意向之時，反覆強調了兩點主張。其一，無論曾經是否位居要職，卸任後絕不干預政治；其二，包括軍委主席在內，今後絕不允許出現任何延長引退時期的人事例外。此兩點在內部會議上獲得了共識。

《新紀元》在《紐時拋溫家貪腐炸彈 中南海生死搏鬥進退兩難》（第 300 期，2012 年 11 月 8 日出刊）一文中介紹了事情的來龍去脈。

2012 年 10 月 26 日，美國《紐約時報》在頭版刊登了《總理家人隱祕的財富》，模糊地指出，溫家寶的家人在其擔任總理期間，獲得了 27 億美元的隱祕財富。此文如同一顆炸彈，引起全球震動，幾小時內西方主流媒體、海外中文網、大陸官方以及溫家寶家人等，都從各自角度對其真實性進行了質疑或背書。據北京消息人士透露，當時中南海一片混亂，胡錦濤、習近平進退兩難。

據 BBC 報導，《紐約時報》這篇文章的作者、駐上海記者巴爾扎克（David Barboza，中文名張大衛）在另一篇文章說，他挖掘了 10 個月才從大陸公開報導中收集到溫家寶家人這些貪腐證據。不過「美國之音」在《焦點對話：紐約時報驚曝溫家寶家族財富，耐人尋味？》的視頻中連線其駐京記者，證實在北京的外文媒體都收到一份非常厚的報告，包括溫家寶家人的經濟投資情況，甚至包括一些審計機構的認證。

據彭博社透露，彭博此前收到所謂曝光習近平家族貪腐的材料有 1000 多頁，其中把習近平親屬的公司報表都收集完全，甚

至還有親屬的個人身分證複印件、家庭住址照片等，還有數年前共事人士的證據證言。這上千頁的材料說，習近平家族斂財數億美元，但彭博社發現很多爆料有誤，如將習近平親屬控股公司的母公司的財產全部計入習家名下。

彭博社在反覆調查分析後表示，這些材料不能證明習近平曾用個人權力幫家族謀利，也沒找到習近平家族任何不正當經營的證據。這次爆料溫家寶的材料中也有同樣的情況，將一些似是而非的人造假成溫家寶家族的持股人，並將他人的財產轉嫁到溫家頭上。

就在《紐時》報導發表幾小時後，中共官媒於 10 月 26 日深夜通報了薄熙來因涉嫌犯罪被立案偵查並限制人身自由，在此十多個小時前，薄熙來剛被終止了人大代表資格。第二天 27 日，中共官方媒體刊登了一則消息，中共九常委全部現身參觀一個在北京展覽館舉行的圖片展。官方發布的照片中，總理溫家寶笑逐顏開，好像《紐時》的文章不存在似的。坊間認為，這是中南海有意向外界釋放挺溫家寶並宣布黨內團結穩定的信號。

10 月 27 日同一天，一封《溫家寶家人律師授權聲明全文》發表，聲稱《紐時》報導不實，「保留追究其法律責任的權利」。

很多讀者也發現《紐時》的報導漏洞百出。比如 1980 年代，中國的萬元戶極少，大陸首富的資產也才只有幾億元，那時的溫家寶怎麼能拿出 8000 多萬購買平安保險公司的原始股票呢？

習近平、溫家寶等人受到類似「質疑或攻擊」已非第一次，外界認為，幕後真相就是薄熙來和周永康暗中收買大陸互聯網公司，用給錢買其廣告、逼迫競爭對手離開中國等方式，下令網路傳播胡錦濤、溫家寶及習近平的負面消息。

當時，北京時間每日凌晨一點過後，百度新聞、百度知道、百度貼吧、百度空間就會充滿習近平及胡、溫的大量負面消息，有的還配有醜化圖片，但到早上八點左右，所有負面報導全部消失。這些負面、被質疑為假消息的包括：「胡錦濤之子涉嫌嚴重腐敗，江澤民要一查到底」、「習近平荒淫好色，在浙江背二婚妻子亂搞女人」，溫家寶的兒子溫雲松如何經商腐敗，習近平女兒習明澤與多名外國男子淫亂等等。

《紐約時報》報導溫家寶家族貪腐27億美元，給北京高層帶極大震動。引起震動並不是因為所謂貪污數額，而是以前西方較具規模的媒體幾乎從未對中共的在任領導人做出這樣的指控性報導。中共政治局在一中全會之前，對此舉行緊急會議。會議中有兩種主要意見，一是按照以前的方式，由中共官方出面，對《紐時》和相關的記者、編輯施加壓力，並試圖扭轉或挽回影響。二是不予理睬。

溫家寶在次會議上再次提出公布個人財產，由中紀委對他及家族成員進行「公開調查」，但會議對此沒有回應。據說胡習雖然支持溫，但擔心一旦採取溫的意見，會引發連帶反應。比如調查如果是中共的內部進行，外界同樣不相信，而所謂「公開調查」公開到什麼程度卻無法把握，對輿論影響也無法預測。如果調查溫，則其他中共官員如何？其他外國媒體指控其官員或問題怎麼辦？國內輿論怎麼辦？民心怎麼辦？如何應對引起的輿論危機？18大代表會有什麼反應？是否會對18大權力換屆造成影響？

當時很多人都猜到，這些洩露給外國媒體的黑材料，就是周永康等江派人馬所為。據說對於江派如此作為，胡錦濤非常氣憤，因為這些材料無論真假，都會令中共陷入進退兩難的窘境：一旦

公開財產，中共官員的以權謀私等特權效應，必定引發民怨；不公開財產，那將再次重創中南海幾乎蕩然無存的「威信」。

在中共官方宣傳裡，中共是百姓的公僕，表面上，官方禁止高幹的家屬子女經商，但現實中，中共政治局常委九個人中，家家都有人在經商，個個都是億萬富翁。如果中共公開這些巨額的財產數目，不僅大陸民眾無法接受，連中共內部官員也會相互眼紅而心理不平衡了。

因此不僅擔心公布官員財產會引發民怨，進而危及政權，還憂心內部的官員因而引發權鬥，同樣可能危及政權，所以，中共深知不能公布官員財產，這也是為什麼官方一直空喊要公布官員財產，但幾十年來一直不予實施的關鍵原因。

有民眾嘲諷說，江澤民家族動輒幾百億美金的提款，李鵬家族占據了中國的發電業，周永康的兒子在四川就貪腐了上百億，曾慶紅的兒子做生意，獲利少於幾個億的根本談都不談，這樣的祕密哪能公開呢？

因此，儘管第二天政治局九個常委一起亮相一個展覽會，溫家寶笑容滿面的出現在鏡頭前，意在表明官方對溫家寶的支持，但無法公布財產溫也就無法自清，因此溫真是「啞巴吃黃連，有苦說不出」。至少這個貪腐嫌疑犯的黑帽子得一直戴著了。

有消息稱，那十多天胡錦濤是茶飯不思，輾轉反側，徹夜難眠，最後終於決定，以自己的妥協和全退，要求約束江派，以防止江派在中南海「你死我活」的困獸之鬥中，過早進入「最後瘋狂」。

第三節

廢除老人干政
防止「魚死網破」

胡錦濤全退的原因之一是中共高層無法說出口的，為了防止江派血債幫的瘋狂行徑而採取的主動避讓，是為了保證共產黨不在他手上垮掉。（AFP）

於是外界看到，中共 18 大上，不但胡錦濤全退，而且江派人馬在 7 名政治局中占了至少 3 名。

胡錦濤原本想以身「炸碉堡」，廢除老人干政，但很多人表示，從 18 大的人事安排結果來看，其本身就是老人干政的結果。左派張德江、張高麗、「媒體殺手」劉雲山的上位，都是江澤民的暗中操縱，這本身就是老人干政的結果。最多只能說，胡錦濤用自己的全退，讓習近平今後避免受老人干政之苦。

習近平當然也不會錯過這個機會。繼胡錦濤在中共內部會議上定下兩條規定，杜絕老人干政之後，12 月 4 日，習近平召開政治局會議，制定了八項新規，並要強調從中共中央政治局做起。

這八條規定包括：精簡會議、精簡會議簡報、規範出訪活動、改進警衛工作、屬行勤儉節約等等，其中第七條：「除中央統一安排外，個人不公開出版著作、講話單行本，不發賀信、賀電，不題詞、題字。」

明眼人一看，就知道是針對江澤民的。在中共退休老人中，江澤民一直題詞、題字忙不迭。原山東大學教授孫文廣 2003 年研究發現，江的題詞超過毛澤東，列居第一，有 3 萬 3800 條。此外江的各種著作、單行本氾濫，隨便一個講話都要出書，中共內部對此大都非常反感。

然而，胡錦濤全退的另一的原因是中共高層無法說出口的，也是很多人沒有想到的，那是他為了「保黨」，為了防止江派血債幫的瘋狂行徑而採取的主動避讓，是為了保證共產黨不要在他手上垮掉。

胡妥協是為了防止「魚死網破」

在這之前的 3 月 18 日，就在溫家寶兩會上（3 月 14 日）首次談論薄熙來事件是「文革遺毒」、3 月 15 日宣布撤銷薄熙來重慶市委書記職務後的第三天，一直主導對薄熙來審查的胡錦濤的最大心腹、中央辦公廳主任令計劃的兒子、北京大學研究生令谷，卻突然發生車禍死亡。事後，很多證據顯示這又是江派血債幫策劃的政治謀殺，是對令計劃懲治薄熙來的反擊報復。由此可見，這次中共內訌已經到了你死我活、拿子女性命來參與的血腥大拚搏了。

於是，就在《紐時》報導發表幾小時後，中共官媒於 10 月

26日深夜通報了薄熙來因涉嫌犯罪被立案偵查並採取強制措施。在此十多個小時前，薄熙來剛被終止了人大代表資格。不久後，薄熙來被關進了秦城監獄。顯然第二道命令是被《紐時》的報導所激怒而出台的。

就在10月26日《紐約時報》報導溫家寶家族財富事件之後，曾慶紅還利用海外媒體放風說，下一個目標就是胡錦濤、習近平。眼看江派人馬就像殺紅了眼，胡錦濤擔憂的是，這樣你一來我一往的過招，互相殘殺內鬥的結果，只能是兩敗俱傷，只能讓中共這艘破船早日解體。於是，胡錦濤想到了退讓，以便安撫狗急跳牆的江派人馬，讓他們暫時停止瘋狂的反撲。

對惡人的妥協，也許能換來暫時的消停，但日後只會積累引發更大的衝突，這也是後來的「江習鬥」比「江胡鬥」更為激烈的原因。

第四節

法輪功是中國政局的核心

　　江澤民為何要下令薄熙來、周永康進行政變呢？關鍵原因就是江澤民怕被清算。

　　為了掩蓋十多年對法輪功學員包括活摘器官在內的殘酷迫害真相，繼續維持迫害政策，江澤民、曾慶紅、周永康與薄熙來等迫害法輪功的「血債幫」成員密謀，先在「18大」奪取政法委位置，然後再鞏固武警部隊的武裝力量、鞏固輿論等，待各方面成熟後再廢黜和逮捕習近平。

　　此政變計畫已經完成了一半進程，卻在2012年2月6日，被王立軍逃館事件給曝光並摧毀，令周薄政變集團始料不及，全盤崩潰。

　　《中南海政治海嘯全程大揭祕（下）》這本書詳細介紹了江澤民與胡錦濤的「江胡鬥」的淵源和核心問題。江澤民為何不敢放棄權利，舒舒服服地過退休生活，為何拚命也要抓住權力？

2011 年江澤民公開承認，這一輩子幹的最蠢的事就是在 1999 年發動了對法輪功的鎮壓。當時其他 6 個中共常委都反對鎮壓，但江執意鎮壓。迫害十幾年來，騎虎難下的江澤民不斷加大鎮壓力度，動用整部國家機器全面投入到迫害法輪功中，甚至於不惜掏光國庫，耗費發動幾場戰爭的經費，也要繼續鎮壓。

胡錦濤從一開始與其他 5 名時任的中共常委都反對江澤民鎮壓法輪功。因此江澤民懼怕自己一旦失去政治權力後，會被清算鎮壓法輪功的罪行，就像齊奧塞斯庫（Nicolae Ceauşescu，羅馬尼亞前總統、獨裁者）那樣。所以 17 大上，江澤民拚命也要把自己的馬仔周永康、李長春塞進政治局常委，讓周永康把持政法委，繼續迫害政策。於是，中國出現了兩個權力機構，一個是胡錦濤在北京的中南海，一個是江澤民在上海的江家幫。由於江澤民暗中掌握了軍權，所以那時的胡錦濤可以說只是個傀儡，「重大事情都要江批准」。

概括地說，江胡鬥、江習鬥的核心問題都圍繞著「法輪功」。因為江澤民欠下了血債，怕被清算，才死死抓住權力不放。保權就成了他的保命之道。與此同時，一大批跟隨江澤民鎮壓法輪功的人，如薄熙來、周永康、曾慶紅、徐才厚、郭伯雄等，也就自動結成了「血債幫」：他們因為欠下命債，怕被清算，結成了另一種方式的生死同盟。這就是周永康冒死也要保薄熙來的原因。

第五章

習軍委的「胡家軍」班底

2012 年習近平接班時，胡錦濤已全面掌控軍隊，留給習的中央軍委基本是胡錦濤的人馬。由於胡錦濤與習近平的結盟，「胡家軍」也都聽從習近平的調遣，堪稱半個「習家軍」。（AFP）

第一節

范長龍——
關鍵時刻緊跟胡錦濤

范長龍擁有不同軍區的輪調經歷（瀋陽
軍區、濟南軍區），又有中央委員台階，
也是七大軍區司令員中少數具有上將軍
銜者。（新紀元資料室）

　　1947 年 5 月出生的范長龍，遼寧東港人，22 歲入伍參軍。
有人發現，在范長龍的軍旅生涯裡，他幾乎沒有任過副職，都是
正職：從士兵、班長、排長、見習宣傳幹事、組織幹事、指導員、
營長、副團長（兼參謀長）、團長、師參謀長、師長、軍參謀長、
軍長、大軍區參謀長、總長助理、濟南軍區司令員，整個過程堪
稱順利。

　　據說表面上一派憨厚老實的范長龍，很會拉關係，與軍中大
佬關係良好。因此很多人都看好他的仕途。

四川地震 北川武器庫被炸的祕密

　　在范長龍的官方介紹中，可以看出他後來得到重用的蛛絲馬
跡。 比如在 2008 年汶川地震中，范長龍主動向胡錦濤、溫家寶

靠攏，而不是跟隨徐才厚、郭伯雄等江派人馬，聽命於號稱「軍委首長」的江澤民，故意按兵不動，以便讓胡溫出醜。相反，范長龍調度濟南軍區部隊進入川北地區，並親自到一線，讓胡溫留下很好印象。

媒體報導稱，汶川地震後三天，范長龍到達川北地區，當時濟南軍區約有 3 萬多人在災區救災。

有人問，官方稱地震中心在汶川，為何范長龍要去北川？2008 年 5 月 18 日，也就是地震之後六天，中共國防部發言人胡昌明在新聞發布會中表示，中共軍人從瓦礫中救出來 2 萬 1666 人，但一個月後，軍方澄清說軍隊救了 3336 人，兩者相差 1 萬 8330 人，讓人質疑「這不可能是統計失誤」。

官方稱派出了 13 萬軍隊到災區，但民眾看不到軍人的身影，最早到達地震災區的，不是擁有最佳工具的中共軍隊，而是遠在江蘇、安徽民間的一個由 120 人、60 台挖掘機等大型工程機械組成的搶險突擊隊，在震後 36 小時抵達震中，而司令部就設在成都、擁有約 28 萬軍人的成都軍區部隊卻遲遲「不能」進入災區。

2008 年 7 月 4 日，《大紀元時報》在《大地震銷毀中共軍隊最大兵庫》一文中獨家報導說，據中共軍方高層知情人士祕密透露，地震引發山區武器彈藥庫連鎖爆炸，中共幾十年經營的最大的兵器補給庫被完全銷毀，還包括新武器試驗基地及部分核設施、核彈頭都遭到摧毀。此事件作為最高軍事祕密，震動中南海。

地震後人們發現，從震中汶川往西南方向，去山裡的交通要道就被特種部隊戒嚴，方圓幾百里之內，人獸不得靠近；而且還有人看到在往山裡去的大隊軍車裡有身穿白色「防化服」人員的身影。2012 年 6 月 27 日，官方還首次披露，四川汶川特大地震

發生後，2700 名防化兵執行核化應急救援。

也就是說，中共軍隊從軍事管制區內救出了 1 萬 8330 人，在民眾能夠進入的地方救出了 3336 人，這也就是為什麼官方稱地震中心在汶川，但災情最嚴重的卻在北川，這也是為什麼范長龍要去北川而不去汶川的真實原因。

2014 年 8 月北戴河會議期間，被視為「江澤民在軍中最愛」的前軍委副主席徐才厚被抓後，江派媒體一度放風稱，時任軍委副主席的范長龍和中共總參謀長房峰輝、國防部部長常萬全正在策劃針對習近平的政變，背後的總策劃人是中共前軍委副主席郭伯雄。不過，這樣的謠言還是被外界識破。有海外媒體披露，范長龍實際是由習近平「欽點」的。

《外參》引述軍中消息人士透露，習近平在接掌中共中央軍委前，曾派人對各大軍區司令員進行幕後調查。因為習不太相信三總部那些跟他太接近的人，所以就從各大軍區物色合適人選。

習近平在調查中發現，范長龍已准備告老還鄉，甚至把辦公室的用品都已經全部打包。消息人士稱，「據說范長龍已經買好了很不錯的釣魚桿，準備享受退休後的悠閑生活。當時范長龍也和其他人講過，這是他的最後一站。」

正因為范長龍的這些舉措，被認為是最沒有野心和企圖心的大軍區司令員，習近平因此親自命他進入中央軍委。據悉，當范長龍聽到這個消息時，他自己都根本不相信。

范長龍被外界認為是中共 18 大中央軍委新班子中最大的「黑馬」，從濟南軍區躍升中央軍委副主席一職，不過從這也能看出習近平的安排：當習近平自己的人馬還沒成長起來之前，找一個老實聽話、本分的人來過渡一下，對習來說，無疑是最佳選擇。

第二節

許其亮——晉升最快的軍人

2007 年許其亮 57 歲時，被晉升為上將軍銜。其晉升速度在中共和平時期鮮少出現。（AFP）

許其亮，空軍司令，上將，因其 62 歲的年齡優勢，許其亮和范長龍成為習近平選中的軍委副主席。

和平時期少見的晉升速度

許其亮作為中共解放軍中的少壯派，其晉升速度是在中共和平時期鮮少出現的。

許其亮生於 1950 年 3 月，山東省臨朐人，16 歲身為農家子弟的許其亮從臨朐四中招飛參軍。入伍後三年，許其亮曾在第五航空學校等學習飛行。19 歲從航校畢業後，進入駐上海的空 26 師擔任殲擊機飛行員。33 歲成為當時空軍的飛行師長，40 歲成為空軍軍長，44 歲升任空軍參謀長，是當時全軍最年輕的副大軍區職將領。

許其亮長期在南京軍區空軍工作，1984 年後擔任駐上海的空四軍和空軍上海指揮所的領導，1988 年起又在身處台海最前沿的空八軍工作五年。

2004 年初，讓非陸軍將領進入長期為陸軍將領主導的總部甚至進入軍委的呼聲越來越強烈，當時外界看好剛在 16 大上同時當選中央委員的空軍副司令員馬曉天和瀋陽軍區空軍司令員許其亮。

2004 年 6 月許其亮和海軍南海艦隊司令員吳勝利被任命為副總參謀長，2007 年 9 月 6 日，許其亮被任命為空軍司令員，接替了即將退休的軍委委員喬清晨的司令員職務。這一年，57 歲的許其亮被晉升為上將，他被稱為中央軍委的第一位「50 後」上將。

在中共軍隊裡，空軍是鷹派最集中的地方。據說，許其亮任空軍司令後，頒發了「10 項禁酒令」，痛斥軍中跑官要官的「不齒」行為。

許其亮不僅與胡錦濤關係良好，他和習近平關係也不錯。習近平從 1999 年開始，直到 2003 年擔任浙江省軍區黨委第一書記，一直擔任南京軍區國防動員委員會副主任，據說習每年都要抽時間和南京軍區的人接觸，很可能那時習近平就看好許其亮。

胡習提前更換軍委副主席

值得注意的是，范長龍和許其亮被增補為中共中央軍委副主席的日期，都是 2012 年 11 月 4 日，習近平當選中共總書記的日子，是中共 18 大閉幕、18 屆一中全會召開的日子，即 2012 年 11 月 15 日，也就是說，胡錦濤和習近平故意在 18 大政治局常委揭

曉之前先行更換了軍委主席。

抓穩軍權之後，胡錦濤才在 11 月 11 日突然宣布全退，把軍權一下傳給習近平。中共 18 大是 11 月 8 日至 14 日召開，也就是說，在 18 大開會期間的 11 日，胡錦濤突然決定放棄軍權，全身而退。

按照中共慣例，軍委主席、軍委成員的增補和變更，一般都要在中共的某次大會的一中全會後決定，最遲到四中全會，如 2002 年 11 月 8 日中共開 16 大一中全會，所謂「選舉產生」軍委主席江澤民，副主席：胡錦濤、郭伯雄、曹剛川，軍委委員：徐才厚、梁光烈、廖錫龍、李繼耐；習近平被增補為軍委副主席，原定是在 2009 年 10 月的中共 17 屆四中全會上，由於房峰輝在胡錦濤的示意下，把四中全會給「攪黃了」，習最後實在 2010 年 10 月的 17 屆五中全會上才被任命。

然而這次范長龍、許其亮的就任，卻是在 17 屆 7 中全會，也就是比 18 屆一中全會早 10 天進行，這在中共的過往還未曾有過。

其實，這是胡錦濤、習近平為掌握軍權、提前架空徐才厚與郭伯雄而特意安排的。

由於《紐約時報》在 2012 年 10 月 26 日報導了溫家寶家族的「貪腐」事件，此事被視為是周永康的暗盤操作，於是，胡溫與習陣營立即反擊，當天深夜，中南海便將薄案升級。6 天後，胡錦濤就召開中共 19 屆 7 中全會，罕見地提前公布新的軍委副主席，於是，中共軍隊出現了 1 個軍委主席胡錦濤，5 個軍委副主席的局面，這 5 人分別是：習近平、郭伯雄、徐才厚、范長龍、許其亮。

這樣 1 正 5 副的局面直到 2013 年 3 月中共兩會之後，才回落到以往的 1 正 2 副。當時胡錦濤、郭伯雄、徐才厚退休，習近平升為中共軍委主席。

外界評論說，范長龍、許其亮兩人被提前增補為軍委副主席，其實等於變相提前將徐才厚和郭伯雄免職。

據說在胡錦濤懲處谷俊山時，江澤民出面阻撓，當時胡錦濤說：處置谷俊山就收手。而後習近平繼續追擊，懲治徐才厚，原來胡錦濤和習近平之間還有個協議：胡動谷俊山，習動徐才厚。

第三節

常萬全——
坐神七升官的團派軍頭

常萬全是從神七到神九的總指揮，
這些中共的「面子工程」為胡錦濤
謀求 18 大連任軍委主席送上一份
「大禮」。（新紀元資料室）

63 歲常萬全是 17 屆中共中央軍委十名成員中第二年輕的，
只比最年輕的空軍司令員許其亮長一歲。常萬全歷任師長、軍長、
北京軍區參謀長、瀋陽軍區司令員等職務，也曾任中共國防大學
戰役教研室主任。

2007 年常萬全任總裝備部部長，17 大上軍委委員、並被胡
錦濤晉升為上將。在前總裝備部部長陳炳德就任總參謀長後，常
萬全於 2008 年 9 月開始接手「神七」，並一直擔任總指揮。

有評論認為，從神七到神九，這些中共的「面子工程」為胡
錦濤謀求 18 大連任軍委主席送上一份「大禮」。在江系的陳炳
德被調走去了總參後，「神七」的指揮權最終掌握在常萬全手中，
但是江澤民依然在「神七」的指揮團隊中安插了和航太毫無關係
的江綿恆作為「副總指揮」。但是，隨著胡錦濤逐漸掌控軍內勢

力後，江綿恆在「神八」工程中被從指揮團隊「抹掉」。

由於常萬全是胡錦濤就任軍委主席後提拔的，被認為是胡錦濤的心腹之將，也有人稱之為軍中的「團派」。

常萬全1949年1月出生，是河南南陽人。出身貧寒。與常萬全一起長大的幼時夥伴陳聯軍透露，常萬全當過學校籃球隊長，籃球打得非常好，正是因為籃球打得棒，才讓他有緣進入軍營。

1990年6月郭伯雄升任蘭州軍區第47集團軍軍長，當了三年軍長，而同年9月，常萬全調任蘭州軍區司令部作戰部部長，1992年2月，常萬全晉升為陸軍61師師長。張海陽（前軍委副主席張震之子，現任第二炮兵部隊政委、黨委書記）為該師政委。

1997年，常萬全被授予少將軍銜。2000年升任陸軍47集團軍軍長，成為正軍級軍官。2002年擔任蘭州軍區參謀長，一年後晉升中將，並在2003年12月任北京軍區參謀長，2004年12月任瀋陽軍區司令員，成為正大軍區級將領，取得進入解放軍四總部的資格。

離開瀋陽軍區後，常萬全曾在軍報上發表了《回眸參與東北邊防建設的三年經歷》，文章反常的是，作為2004年12月才就任的瀋陽軍區司令，常萬全的工作肯定離不開當時軍委分管軍令的副主席郭伯雄，也離不開當時的總參謀長梁光烈。不過常萬全在通篇文章中，隻字不提郭伯雄、梁光烈，被看作是釋放逐步向胡錦濤靠攏的信號。

第四節

房峰輝——
京畿防衛 胡最信賴的軍頭

房峰輝是胡錦濤的心腹,多年京城
保駕有功。(視頻截圖)

房峰輝 1951 年 4 月出生於陝西咸陽彬縣。1968 年,17 歲的
房峰輝入伍從軍,長期在新疆服役。2004 年 1 月,房峰輝任廣州
軍區參謀長。2005 年 7 月,房峰輝獲胡錦濤授予中將軍銜。2007
年 6 月,上調北京軍區擔任司令員,為胡錦濤京城保駕。2009 年
10 月 1 日,中共建政 60 周年時的閱兵總指揮,房峰輝陪同胡錦
濤檢閱了部隊,2010 年 7 月 19 日,被授予上將軍銜。

房峰輝之所以得到胡錦濤的信任,主要是因為他為胡發動過
「兵變」。

2009 年的中共 17 大四中全會上,習近平未如各界預期成為
「中共軍委副主席」,也就無法順利成為中共接班人,關鍵原因
是因房峰輝發動政變,阻止了習的上位,直到一年後的五中全會
上,習近平才被宣布為胡的接班人。不過,導致這個結果的房峰

輝並沒有被懲處，反而受到胡錦濤的重用。

2009 年 9 月 21 日，就在中共 17 大四中全會（9 月 15 日至 18 日）結束後的第三天，網路論壇上就出現了這樣的帖子《北京軍區司令房峰輝四中全會向中央發難》，裡面說，房峰輝「在中共 17 屆四中全會上突然發難，反對中共中央政治局提請全會通過的人事安排。」

分析認為，房峰輝在 17 大上發動「兵變」，幫助胡錦濤打亂了江澤民對 18 大的人事布局，一舉扭轉了胡、溫在與江系內鬥中處於下風的局面，才有了今日「一習（習近平）一李（李克強）」的政治局面。外界認為，房峰輝的政變，幫團派的上位爭取了時間，從而也製造了機會。而房峰輝當時甘願為軍權不穩的胡錦濤冒這個殺頭的風險，說明了他對胡的忠心，以及胡對他的信任。

有評論說，此次兵變，胡錦濤以其人之道還治其人之身，報了當年一箭之仇。2002 年 11 月 13 日，在江澤民的導演下，在中共 16 大主席團常委第四次會議上，中共中央軍委副主席張萬年突然提出「特別動議」，建議已經退居二線的江澤民續任中央軍委主席。以大會主席團常委會臨時「特別動議」來否決政治局常委會、政治局的決議。張萬年還逼迫胡錦濤當場表態。

當時胡錦濤楞在那，半晌沒說話。他那時若不同意江澤民連任，很可能走不出會場就被江派扣留關押了。於是胡錦濤只好面帶笑容地說：我支持這個動議。據現場人士透露，當時胡錦濤的臉，與其說是在笑，不如說是在看，真是笑得比哭還難看。

等熬到 2004 年江澤民退休後，胡錦濤發現自己根本調動不了軍隊。被稱為「東北虎」的徐才厚，來自「東北軍」（瀋陽軍區），而郭伯雄是來自「西北軍」（蘭州軍區）的「西北狼」。

這兩大中共軍頭及其提拔的家鄉人脈，幾乎壟斷了軍中高層。於是，2007年胡錦濤特意從廣州軍區提拔兩人進京，一個就是時任廣州軍區參謀長的房峰輝，另一名就是時任南海艦隊政委兼廣州軍區副政委的童世平。

房峰輝果然沒有辜負胡錦濤的信任，在關鍵時刻為胡衝鋒陷陣，胡給回饋給房峰輝軍委成員的頭銜。

2014年8月北戴河會議期間，江派媒體四處放風說，徐才厚落馬後，范長龍、房峰輝和常萬全，在郭伯雄的授意下，企圖發動軍事政變，推翻習近平。不過人們很快發現這個謠言站不住腳。

為了平息謠言，習近平走哪都把房峰輝帶上。如2014年8月16日晚，習出席第二屆夏季青年奧林匹克運動會開幕式，官媒在報導中提到陪同9名高官中包括「中央軍委委員房峰輝」。12天後的8月28日，習近平會見上和經濟組織成員國代表時，官媒在報導的最末加了一句：「中央軍委委員、總參謀長房峰輝會見時在座」。這無疑對外釋放了胡、習政治聯盟穩固的信號。

第五節

張陽——胡放心的軍中親信

18大前，競爭總政治部主任一職的人很多，張陽憑藉與胡錦濤的關係，最後獲此職位。雖然呼聲很高的劉源、張海陽與薄熙來進行了及時切割，但胡錦濤仍舊不放心，寧願用自己的親信掌控總政。（Getty Images）

　　胡錦濤、習近平對 18 屆中央軍委的布署，不但體現在提前安排了范長龍與許其亮在七中全會上增補為軍委副主席，斷了江派的美夢，同時也體現在張陽的出線上。

　　據中共黨媒《解放軍報》報導，2012 年 10 月 19 日下午，由胡錦濤一手提拔的廣州軍區政委張陽，到北京的中共解放軍總政治部任職。

　　在中共軍隊中流傳一句話：「要想爬，別得罪總政。」總政治部主任握有絕對推薦人事的大權，這和中共軍隊體制有關係。

　　按規定，從副師級到正團級的軍官，由總參謀長、總政治部主任、總後勤部部長、總裝備部部長、相關政委、軍區司令、各軍種司令、政委任免；而軍委成員、各軍區司令、各集團軍軍長、各師師長則由軍委主席任免。但軍委主席不一定知曉每一個師長、集團軍軍長和政委的背景，總政治部的推薦就至關重要，而

總政保衛局需要寫出此人的政治審查報告，所以總政治部主任的實權非常大。徐才厚當年就是依靠這個位置開始買官賣官的。

總政的人事權還反映在其他的方面。在軍中，軍官們是因為貪腐，還是政治問題落馬，最終也是由總政來「一錘定音」。

18 大前，競爭總政治部主任一職的人很多，如總政治部副主任、江派人馬賈廷安；總政治部副主任、團派親信童世平；習近平屬意的太子黨、海軍政委劉曉江；總後勤部政委、習近平的軍中好友劉源、二炮政委、太子黨張海陽等，不過，張陽憑藉與胡錦濤的關係，最後獲此職位。

據說，當時劉源和張海陽進入軍委的呼聲很高，雖然劉源、張海陽與薄熙來進行了及時切割，並有習近平力保，但胡錦濤仍舊不是很放心，寧願用自己的親信掌控總政。

另一個原因是劉源 2012 年初被查出患有肺癌晚期，治療後有所好轉，但醫生苦於難以找到徹底有效的治療方法。這也是劉源不被選中或他自己不願被選中的原因之一。對於張陽頂替了劉源，軍中少壯派太子黨對此曾經不滿，軍內出現為劉源抱不平的「雜音」。

張陽算是胡錦濤一手所提拔。1951 年 8 月，張陽出生在河北武強。1968 年 2 月，17 歲的張陽入伍參軍。

自 2000 年 7 月任第 42 集團軍政治部主任後，連跳三級，2002 年擔任第 42 集團軍政治委員，2 年後，53 歲的張陽被晉升到副大軍區級職務，任廣州軍區政治部主任，並在 2006 年 7 月獲中將軍銜。2007 年張陽出任正大軍區級職務，擔任廣州軍區政委。

第六章

習自己的軍委成員

中共 18 大結束後，江派人馬在軍隊中被清洗出局，胡、習培植與拉攏的親信掌握了要害部門。（AFP）

第一節

張又俠——
唯一有實戰經驗的軍區司令員

習近平軍中親信、總裝備部部長
張又俠。（Getty Images）

張又俠的前途一度被看好，但自從薄熙來出事、並躲到薄一波創立的第 14 集團軍消息傳開後，張又俠這個曾在 14 軍任職的人，頗招外界議論。

2012 年 2 月王立軍事發後，薄熙來曾到雲南的第 14 集團軍視察，最後薄因牽涉與周永康的政變而下台。而出自薄一波組建的 14 軍、後為瀋陽軍區司令員的張又俠的「態度」也曾經備受外界矚目，儘管薄熙來倒台後，瀋陽軍區馬上快速與薄切割，對胡錦濤大表忠心。

不過在習近平的力薦下，張又俠進入了中央軍委。

張又俠被稱為習近平的手下愛將。兩人都是太子黨出身，而且父輩關係不錯。張又俠 2011 年晉升為上將，他的父親張宗遜也是上將，成為第二對父子上將。中共軍史上首對「父子上將」是

原軍委副主席張震和現任二炮政委張海陽；兩者分別在 1988 年和 2009 年被授予上將軍銜。這是中共軍史上僅有的兩對父子上將。

在國共內戰時期，張宗遜和習仲勛曾在陝甘寧野戰集團軍搭檔過，張宗遜任集團軍司令員，習仲勛任政委，轄六個旅，長期共事。而且張又俠和習近平都來自陝西。這雙重關係令張又俠和習近平關係密切。

張又俠出生於 1950 年，18 歲參軍。1976 年，26 歲的張又俠出任第 14 軍 40 師 118 團連長，駐在雲南省境內。據說張又俠為人桀驁不馴，個性張狂。

張又俠先後擔任 118 團副團長、119 團團長、40 師正副師長等職務，1984 年發生中越戰爭，張以 119 團團長的身分在老山作戰，是中共高級將領中為數不多的有實戰經驗的指揮員。

1990 年代後期張任成都軍區第 13 集團軍副軍長，並在 47 歲（1997 年）晉升為少將，50 歲時升為第 13 集團軍軍長。2005 年 12 月離開成都軍區，晉升為北京軍區副司令員，兩年不到，2007 年 9 月升任瀋陽軍區司令員。外界評論說，在三大軍區（成都、北京、瀋陽）輪番任職，顯然是受到中共有計畫重用的將領。

2014 年 11 月下旬，外界盛傳習近平可能重設軍委祕書長，並讓太子黨、總裝備部部長張又俠擔任這一職務。之前也有消息稱，張又俠將將出任軍委副主席。

中共「14 大」之前，中央軍委都設有祕書長，負責處理軍委日常工作，規格高於四總部首腦。如葉劍英、楊尚昆曾以軍委副主席兼任祕書長，楊尚昆後來又讓其弟楊白冰繼任軍委祕書長。1992 年中共「14 大」之後，楊氏兄弟遭鄧、江整肅，退出軍委

核心層，而後軍委也不再設立祕書長。

　　若習近平重設軍委祕書長，將是其做強軍委辦公廳的又一舉措，同時也是習近平安插自己的人來統管軍隊，「徹底肅清徐才厚的影響」的一個舉措。

第二節

趙克石——
沾光 31 軍 與習私交密切

趙克石的升官與習近平的私交
密不可分。（Getty Images）

總後勤部部長趙克石（1947 年 11 月～），河北高陽縣人，
1968 年參軍，曾任南京軍區軍訓部幹部訓練處處長，後調任第
31 集團軍參謀長、南京軍區副參謀長，2000 年底出任第 31 集團
軍軍長，2004 年 6 月任南京軍區參謀長，2007 年任南京軍區司
令員。2010 年 7 月 19 日，晉升上將軍銜。

趙克石的升官與習近平的私交密不可分。據港媒報導，習近
平與 31 軍的感情深厚，31 軍的將官多數都得到快速提升。趙克
石曾在 31 軍多年。習近平從 1993 年到 2002 年在福建省擔任主
要職務時，趙克石在 1994 年和 2004 年之間曾經擔任 31 軍的參
謀長和軍長。

習近平從小在軍隊大院中長大，與中共軍隊聯繫緊密，他小
時候一起長大的「哥們」不少現在都是將軍。習近平大學畢業後

的第一份工作，就是擔任中央軍委祕書長耿飆的祕書。他在地方
工作後，喜與當地的軍官來往，在福建、浙江、上海等地，與南
京軍區的不少軍官都成為「好兄弟」。在福建期間，擔任過預備
役高炮旅的旅長。

《前哨》曾經評論認為，在習近平的心目中，他與南京軍區
的將軍，特別是與長期駐在福建的31軍軍官有著「兄弟的親情」。

現在各省軍區軍頭中，有16名是「習家軍」成員。如現任
福建省軍區司令汪廣慶，據稱曾經擔任某集團軍參謀長、集團軍
副軍長等職。2003年晉升為少將。福建省軍區政委朱生嶺，2005
年8月任陸軍第31集團軍政治部主任。2007年7月晉升少將。
江蘇省軍區司令員孫心良，曾任南京軍區裝備部副部長。浙江省
軍區政委王新海，曾經任南京軍區政治部幹部的部長。

總後勤部掩蓋的驚天祕密

中共解放軍總後勤部主要管理軍隊的後勤工作，包括軍隊醫
院、軍車牌照、物質油料和基建營房等，有機會突破中共網路封
鎖的大陸讀者可能知道，如今的解放軍總後勤部「聲名狼籍」，
不光是連續出現王守業、谷俊山之流的碩鼠貪官，更主要的是，
總後是「活摘器官」罪行的主要參與者之一。

《新紀元》周刊從2007年開始就在不斷揭露總後勤部某些
中共將領犯下反人類罪行，目前海內外各自證據顯示，原總後勤
部政委孫大發、部長廖錫龍都在重大嫌疑犯之列。詳見本書第十
一章。

第三節

馬曉天——
薄案後，積極切割薄熙來

馬曉天與薄熙來、劉源等太子黨關係密切，雖然薄案後，馬積極與薄熙來切割，但能否切割成功，還有待觀察。（AFP）

中共空軍司令馬曉天於 1949 年 8 月生於天津，不滿 16 歲時參軍，19 歲當上了飛行教員，23 歲時後就歷任空軍中隊長、副大隊長、副團長、團長。

馬曉天屬於「紅二代」，父親是中共開國大校、解放軍政治學院原教育長馬載堯，岳父也是開國大校，為原中央軍委紀委副書記張少華中將。其少年得志，跟父輩背景直接相關。

馬曉天 2000 年晉升空軍中將，2009 年晉升上將。據說年輕時馬曉天打籃球的技術高超，他在球場上作風潑辣，敢打敢拚，相比之下，其他飛行員就非常擔心在球場上假如出現意外，身體受傷就不能飛行了，於是很多飛行員打球都比較小心謹慎，但馬曉天好像不在乎，經常「玩」出魚躍接球這樣高難度動作，絲毫沒有把水泥地球場對身體可能帶來的損傷放在眼裡。

　　據說，馬曉天與薄熙來、劉源等太子黨關係密切，一度傳出其仕途受阻，不過 18 大後習近平還是把馬曉天提拔到軍委委員的位置上，可見薄案並沒有牽連他。

　　2012 年 5 月，南海局勢風雲突變。中共防長梁光烈曾對菲律賓防長強硬表態之際，副總參謀長馬曉天卻表示，南海問題暫不動用軍事力量，直接呼應此前胡錦濤關於中美共同發展的講話，被外界認為總參繞開國防部長梁光烈直接對中共中央軍委負責。

　　2012 年 7 月，《新紀元》周刊在封面故事《少壯派欲藉南海立威》中，分析了類似馬曉天、許其亮那些軍中少壯派的真實心態。他們嘴上很強硬，但不會動真格的，特別是習近平不會允許他們來真的。

　　2013 年的東海防空識別區的設立證明了這點。鷹派想要掙表現，調門很高，北京政府為了迎合國內憤青狂熱的民族主義思潮，也會有一些強硬表示，但到最後關鍵時刻，戰爭是打不起來的。正如很多人分析的那樣，中共一打就死，早打早死。這是必然的，因為中國的兵力比別人差了十幾二十年。

第四節

魏鳳和——從農門走出的中將

中共第二炮兵司令員魏鳳和，
是習近平擔任中共中央軍委
主席後晉陞的第一位上將。
魏鳳和以中將身分進入軍委。
（維基百科）

　　魏鳳和 1954 年 2 月出生在山東聊城莊坪縣溫陳鄉，16 歲當兵。2008 年 7 月升為中將，2011 年 1 月 15 日，56 歲的魏鳳和從第二炮兵參謀長的位置提升為副總參謀長。這是自 2004 年 9 月胡錦濤出任軍委主席以來，副總參謀長首次由四人增加到五人，也是自 2004 年 9 月以來首次出現出自二炮部隊的副總參謀長。

　　這個任命主要是胡錦濤的意圖。據中國軍事問題評論員平可夫所著《18 大軍委主席爭奪》一書介紹，「是否要建立參謀長聯席會議」的架構，在中共軍隊內部已經爭論很久，實際上涉及江澤民和胡錦濤爭奪對中共軍隊的控制權。

　　胡提出的參謀長聯席會議提出，要將中共陸海空三軍、戰略火箭部隊地位平等，從而放棄傳統的蘇聯式大陸軍主義。目前中共軍隊連一部、二部的番號、職能都是沿用蘇軍的，未加改變。胡錦濤試圖推行新的「一體化三軍聯合作戰最高指揮」機構，目

的是便於調整軍隊的一系列人事。

　　於是在副總參謀長的職位上，增加了海軍、空軍和導彈系統出身的中共將領，這包括空軍飛行員出身的馬曉天、核潛艦艦長出身的孫建國出任副總參謀長。在總參謀長助理的人事調整方面，也開始出現重視海空軍和技術出身將領的跡象。

　　馬曉天進入 18 大軍委，被認為是習近平沿襲了胡錦濤的思維，不過，18 大前盛傳的海軍司令的變動卻發生了意外。

第五節

海軍司令留任
習近平欲用新人

　　在中央軍委的組成中，按照中共往例，其中有一個名額屬海軍司令。胡錦濤在任時的海軍司令吳勝利，（1945 年 8 月出生在河北吳橋），因原海軍司令張定發因謀殺胡錦濤遭貶後而替位補上。

　　2003 年 5 月 2 日，中共海軍北海艦隊一艘常規動力潛艇在內長山以東中國領海進行例行性訓練時失事，艇上 70 名官兵全部遇難。據《江澤民其人》援引中共海軍知情人士的消息透露，出事後，江澤民藉機把海軍司令員、政委、北海艦隊司令員及政委四人全換掉，換上對自己表忠心的人。繼任的海軍司令張定發就是江澤民藉此機會安插上的。

　　361 潛艇事件後，原濟南軍區副司令員兼北海艦隊司令員丁一平，政委陳先鋒被行政降職，即由大軍區副職降為正軍職，軍銜仍為中將。中共 18 大前，一度有人傳說丁一平可能升任海軍

司令，不過，習近平並沒有選中他。2014 年 7 月，丁一平退休卸任。

當時接替即將退休的吳勝利呼聲最高的是孫建國。孫建國是吳勝利的吳橋老鄉，比吳小 7 歲。1985 年底，孫建國曾任海軍403 號核潛艇艇長。

孫建國與胡錦濤的關係也很密切，從 2008 年汶川地震救災中就能看出來。當時孫建國在溫家寶手下擔任國務院抗震救災指揮部救援組組長，軍地聯合前線指揮站等職務。相對於陳炳德在救災中處處以「軍委首長」江澤民馬首是瞻，拖延救災時間，孫建國在救災過程中有不同表現。於是 2011 年 7 月 23 日，胡錦濤提拔上將時，孫建國榜上有名。同時被提升的還有江澤民的祕書賈廷安、胡耀邦女婿、海軍政治委員劉曉江，海軍陸戰隊司令、張宗遜上將之子、瀋陽軍區司令員張又俠，總政治部副主任人選、胡錦濤的心腹、蘭州軍區政治委員李長才等人。

當時有分析認為，除了江澤民的祕書賈廷安被明升暗降外，其他上將都是胡錦濤為航母艦隊準備的。海軍司令員、海軍後勤部、海軍政委、海軍陸戰隊司令，海軍建航母戰鬥群班子已經搭起來了。孫建國如果接任海軍司令，或將成為任期內指揮第一個航母編隊的海軍司令。

不過 18 大公布中央軍委名單顯示，吳勝利留任海軍司令和軍委委員。有人分析說是因為孫建國是搞水下潛艇的，而中共海軍重視的水上艦艇，不過真實原因是習近平沒有看好孫建國，習想等一兩年後提拔自己中意的人來掌控海軍，於是習近平最後沒有同意胡錦濤的這個安排。

2014 年 1 月，此前職務為中共濟南軍區副司令員兼北海艦隊

司令員的田中首次以「海軍副司令員」的新職銜出現在中共軍方媒體。田中這個中國人熟悉的日本人的名字，引起了人們的關注。

當時中共軍報給出的排名是：海軍司令吳勝利、政委劉曉江，副司令丁一平、徐洪猛、田中、劉毅、丁毅，副政委王森泰、馬發祥，參謀長杜景臣等。2014 年 11 月，馬發祥被中紀委調查後跳樓自殺身亡。

田中，1956 年生，河北黃驊人，先後任北海艦隊司令員、濟南軍區副司令員，2009 年獲中將軍銜。2013 年 1 月，田中領 3 艘艦艇赴遠洋訓練。2012 年 11 月田中「意外」地當選中共第 18 屆中央委員會委員，這等於給外界一個強烈的信號：田中是習近平想提拔的新人。這是其他後來提拔的海軍副司令，如杜景臣等所沒有的際遇。

另外，在與江派爭奪對軍隊的控制權的搏擊中，作為習近平和胡錦濤的心腹，范長龍受到胡、習的提拔，在連軍委委員都不是的情況下，由濟南軍區司令員任上直接越級升任軍委常務副主席，范的升任也打破了以往軍委副主席一般由軍委委員晉升的慣例。范長龍經營了 8 年的濟南軍區自然是近水樓台先得月，而田中即是其直接下屬。

第七章

昆明血案
促胡全面移交軍權

中共江澤民集團設計了昆明血案等諸多恐怖襲擊事件，旨在製造
社會動亂，讓中國百姓將此後果歸咎在習身上，屆時江澤民再趁
機奪取習近平手中權力。（AFP）

第一節

習掌軍初始 軍方大換血

18 大後習下十大禁令治軍

從胡錦濤手上接過中共軍權後，習近平依照胡錦濤提出的建議，在軍隊中立下類似「習八條」的「軍十條」：主要針對軍方高層頒布的禁令，如出行視察要輕車從簡、下基層禁宴請、禁喝酒等。這也是中共軍方最高層第一次頒布禁酒令。

十大禁令包括，軍頭出行要簡化迎來送往、嚴控警車開道、禁私下出席慶祝會、紀念會、表彰會等；禁參加接見照相、頒獎、剪綵、奠基、揭幕等活動；禁發賀信、賀電；不題詞、題字；禁個人發表涉及重大敏感問題的講話和文章；除中央和軍委統一安排外，個人不公開出版著作等。

對軍隊基層，禁令列 12 個「不」：不張貼懸掛標語口號、不插彩旗、不修建參觀台、不組織官兵列隊迎送、不鋪設迎賓地

毯、不擺放花草、不組織專場文藝演出、不安排宴請、不喝酒、不上高檔菜餚、不送紀念品、不安排住地方賓館、住招待所不增配高檔生活用品。

這次是中共軍方最高層首次宣告「禁酒令」，2008 年空軍曾內部頒「禁酒令」，但沒有擴散到陸軍、海軍等。大陸媒體曾報導，茅台、五糧液等名酒都有生產專供軍隊的「特供酒」。「酒文化」在地方官場盛行，在軍中更甚。

外界評論說，習近平祭出十大禁令有三大目的：一是顯示軍權在手，要立威治軍；二是轉移民怨，因黨內軍中腐敗太嚴重，民怨巨大；三是警告前朝。江澤民、胡錦濤治軍 20 多年，軍中腐敗日益嚴重。禁令明禁題詞、題字，就在影射江澤民，因江是中共歷代最愛揮毫示墨的領導人之一，掌政 13 年在各地留下墨蹟無數。

也有評論說，這十大禁令毫無新意，中共歷次更朝換代，當政者都會使出同類招數以籠絡黨心、民心和軍心，現在中共黨內軍中腐敗已到了潰爛地步，習近平靠「改變作風」等小動作轉移民怨，不會有什麼效果的。

自從薄熙來落馬後，習近平、王岐山的反腐就瞄準了前政治局常委、政法委書記周永康。然而周永康案從 2012 年 3 月開始，到 2012 年 12 月 1 日中紀委內部調查，由於江澤民的阻撓，周案進展緩慢。當時中共軍委在谷俊山案的處理上也陷入膠著狀態，不但無法深挖到徐才厚，連谷俊山都無法處理下去：地方、軍隊打虎雙雙陷入僵局，反對派江澤民人馬的抵制，令習近平舉步維艱。

不過，大陸局勢很快又發生了變化。江澤民馬仔謀劃出的一

系列恐怖襲擊與暗殺事件，反而加速了胡錦濤和習近平的打虎速度，特別是昆明血案促使胡錦濤徹底把軍權移交給習近平後，北京反腐進入另一個階段。

第二節

昆明血案 江派策動另類政變

昆明市 2014 年 3 月 1 日爆發火車站血腥砍人事件，全城民眾皆陷入高度恐慌之中。（新紀元合成圖）

昆明「3．01」血案九大疑點

2014 年 3 月 1 日，習近平執政一年後的中共兩會前夕，雲南昆明火車站發生震驚海內外的「3．01」事件。一夥手持刀具、統一著裝的男子衝進火車站廣場售票廳，一路見人狂砍，造成 32 人死亡，140 多人受傷。

事後中共中央及雲南對案件定性不一。雲南江派人馬秦光榮宣稱是疆獨分子所為，而北京只是泛泛定性為「恐怖襲擊事件」。不過民眾從事件發生的時間、地點、過程中發現了 9 大疑點，《大紀元》更是獨家披露說，這是一起江澤民集團精心策劃的恐怖襲擊事件，目的是在習陣營如何公開定罪周永康的敏感問題上，威脅習近平：若習要嚴懲周永康，江派就將在全國搞事，鬧得社會不安寧，讓中國百姓將此後果歸咎在習身上，屆時江澤民再趁機

奪取習近平手中權力。

以下盤點民間發現的 9 大質疑。

1. 血案發生時間太敏感

3 月 1 日，被視為習近平陣營風向標的大陸傳媒「財新網」首次證實周濱（周永康長子）及數名家人已被抓。而當晚即發生昆明血案。「財新網」的報導被外界視為是習近平陣營在做公布周永康案的對外試探和輿論鋪墊，

「3‧01」事件與發生在半年前的天安門金水橋事件相似。2013 年中共三中全會前夕的 10 月 28 日中午，北京發生吉普車衝撞天安門金水橋護欄事件，車輛起火燃燒，造成 5 死 40 傷，震驚國際。之後山西省委發生連環爆炸案。兩次類似事件的發生都是正值中共高層搏擊激烈時刻。

2. 兩天「告破」高清圖片令生疑

中共喉舌一改報喜不報憂、大事件瞞報的常態，迅速報導此事件。3 月 2 日清晨 5 時 8 分，發出英文版報導，稱「3 月 1 日晚，昆明火車站發生砍殺事故，已導致 27 人遇難，另有 109 人受傷。」

3 月 1 日發生血案，3 月 3 日中共官媒則報導稱該案在當日下午告破，是以阿不都熱依木‧庫爾班為首的恐怖團伙所為，嫌犯共有 8 人（6 男 2 女），4 名被當場擊斃，一名被抓，其餘 3 名已落網。有民眾質疑說道，為何之前說有嫌犯有 11 人，之後說告破了共 8 人；凶手又是何時何地怎麼抓到的？真相是什麼？暴徒照片呢？只宣稱成功破案，什麼細節都沒告知。

與此同時，官媒網站還刊登了 51 張該恐怖事件組圖。其中

有一張從上往下拍照的「事發現場」高清圖片，新浪微博用戶「記者秦風在香港」4 日發帖稱，「新華社這張從上往下拍照的『事發現場』高清圖片，似乎有備而來，令人生疑。」

3. 網友「一警情知音」事先獲悉

有昆明實名認證律師曾在網上披露：網名為「一警情知音」告知自己處於兩難狀況，「事先獲得有關情報，但如果聲張的話則屬造謠，製造恐慌，擾亂秩序；事發後說則屬洩密。」

也有民眾嘲諷警方膽怯只會欺負普通民眾：「昆明火車站廣場的恐怖砍殺事件告訴我們一個真相：在廣場，你若舉的是牌，一分鐘內就會有人把你撲倒；你若舉的是刀，你可以繞場跑 25 分鐘……」

4. 血案發生前中共高官獲通知

3 月 4 日，新唐人電視台記者採訪到一位知情人士，從一中共體制內少將以上職位的高官處聽說在血案發生前，他們就獲得通知。

這個高官在砍人事件發生前一、兩個小時接到一個保密電話通知，說有歹徒要到街上砍殺，所以讓他們不要上街去散步，注意安全。但這件事中令這位知情人不解的是，這位事先得知消息的中共高官，並不在昆明。

事後《大紀元》獲知，歹徒原計畫在 5 個城市同時行凶砍人，只是其他 4 個地點由於情況變化而沒有發生。

昆明是中共 14 軍駐地，14 軍是由薄熙來之父薄一波創建，是薄一波的嫡系，與薄家的關係盤根錯節，而 14 軍此前曾被指

參與周薄政變。

5. 警方只公布短刀 長刀呢？

昆明警方向外界展示血案發生後找到的凶器均為短刀，不過之前在一篇《昆明火車站驚魂 12 分鐘暴恐案始末》的報導中稱，「正在第一售票大廳七號視窗買票的旅客楊女士看到，兩個黑衣人逕直走到一號售票口，其中一人手持一把砍刀，另一人持兩把砍刀，刀長約一米。兩人一路從一號窗口砍向十四號售票口。」

而在另一篇《昆明暴恐襲擊現場》報導中透露出至少有五把一米長刀。報導中寫道：「打算前往四川攀枝花的乘客楊女士正在售票大廳七號售票口買車票，看到上述兩個黑衣人走到一號售票口，其中一人掏出一把砍刀，另一人掏出兩把砍刀。三把刀均長約一米，兩人握著刀在售票大廳裡，從左往右開始一路砍人，慘叫聲此起彼落，楊女士嚇得呆住了。」

大陸媒體之前的報導中也都表示，現場目擊者都稱凶徒手持一米長刀，那官方為何要掩飾一米的長刀呢？這麼長的刀是如何過安檢？如何藏匿？一米的長刀在凶徒被追捕時，如何被凶徒帶走的？

6. 秦光榮稱「無法出境」是假話

雲南省委書記秦光榮 3 月 4 日向媒體談及昆明恐怖襲擊事件，提到涉案的八個人原想參加境外「聖戰」，但無法從雲南出境，在紅河和昆明火車站或者汽車站發動「聖戰」。之前，雲南官員曾經表示是「新疆分裂勢力作出的恐怖襲擊」。

有當地網民表示，秦光榮稱「無法出境」是假話，通過老撾

或緬甸到泰國太容易了，出不去？那純屬子虛烏有。2014 年 10月 14 日，秦光榮被免去雲南省委書記職位。

7. 東突是針對政府機關、軍警

發動血案的這十個人統一著黑色裝，但迄今沒有看過疆獨或東突分子統一著裝發動襲擊案列，因為統一著裝，還沒有到達作案現場就可能被發現了。。

東突或疆獨分子在意識上均屬於狂熱的原教旨穆斯林分子，他們製造血案，更願意針對政府機關、軍隊、公安機關，乃至政府的附屬機構，以達到其所謂的政治和宣傳目的。殺害兒童、婦女和老人則違背穆斯林古訓。因此從常理上來說，東突（疆獨）組織若要發動一次有政治目的大規模殺人血案，昆明火車站很難會成為首選目標。

8. 所有恐怖分子都喜歡用槍

昆明血案中，歹徒全部使用長砍刀，逢人就砍，且均是要害部位，訓練有素。東突（疆獨）如果要組織這樣一次大型血案，大都會使用槍，而不會都用砍刀。穆斯林恐怖組織訓練殺手和死士，用各種槍、炸彈，獨沒有聽說訓練用刀砍的。他們哪怕只有一枝槍，其開槍所產生的威嚇作用，比用刀殺人效果更大。所有恐怖分子都喜歡用槍，特別是 AK-47 作案。在新疆或雲南兩地，買到或得到幾枝槍不是難事。關鍵是：如果東突組織有預謀的發動這次大規模襲擊，會沒有槍枝或炸藥嗎？

9. 最大可能衝著新領導班子

網路作家龔英輔質疑，那麼這一夥實施血案的暴徒是屬於哪一個組織呢？是誰在背後策劃組織和提供物力財力的呢？最大可能，這次血案是衝著新領導班子的改革和反腐敗所策劃的，是為給新領導集體主導的兩會製造難堪，更主要的是企圖轉移視線和改變反腐敗的方向！如果這個分析成立，這種團伙統一著裝的暴力血案還可能會在其他地方重演⋯⋯

獨家：江派香港昆明搞殺戮 威脅習

《新紀元》獲悉，中南海高層內部已斷定昆明恐怖事件就是江澤民集團所為。江澤民集團精心策劃了昆明恐怖襲擊事件。原本同時將在五個城市進行，但是出現意外之後，其餘四個城市並未有所動作。

這些暴徒都是武警，並非疆獨勢力，也和種族仇殺沒有任何關係，都是來自農村的基層士兵，想升官發財，因而遭到江澤民集團用毛澤東思想的洗腦。行動前，每人獲得一筆錢，許諾事成之後封官許願，還告訴他們行動開始15分鐘之後有後援來接走他們。結果這次行動根本沒有後援，導致4人被殺、4人被抓。被抓的16歲的女子是事先安排好的，目的就是要讓這齣戲看起來更加真實。

這些武警參加過多次行動，前面幾次都得到保護，順利脫離險境，所以他們這次行動非常大膽。但是這次被擊斃了4人，導致其他城市的襲擊沒能發生。

兩會期間，北京布滿軍隊，進入全面戒備，人民大會堂的所

有地下通道都有軍隊，所有代表團暗處也有軍隊把守。局勢非常緊張，所有高層都在北京，人心惶惶，誰都不知道明天會出什麼事。

刺殺《明報》前總編劉進圖的也是武警

在昆明事件發生前幾天的 2014 年 2 月 26 日上午，香港《明報》前總編輯劉進圖突然遭到凶徒刺殺，重傷入院。

《大紀元》獲悉，刺殺劉進圖的也是江澤民集團派出的武警，隨後逃回大陸。行刺劉進圖也與近期習近平陣營和江澤民集團激烈爭鬥的局勢有關。江澤民集團的目的是在香港製造混亂，捆綁及威脅現政權，激發香港民眾對北京不滿，最關鍵還是在周永康案件如何公開等這類敏感問題上威脅習近平陣營。

三個月內 習江 16 起重大交鋒

進入 2014 年，圍繞前中共政治局常委、政法委書記周永康案，中南海局勢突然升級。三個月內習近平與江澤民之間發生了 16 起重大交鋒事件。

2013 年 12 月 25 日，中共公安部副部長、鎮壓法輪功的「610 辦公室」頭目李東生落馬。李東生因充當江澤民集團迫害法輪功學員的「急先鋒」而獲得周永康「賞識」，擔任「610 辦公室」主任。他也是 2001 年 1 月 23 日，世紀偽案「天安門自焚案」的親自策劃者。

2014 年 1 月 7 日，江派豢養多年的祕密伏兵、被標榜為中國

「首善」的大陸商人陳光標以收購《紐約時報》為噱頭,到紐約開新聞發布會散布自焚偽案。但是,一向跟中國時局最緊的港媒三緘其口,大陸媒體也如同被「封殺」一般,鮮見報導,致使此「逼宮」計畫流產。

此後,江澤民集團大為恐慌,開始拋出威脅性的內容。

2014 年 1 月 21 日,美國一家新聞機構「國際調查記者同盟」突然發布報告,稱現任或前任中共中央政治局常委的親屬,在英屬維爾京群島和庫克群島等離岸金融中心持有離岸公司。這份報告包括習近平、胡錦濤、溫家寶、鄧小平、王震和葉劍英等家族。與此相對應的是,江派的三個巨貪,即江澤民、曾慶紅和周永康卻不在其中。

北京消息稱,這次對媒體的「餵料」就是江澤民集團的行為,目的是恐嚇中共體制內最有權勢的六個家族,再次發出同歸於盡的信號。

1 月 30 日,大年三十,中共官方發布江澤民老家揚州「大管家」、南京原市長季建業被移送司法的消息。季的落馬被外界看作是習近平陣營對江系發出的嚴屬警示。

2 月 18 日,曾經跟隨周永康 10 年的大祕、海南省副省長冀文林被中紀委立案調查。至此,周永康的四大祕書都被抓。

2 月 12 日,前遼寧省公安廳長、省政協副主席李文喜被傳出直接帶往北京調查。2 月 18 日,大陸報導證實,遼寧省瀋陽檢察長張東陽在 2014 年 1 月下旬,被中紀委官員直接從遼寧「兩會」閉幕現場帶走。兩人是涉周永康活摘器官罪惡的重要證人。

消息稱,要偵破昆明血腥案件並不複雜,江澤民集團知道習近平很容易破案,但是結果卻不能公布。公布的話將在中國社會

引起波瀾，暴發極度民憤，意味著共產黨將面臨垮台危機，這和公布周永康政變是一個道理。江澤民集團策劃這些事件，做得並不嚴密，刻意讓習知曉是江派所為，認準了習近平陣營不能公布，也不敢公布實情，其實就是在威脅習，如果公布周永康所涉的活摘器官和反人類罪，恐怖殺戮還會升級。

消息稱，雲南書記在兩會單方面發表昆明血案的所謂「聖戰說」，其實是雙方都在用「你懂的」方式告訴大家，雙方都已經沒有退路。

3月2日，也就是昆明血腥事件第二天，「中國廉政建設網」突然發布頭條消息：中央下發《關於周永康涉嫌嚴重違紀的通報》。

消息稱，此舉是習近平暫時答應江澤民集團條件，目的是為了在兩會期間暫停各地的恐怖襲擊事件，不然會使得整個社會處於失控的程度。並告訴江澤民集團，兩會後將以這種方式公布周永康案，現在可以收手了。

之所以不通過新華社刊發周永康的通報，是因為一旦這麼做了，將來就無法再收回來。習近平的這個舉動對於雙方來說都留下了變數，習近平陣營依然留有升級周永康案的餘地，江澤民集團也可以繼續升級將來的恐怖襲擊。

獨家：江澤民試圖發動另類政變推倒習

《新紀元》獲悉，因為已經逐漸失去軍權和黨務的權力，江澤民集團已經失去了在政治上直接與習近平對抗的能力。自原「610」頭目李東生被抓後，因為擔憂習近平碰觸法輪功問題，

並公布周永康的反人類罪，江澤民集團正在試圖利用另外的政變辦法，把習近平趕下台。

消息稱，近期發生的幾起重大事件，都是江澤民集團在背後策劃，包括在最近發生的公交車焚燒事件等。江澤民集團本來通過收買武警和黑社會暴徒，還精心安排了系列的「報復社會」的行動。

消息還表示，江澤民集團正動用海內外所有的特務力量，散布習近平的負面消息，用殺戮百姓的方式，推倒習近平。江澤民集團海外的特務點也開足馬力運作，散布消息，這也是最近習近平擔任網路安全小組組長的真正用意。

2014 年 3 月兩會期間，對中南海來說，最關鍵的就是如何定罪周永康。如果對周永康案，習陣營繼續延續貪腐、男女關係等罪名，就算在中共黨內也很難讓人接受，現政權執政基點會受致命打擊。

對於周永康案，如果用迫害法輪功和反人類的罪行來公布，江澤民集團就會挑起血腥屠殺，這是江澤民集團的一張王牌。最為明顯的，就是在昆明血腥屠殺中，凶徒根本不加隱瞞地統一著裝；同時，做案完全可以用槍，凶徒最終卻使用刀來製造恐怖和血腥。

江派設計了昆明血案等諸多恐怖襲擊事件，旨在製造社會動亂，讓國內外輿論都來譴責當權習李的執政無能，江派趁機上台「糾正習近平的錯誤」，這就是江派的新一輪政變模式。

第三節

胡四次露面授意軍頭挺習

江澤民、曾慶紅在 2014 年 3 月策劃發動的昆明血案，很類似江曾在 2012 年夏天製造的釣魚島風波。為了避免中共內部分裂，胡錦濤在 2012 年 5 月的京西賓館召集數百高官開會，決定從寬處理薄熙來案，並讓周永康平安退休。不料一個多月後，周永康在江曾授意下，撕毀京西協議，挑起釣魚島風波，並藉反日發動大遊行，讓軍警冒充市民搞打砸搶，企圖挑起事端，推遲習近平接班，延後周永康的退休。然而胡溫很快識別陰謀，平息反日遊行。

這次昆明血案，就像釣魚島風波一樣，起到了江派意想不到的相反效果：反而令胡錦濤決定，把全部中共軍權交給習近平，全力支持習近平打垮江家幫。

其間，一直反對周永康、薄熙來的溫家寶，也成了習近平的有力的支持者。昆明事件後，溫家寶、胡錦濤密集出現在大陸新

聞中，被視為是胡溫挺習的標誌。

溫家寶「現身」政局敏感時刻

大陸官媒 2014 年 4 月 9 日報導，卡塔爾阿提亞國際能源獎基金會向溫家寶頒發終身成就獎；9 日當天，胡錦濤突然現身湖南大學校園。此前，江澤民趁著習近平出訪，悄悄來到廣東深圳，但大陸媒體對江的行蹤隻字未提，只有江派媒體在海外放風，這與對溫家寶、胡錦濤現身的高調報導大不相同。

2014 年 4 月 2 日，中共人民網、中新網還高調報導了原中共四川省委書記王黎之病重期間和去世後，溫家寶等前中共高層慰問和哀悼。當天，中共七大軍區軍頭等集體在中共黨媒《解放軍報》上發表文章向習近平效忠。

胡錦濤、溫家寶與朱鎔基自 2013 年起，在中共時局敏感時刻頻繁露面，被外界認為釋放挺習李陣營，打擊江派信號明顯。

在 2013 年 10 月至 12 月中共 18 屆三中全會前後，溫家寶多次在大陸媒體上「現身」。10 月 16 日，中共央視播放了溫家寶回憶與習仲勛共事經歷的採訪記錄片，次日，中共官媒新華網以及騰訊、新浪等各大門戶網站紛紛高調報導。11 月 22 日，陸媒「中國江蘇網」報導溫家寶向河海大學親筆題字贈書；12 月 14 日，陸媒《武漢晚報》報導溫家寶向華中師大親筆題字贈書；12 月 17 日，陸媒「中國新聞網」報導，一代名伶紅線女的遺體告別儀式上，習近平、胡錦濤、朱鎔基、溫家寶等為紅線女送花圈。

溫家寶是倒薄第一人，更是江派的眼中釘。最先直接出面處理王、薄、周事件的高層檯面人物就是溫家寶；當初把薄熙來從

商務部下放到重慶的是溫家寶;在 2012 年 3 月 14 日的國際記者會上公開表示要依法處理王立軍的是溫家寶;公開暗示薄熙來是文革遺毒的還是溫家寶,之後緊盯周永康的也是溫家寶。

《新紀元》曾獨家報導,2012 年 5 月,在一次中共政治局擴大會議上,溫家寶與周永康發生衝突,溫要求調查周永康。周永康則拿出江派通過海外媒體散布的溫家寶負面傳言,要求對溫家寶的妻子也進行調查,並得到曾慶紅的支持。溫家寶罕見地強硬稱道:「如果我本人及家人有任何斂財行為,我馬上辭職!」

在中共高層內部,溫家寶多次提出「逮捕周永康」;隨後,中共政法委降級、被剔出中共常委機構,政法系統開始大坍塌,江系主要支柱走向全面潰敗。

胡錦濤拒絕題詞 回擊江澤民干政

大陸官媒在習近平出訪期間,除了報導溫家寶之外,還大量報導了胡錦濤的行蹤。

2014 年 4 月 10 日,新華網、人民網等中共喉舌媒體以及大陸各大門戶網站紛紛以《胡錦濤參觀嶽麓書院 婉拒題詞僅簽名字》為題報導稱,9 日上午 10 時許,胡錦濤到訪湖南大學,參觀位於校園之中的嶽麓書院。該院院長朱漢民請胡錦濤題詞。胡錦濤婉言拒絕,在工作人員的再三請求下,他最後簽下了自己的名字,並落上日期。

2012 年 12 月 4 日,習近平主持召開了中共「18 大」之後的第一次政治局會議,會上提出「改進工作作風」的「八項」新規,也稱「習八條」,其中規定「除中央統一安排外,個人不公開出

版著作、講話單行本、不發賀信、賀電、不題詞、題字」。

「習八條」被認為是鞏固胡錦濤終結「老人干政」，直接針對最喜歡到處留言題字的江澤民。

江頻繁題詞出書 挑釁「習八條」

當年「習八條」出爐之後，江澤民隨後在六天的時間裡，五次亮相，並屢屢題詞，公開挑釁「習八條」。

2012 年 12 月 22 日至 28 日的六天時間裡，江澤民出席「愛樂之友新年音樂會公益晚會」為前國務院副總理李嵐清捧場；為《綠竹神氣》作序並且發表手跡；江澤民為畫冊《黃菊》題寫書名；為南京長江四橋正式通車題字；江澤民就《江澤民與社會主義市場經濟體制的提出——社會主義市場經濟 20 年回顧》一書的出版批示「溫故知新」。

當時胡錦濤也緊跟江澤民露面，12 月 26 日至 29 日，在江蘇南京、無錫、泰州、鹽城等地考察。在其母校江蘇泰州中學時，胡錦濤稱「長江後浪推前浪，一代更比一代強」。被解讀胡錦濤語帶雙關，再次表達反對「老人干政」（長江後浪推前浪），同時力挺習近平（一代更比一代強）。

江澤民竄至深圳 胡給中辦發通知

2014 年 3 月 31 日，谷俊山被提起公訴，同時廣東茂名 PX 事件升級，警察使用暴力開始鎮壓，造成茂名屠殺，成為昆明血案的一種延續。此時，《新紀元》獲悉，江澤民竄入深圳，在背

後為周永康餘黨鎮壓茂名民眾反抗 PX 項目示威撐腰，據悉該項目涉及周永康中石油背景。江在深圳同時還對梁振英上任以來的種種亂港行為加以稱讚，力挺梁振英連任。

在此敏感時刻，香港《爭鳴》4 月號消息，胡錦濤給中辦發了一個通知，從 3 月 15 日起一律不會見來客和訪客。據悉，胡居住在北京西山一幢獨立的英式住宅中。

當時外界分析，3 月 15 日正值中共兩會剛剛結束，兩會前夕的昆明血案導致中南海高層博弈全面升級，兩會之後進入白熱化狀態。在此關鍵時刻，港媒傳出胡錦濤避不見客的消息，以特定方式表露立場，針對江澤民的公開干政「發聲」。胡錦濤「18 大」全退，廢除中共元老干政潛規則。

2014 年 12 月後人們才知道，3 月 15 日是習近平在中共內部決定正式調查徐才厚的日子。胡錦濤全力支持習近平拿下徐才厚，才謝絕一切來給徐才厚說情的任何人登門拜訪。

緊接著，為了公開表示對習近平的支持，胡錦濤一反昔日深入簡出的低調作風，十天內四次高調出現在大陸媒體上。

胡錦濤十天四次密集「露面」

2014 年 4 月 9 日上午，胡錦濤現身湖南大學校園，據流傳的現場圖片來看，胡錦濤參觀時臉色凝重，似乎並沒有遊山玩水的輕鬆心情。胡錦濤參觀了湖南大學的嶽麓書院。並由湖南省委書記和省長雙雙陪同，規格相當高，顯示胡錦濤在中共內部的影響力猶在。

4 月 5 日，胡錦濤「現身」於親習近平陣營的「財新網」，

該網披露是胡錦濤下決定拿下谷俊山。報導稱，據中共軍科院大校公方彬透露，中共總後領導曾向時任中共軍委主席胡錦濤彙報了兩個多小時，向胡建議把谷俊山調離總後，胡不同意，認為這樣的人調到什麼地方都是禍害，胡決定懲處谷俊山。

3月28日，原中共四川省委書記（當時的第一書記）93歲的王黎之在成都病逝。4月2日，中共喉舌「人民網」、「中新網」等轉載《四川日報》報導稱，在其病重期間和去世後，中共政治局常委和委員「習近平、李克強、俞正聲、劉雲山、劉奇葆、趙樂際、郭金龍、胡錦濤、朱鎔基、溫家寶、李嵐清、萬里、田紀雲、楊汝岱等」以不同方式表示慰問和哀悼。

報導中，胡錦濤、朱鎔基、溫家寶等中共前高層位居政治局常委和委員之後。但未見中共前黨魁江澤民名字。這也是近一年來，江澤民在重大集體場合再次不被「露面」。

另據香港《爭鳴》4月號消息，退休的前總書記胡錦濤已通知中辦，從3月15日起一律不會見來客和訪客。此前《爭鳴》3月號消息稱，2014年新年期間，江綿恆藉機勸其父親江澤民全退、徹底退，不批文件、不評政、不寫政經，江卻表態說：「這輩子很難做到。」並表示要干政到「生命一息」。

35年來罕見的軍頭聯合挺習

2014年4月2日，《解放軍報》第六版整版刊登文章，包括空軍司令員、七大軍區司令員、二炮副司令員、武警部隊司令員等總計18名軍頭，均刊文效忠習近平。

2014年4月2日，正當軍方剛宣布起訴涉嫌貪腐的解放軍總

後勤部前副部長谷俊山及對北京和濟南兩大軍區的巡視發現重要
問題線索之際，包括中央軍委委員兼空軍司令馬曉天及七大軍區
司令在內，解放軍 18 個正大軍區級機構負責人，集體在《解放
軍報》撰文，齊齊表態擁護中共中央軍委主席習近平。專家表示，
這是 35 年來僅見的軍方大規模集體表態，預料與軍中近期反貪
腐有關。

　　向習近平宣誓效忠的 18 位現役上將或中將分別撰寫擁習文
章。除中央軍委、空軍司令馬曉天以及七大軍區司令外，還包括
總參謀部、總政治部、總後勤部和總裝備部等四總部以及武警、
海軍、第二炮兵、國防大學、軍事科學院、國防科學技術大學的
負責人。

　　他們包括北京軍區司令張仕波、潘陽軍區司令王教成、濟南
軍區司令趙宗岐、南京軍區司令蔡英挺、蘭州軍區司令劉粵軍則、
廣州軍區司令徐粉林、成都軍區司令李作成的文章，還被摘選到
官方的報導中。

　　當時外界分析，這或因裁軍受阻所致。如此大規模的中共高
級將領表態擁護中共軍委主席，是自從鄧小平 1970 年代末復出
以來，近 30 多年來從未發生過的事情，事後人們才知道，這是
習近平要動徐才厚之前，探測軍方態度的結果。

　　1977 年鄧小平復出，1978 年 12 月底，中共 11 屆三中全會
決定所謂的「改革開放」，隨後軍中各大軍頭曾表態支持鄧小平。
但是現在中共軍方 18 個正大軍區級機構軍頭在同一天集體撰文
向中共黨魁表態「效忠」，這是 35 年以來從未有過的之事。

　　中共「18 大」之前，胡錦濤和習近平基本掌控軍權。其中，
總參謀長房峰輝、總政主任張陽被認為是胡錦濤人脈；總後和總

裝部長則是習近平的手下。這次效忠的 18 名軍頭中，武警司令王建平、南京軍區司令蔡英挺等也帶有濃厚的胡派色彩，北京軍區司令張仕波等則更帶有習近平派系的標識。

外界分析稱，這次 18 名軍頭罕見的公開表態，應該來自胡錦濤的授意，關鍵時刻，胡錦濤出面斡旋，軍頭表態，支持習近平，對付江澤民集團發動的恐怖襲擊和攪局行動。

胡錦濤擔心習近平再「撂擔子」

中國時政評論員趙邏君認為，面對江澤民政變威脅，胡錦濤擔心習近平會再次產生「撂擔子」想法。此時，以 18 名軍頭表明對習近平的支持態度，為習打氣、站台，雖然這些人也並非全部是胡習一手提拔的嫡系人馬，但關鍵時刻中共軍方的動向一貫是中國政治的風向標。

據悉此前，2012 年習近平「神隱」期間，已有過一次「不幹了」的「撂擔子」紀錄。

2012 年 8 月底的政治局會議上習近平正式向中共中央請辭，並稱只願意做中央委員。當時中南海炸了鍋，黨內各派別都十分震驚。

據消息人士透露，各派迅速評估習近平請辭的後果，最後得出的結論是，如果習近平真的不幹了，中共將立即崩盤。所有的人都沒有料到在這個時候會出現「接班人不戀棧」、「不願再接班」的奇事，同時，也使得黨內的鬥爭一瞬間全部停止。中共元老也紛紛出面勸進習近平。

最後，在與各派達成若干協議後，習近平再次露面，在 18

大接班成為中共總書記，但前提是大家必須支持配合習。

　　趙邐君分析指出，若習再「撂擔子」，這正是江澤民求之不得的好事。假設習近平「撂擔子」，放棄中共政治局常委職務，中共政治局常委會成員將變為六個，其中三人是江澤民的人馬。當推選中共新黨魁時，江澤民只要將俞正聲拉攏過去，在中共政治局常委會中造成四比二的局面，通過投票，張德江就很有可能坐上中共黨魁之位。

　　只要張德江成中共總書記，那就意味著江澤民的政變計畫成功，至少是成功了一半。江澤民人馬成功篡奪中共最高權力，這將完全違背胡錦濤的政治利益，胡錦濤完全不能接受。所以，在這一分崩危機大爆發剛剛露出苗頭之時，出現了 18 名軍頭效忠習近平的那一幕。

　　下面就來看看習近平是如何懲治徐才厚的。

習近平軍委布局內幕

第八章

徐才厚落馬紀實

中共 18 大之前，胡、習已完成軍中布局，並提前公布軍委副主席名單。2014 年 6 月 30 日，徐才厚案被公布。7 月 29 日，周永康被中紀委「立案審查」。當局在公布這兩起案件之前，已一步步解除周永康和徐才厚的武裝力量。（大紀元合成圖）

第一節

徐才厚曲折落馬全程內幕

2014 年 7 月，網路曝光一張薄熙來 2012 年落馬前六天，徐才厚在中共人大會議主席台上緊握薄熙來雙手予以安撫的照片，並稱徐才厚這一動作當時驚動中南海高層。（Getty Images）

　　西方哲學家說，凡事都有因由，世上沒有偶然的事，咱中國人講，凡事自有天意，人算不如天算。徐才厚的落馬時間、地點、牽扯人物，前因後果等，好像都很突然、很個體，不過塵世後面的天機卻更值得深思。

　　就在中共建黨 93 年的前一天，2014 年 6 月 30 日，已下班的大陸民眾突然獲悉官方正式通告，開除徐才厚黨籍，並移送司法。此前的 2014 年 3 月 15 日，這名已患膀胱癌的退休中共中央軍委副主席、上將徐才厚，已在秦城監獄看守監區一邊接受治療，一邊接受審查，在監區度過了他的 71 歲生日。

一薄一厚的奇妙對比

　　從 2007 年以來的五年中，人們經常會在電視上看到，中共

最高會議的主席台第一排最左端出現兩個人，如今百姓戲稱他們是「一薄一厚」、難兄難弟，薄是出生紅門的薄熙來，厚是來自貧民的徐才厚。兩人都發跡於東北，有很多共同的愛好，彼此交往甚密，而且兩人都是因下屬舉報而案發，兩人都在同一個「打假」的日子落馬，兩人都同一日期步入秦城：薄熙來 2012 年 3 月 15 日在兩會第二天被免去重慶市委書記職務，而徐才厚在 2014 年 3 月 15 日被中紀委授權的軍紀委從北京 301 醫院帶走調查，前後相差整兩年。

表面上兩人的罪行很相似：由於沒有管好老婆孩子而收受巨額賄賂、徇私枉法，而且兩人都得益於所謂同一個政治「貴人」，也正因為這個政治貴人的「指引」，他們才落到今天這個地步。很快這一薄一厚將在秦城隔牆相伴，卻永遠不得相見。

徐才厚落馬消息傳出後，網路流傳很多段子，表現了民眾的支持：「這個世界，既不是薄的，也不是厚的，終究是平的。」「薄的也不行，厚的也不行，平的才行。」「一碗康麵泡兩年，厚積薄發貌漸顯。自古貪欲深如淵，更大老虎藏後面。」

其中有個段子和照片很吸引人。說兩年前徐才厚的一個動作驚動了中南海高層，引來今日殺身之禍。2012 年 3 月 9 日，薄熙來落馬前六天，在人大會議現場，薄熙來深知自己大禍臨頭、惴惴不安，亟需找人傾訴，渴望抱團取暖，這時坐在他身邊的徐才厚伸出了「援手」，只見徐才厚在主席台上緊握薄熙來的雙手予以安撫和鼓勵。據說事後徐被要求說明情況，才僥倖脫身。

也許這只是個流傳的笑話，不過，此時故意高調「流傳」這張照片，說明高層有意讓人把其罪行連接起來。即使沒有這張照片，徐的落馬也是必然的，只不過這張照片顯示了徐即使在薄出

事後，依然願意和薄為伍的立場選擇。

北京一度想放過徐才厚

事實上，薄熙來落馬後的 2013 年 3 月的兩會上，徐才厚出事的跡象已經顯現。3 月 17 日中共人大閉幕會上，連續缺席開幕式和會議的徐才厚依舊缺席，當時港媒報導說，徐才厚牽涉解放軍原後勤部副部長谷俊山腐敗案受到調查，他「不便出席」兩會而「被請假」。此前的 2013 年 1 月，港媒報導了 22 歲的趙丹娜利用香港 8 個銀行帳戶洗錢 100 億港幣，被港警抓捕後，放棄 3000 萬港元保釋費潛逃回大陸，而趙丹娜據說是徐才厚妻子的姪女。

接下來一年中，隨著薄熙來被公審、判刑，海外的華文媒體、特別是《大紀元》新聞集團，不時報導薄熙來與徐才厚的各類罪行，但也有江派媒體放風說，北京會按照「黃菊模式」來讓徐才厚軟著陸。2006 年黃菊因為牽扯原上海市委書記陳良宇案被調查，由於當時黃被診斷出患有胰腺癌，直到 2007 年黃菊病逝，當局未對其採取進一步措施。這次徐才厚已是晚期膀胱癌，等於已「判處死刑」，他本人也積極退贓，於是徐才厚的黨羽以此來爭取對他的寬大處理。

有消息稱，北京當局一度也準備放過徐才厚。徐才厚原本是江澤民一手提拔的，但 2012 年王立軍出事後，善於分辨時局的徐看到江派末日已近，於是趕緊轉身投靠胡錦濤。薄熙來一出事，徐才厚就積極帶頭軍隊表態支持胡。而胡在同意習近平上位、以及 18 大全退布局時，已經建立起牢固的胡習聯盟，隨著徐才厚不斷向胡錦濤和習近平表忠心，北京方面的確想過放他一馬，另

外也因為同時打擊面太大，中共這個體制會受不了。

2014 年 1 月 20 日，中共中央軍委慰問駐京部隊老幹部迎新春文藝演出在京舉行，習近平出席，現任和曾任中央軍委副主席的范長龍、許其亮、張萬年、郭伯雄、徐才厚都出席了。這是徐才厚最後一次公開露面。

有消息稱，在等候的過程中，徐才厚試圖和習近平搭話，並大讚習對於腐敗和奢侈浪費的高調打擊，據說習在聽的過程中一直沒說話。徐在和習搭話後，幾名曾獲徐才厚「提拔」的高級官員立即走向徐，向其諂媚了一番，向徐致軍禮之餘還恭維了其身體狀況，這些都被習近平看得清清楚楚。

雖然滿頭白髮的徐才厚與習近平一起出席活動，並面帶微笑與習一起同與會者握手致意的照片刊登在官方媒體上，外界普遍理解為這是徐「過關」、「著陸」的信號。

假如沒有後面江派曾慶紅發動的瘋狂反撲，徐才厚可能也就平安著陸了。

江派發動另類政變 激怒習近平

就在滿面笑容的徐才厚和習近平公開露面的第二天，江派人馬看到習陣營妥協，於是更進一步發起攻擊，1 月 21 日連續發生兩起大事，讓習近平改變了主意。

2014 年 1 月 21 日，也是在 1 月 7 日陳光標在紐約誣陷法輪功失敗的兩周以後，江派血債幫不惜讓大陸絕大多數網站癱瘓，也要再次上演逼宮鬧劇。當天大陸很多民眾的電腦都無法登錄想要訪問的網站，主要是被屏蔽的美國法輪功學員開發的突破中共

網路封鎖的動態網。

1月21日，國際上還發生了一件令人震驚的事：總部設在美國華盛頓的民間組織國際調查記者同盟（ICIJ）發表一份調查快訊，稱「至少有五名現任與前任中共中央政治局常委的親屬在英屬維爾京群島和庫克群島等離岸金融中心持有離岸公司，其中包括現任國家主席習近平、上屆國務院總理溫家寶及李鵬、上屆國家主席胡錦濤以及已故領導人鄧小平。」這等於是說這些人貪腐受賄並將巨額財產藏到了海外。

而人們發現這份調查報告，卻缺少中共三巨貪：江澤民、曾慶紅、周永康。

當時《新紀元》分析這是江派為保周永康、曾慶紅之流而發出的死亡威脅，是「同歸於盡」的戰術。

接下來習陣營忙著準備3月的兩會，其間也沒有停手清理江派爪牙。先是周永康爪牙如前祕書冀文林落馬，遼寧省原公安廳長李文喜及瀋陽市檢察院檢察長張東陽被抓，然後是周永康在四川扶持的黑社會頭目劉漢被公審等等。

不過江派也沒有停止反撲，兩會開幕前的3月1日，在昆明策劃了火車站砍人凶殺案。江派原本計畫在五個城市同時製造恐怖事件，但後面四個城市見昆明當局開槍阻止，就沒繼續執行計畫。以曾慶紅為首的江派發動這些恐怖事件，目的是為了製造恐怖局勢，讓人覺得習近平上台，社會變得更亂了，習執政犯下大錯，應該由江派常委出面來糾正其錯誤，讓江派人馬唱主角。

在此之前，習近平利用成立各類中央領導小組，如深化改革領導小組、國家安全委員會、網路安全委員會等，架空了江派常委張德江、劉雲山、張高麗，這三人名義上是政治局常委，實際

上並無多大實權。

軍頭三次效忠後習才出手

在江派放棄妥協、拚命攻擊習陣營之後，中共兩會剛一結束，2014 年 3 月 15 日，數十名武警從北京 301 醫院將病榻上的徐才厚帶走，同一天被控制的還有徐的妻子、女兒和徐才厚的一名董姓祕書；也就在同一天，習近平正式擔任中央軍委深化國防和軍隊改革領導小組組長，習李王的反腐之手延伸到了軍隊。

於是人們看到，2014 年 3 月 31 日，被查了兩年的谷俊山終於因涉嫌貪污、受賄、挪用公款和濫用職權，被提起公訴。同一天中共官媒新華社報導說，中央軍委向北京軍區和濟南軍區分別派遣了反腐巡視組進行巡視。外界認為這兩個軍區被選中的原因：北京軍區負責保衛首都，而濟南軍區則是徐才厚和谷俊山兩人晉升之路的所在之地。

在習近平對徐才厚宣布調查之前，各地軍頭已紛紛表態。2014 年 3 月 7 日，《解放軍報》以兩個版面跨版通欄標題的形式發表了包括七大軍區、空軍、海軍、二炮、總後、總裝、軍科、國防大學、國防科大的政委在內的 18 名中共將領表態效忠習近平。這些將領中包括總後政委劉源和國防大學政委劉亞洲，但不包括參加第一期研討班的范長龍、許其亮、房峰輝、趙克石、張又俠、張陽等中共軍委級軍頭。

4 月 2 日，包括中共七大軍區司令員、空軍司令員、二炮副司令員、武警部隊司令員在內的 18 名軍頭在《解放軍報》發表署名文章，集體表態「效忠」習近平。4 月 18 日，中共各軍區副

司令、總政主任助理、總參謀長助理等 17 名副職將領發表署名文章，再次集體向中共軍委主席習近平「效忠」。

通過這三次中共軍頭公開表態效忠，胡錦濤將中共軍權交班給習近平，胡將自己的軍方嫡系轉移到了習近平名下，如此習近平也算基本掌握了軍權，於是才有了 6 月 30 日開除徐才厚黨籍，接下來 7 月 2 日中共軍方四總部七大軍區立刻表態支持查處徐才厚也就順理成章了。

至此，人們發現，徐才厚的落馬揭開了兩大謎團：一，為何中共將領非得要多次集體向習近平表忠心，這在中共歷來非常罕見的；二，為何王岐山一個多月沒有公開露面，原來是在處理徐才厚及其背後的大老虎。

徐案震盪 四少將一中將被抓

隨著谷俊山、徐才厚等軍頭的下台，中共軍方反貪風暴越發猛烈。除他倆外，還有四名少將落馬。

2014 年 6 月 25 日，中共少將、原四川省委常委、四川省軍區政委葉萬勇、曾慶紅的親信蘇榮及原華潤集團董事長宋林一同被撤銷中共全國政協委員資格。據說葉深度捲入周薄政變，並多次參與密謀，其被全副武裝的特警抄家帶走。還有消息說，葉萬勇出事也與徐才厚有直接關係，幾年前葉曾送徐一箱的巨額現金行賄買官。

另外港媒報導說，現任西藏軍區副政委、長期在四川軍區任職的少將衛晉也已被拘捕，有可能牽涉到徐才厚案。

3 月 27 日，中共少將、軍方總後勤部司令部副參謀長符林國，

疑捲入貪腐案被逮捕，而山西省軍區少將、原司令方文平也傳被調查，但官方尚未透露有關細節。

「王子犯法與庶民同罪」

6 月 30 日，北京當局在公布徐才厚被送交軍事法庭的同時，新華網還發表了一篇博客，稱徐案透露出三個隱情：一是「退休」已經不是貪官的「保護傘」；二，「退二線」也不再保證貪官「平安」；第三，文章說，徐才厚是中共近 30 年來被處理的最高級別的軍隊高官。按理說行文至此，作者會感嘆，看來「法律面前，人人平等」，但該博客卻說從徐案中他看到「王子犯法與庶民同罪」！徐才厚出生平民，不是王子，這篇新華社的文章是在暗示誰落馬呢？

結合近一段時間大陸媒體對江澤民各類醜聞的變相曝光，如江澤民會見普京後，官媒強調江對俄羅斯出賣土地「貢獻大」；對把法卡山拱手讓給越南；李瑞英、宋祖英的失勢醜聞；江綿恆接待習近平到上海參觀但卻無法在媒體上被報導等等，這個「王子」無疑就是指江綿恆。這是習陣營用「你懂的」方式向江派發出警告，無論何人習皆敢動。

落馬貪官的共性

中共 18 大後，30 多個省部級高官落馬，面對幾乎無官不貪的中共官場，有人說這是有選擇性的反腐，那選擇標準是什麼呢？官方稱是零容忍，其實中共無官不貪已經成為公認的現實，

不可能零容忍，真的零容忍，中共也就立馬解體了。

毛左說，這是因為他們反美，才被漢奸們打下去了；也有人說，這是內部權力鬥爭的結果，是狗咬狗的勝利。但老百姓看到，這些被打下去的貪官的確都是危害百姓的貪婪老虎。

到底這輪反腐的標準是什麼呢？這個問題恐怕連習李王自己都說不清，因為事態的發展很多都超出了他們的意料，超出了他們的計畫。比如他們曾經和薄熙來達成妥協，輕判薄，但薄偏偏在法庭上翻供，最後被判無期；他們一度想讓徐才厚自然死亡，哪知江派不撒手，習不得不反擊，拿下徐才厚。

這應了那句古話：時局逼人，民心如此，天意使然。

仔細分析這些落馬官員，他們有個最大特徵、也就是最大的相同之處，就是他們都曾經積極地跟隨江澤民迫害法輪功。

2014 年 6 月 25 日，中共政協副主席蘇榮被正式免職。蘇榮在 1999 年江澤民鎮壓法輪功後兼任吉林省「省委處理法輪功問題領導小組」（「610」辦公室）組長，主持全省對法輪功的鎮壓行動。吉林成了迫害法輪功的重災區。無論是在吉林、青海，還是甘肅、江西任職，蘇榮都將迫害法輪功作為工作重點，結果蘇榮被國際組織「追查國際」調查報告通報。2004 年 11 月，時任甘肅省委書記的蘇榮出訪贊比亞，被海外法輪功學員告上該國高等法院，他接到傳票後驚恐萬分，為逃避抓捕，最後不得不以偷渡的方式，途經他國逃回大陸。

6 月 30 日，廣東省委常委、廣州市委書記萬慶良，調查三天後就被正式免職。萬慶良「被秒殺」，與其參與江派勢力在香港攪局相關。習近平要在「七一」敏感期前，防止萬慶良受江派旨意，操控地下黨特務在香港大肆製造混亂局面。而且萬慶良在任

廣東省團委書記期間，不斷在各級大中院校用謊言毒害年輕人；在揭陽，至少 15 位法輪功學員被迫害致死，數十人遭非法判刑，約百人遭非法勞教拘捕、被劫持到洗腦班的學員則有 3000 人次之多，其他種類迫害則難以盡敘。

6 月 30 日晚 6 時許，中紀委網站公布了「中央防範和處理 X 教問題領導小組原副組長、辦公室主任，公安部原黨委副書記、副部長李東生被開除黨籍」的消息，官方特意強調李東生「610」高官的特殊身分，暗揭其利用中央電視台製造天安門自焚等謊言誣陷法輪功等罪行。

同一天，蔣潔敏、王永春被移送司法。這兩人為江澤民鎮壓法輪功非法提供了中石油的巨額祕密資產，令這場歷時 15 年、早已超過幾次世界大戰花費的鎮壓能夠維持下去。

徐才厚和谷俊山則是直接負責中共軍隊活摘法輪功學員器官的罪人。幹出這樣反人類的罪行，用百姓的話說，他們不配做人，他們也不是人了。

天網恢恢 惡人難逃

古時候，迫害修佛之人，是下十八層地獄也無法償還的罪惡。他們已經喪失人的本性了，什麼壞事他們都敢幹，什麼事幹起來都沒有任何顧忌。

中國老人有句話：壞事幹多了，鬼會找上門。有百姓把江澤民稱為「江鬼」，這不是一句洩憤的話，而是一句大實話。徐才厚為了升官發財，連殺活人盜取器官的事都敢做，這些江派小鬼被懲罰，也就是「天網恢恢，疏而不漏」的體現。

第二節

習政治局發火 江急赴北京

江派讓張德江公布白皮書，目的就是要促使 7 月 1 日那天更多香港人上街遊行，從而給習近平難堪。習近平於是在政治局會議上發火了，並通報對徐才厚的處理，警告江派常委及軍中其他勢力。（大紀元合成圖）

習拿下徐才厚

2014 年「七一」前夕，擺在習近平面前的，一是退休老虎徐才厚，二是垂死的老虎周永康和被軟禁的老虎曾慶紅，以及他們背後的最大老虎江澤民。

消息稱，谷俊山落馬，令時任軍委副主席的徐才厚、郭伯雄吃驚不小，因害怕被供出，曾求教於江澤民。當時是「18 大」即將召開之時，江澤民便安慰部下，自稱和胡達成共識「止於谷，不上追」，但習與胡在 18 大後結成政治聯盟，查谷是胡拍板決定；查徐是習的決定，亦獲胡錦濤的支持。

據悉，2014 年 6 月 30 日傍晚，習近平拿下徐才厚，第二天國際社會都在議論此事，江澤民對此非常震驚。7 月 2 日，江澤民坐著專列急赴北京，但習近平沒有見他。

有消息稱，訪問韓國前夕，習近平在政治局會議上發火了，態度嚴厲。他通報了對徐才厚的處理，並警告了江派常委及軍中其他勢力。當時江澤民集團背後運作，在香港拋出白皮書，企圖刺激香港局勢，製造大規模暴力衝突，誘逼出現鎮壓香港「佔中」運動，即在香港製造類似「六四」事件的血腥慘案，攪局習近平，逼他下台。

在處理完徐才厚之後，習近平立即將中共解放軍駐香港部隊司令員換人。

不是政治局「集體領導」的結果

江澤民、胡錦濤幾乎每年「七一」都要發表講話，習近平則不同，上任以來，無論是 2013 年還是 2014 年，有意無意間，「習大大」發表「重要講話」的日子往往都錯開了 7 月 1 日當天。

不過這兩年 7 月 1 日前一天卻分別發出兩條消息：2013 年 6 月 30 日內蒙古統戰部長王素毅被查；2014 年 6 月 30 日，掌控 10 年中共軍隊實際人事權的前軍委副主席徐才厚被查。

外界發現，習近平「決定給予徐才厚開除黨籍處分」，不是所謂政治局「集體領導」的結果。《人民日報》海外版為招攬讀者，曾故弄玄虛地說：《人民日報》每句話、每個遣詞造句、每個字、甚至每個標點符號，都是經過很多人反覆推敲琢磨的，每個符號背後都非常考究。比如這次徐才厚落馬，新華社在其網站首頁頭條標題《中共中央決定給予徐才厚開除黨籍處分》的上方，故意張貼了一幅動物園內景，上面寫的是「新虎舍迎『貴客』」。連排版背後都有所謂的內涵。

上述被解讀為，徐才厚的突然落馬是習近平一手決定的，至於江澤民派系的劉雲山、張德江之流是否贊同，顯然不重要了。

習近平不像胡、溫那樣只做管家

2012 年 9 月中共「18 大」籌備最關鍵時刻，習近平一度神祕消失 14 天，至今沒有給外界一個說得通的解釋，當時江澤民派系拚命將無才無德卻貪心不足的一夥人塞進政治局常委，企圖讓習今後這個總書記再度淪為傀儡。

不過，習近平不像胡錦濤、溫家寶那樣願意充當「管家」，馬上甩手不幹了，聲稱不當中共總書記了，摺攤子不接班了，這下中南海高官們個個都傻了眼：要是習近平不來接這個班，沒人能替代他，中共到第五代就沒了。

於是，江派、團派、元老們再度坐下來，討價還價、妥協、商量，最後才有了「18 大」的結果：政治局 7 個常委中江派依然占了 3 個；18 屆三中全會後團派占了上風：沒進常委的李源潮當了國家副主席、港澳台領導小組的副組長，隨時可以架空和擠走正組長張德江；還有沒入常的汪洋，表面上在張高麗之後，但實權卻大大超過張，後來汪洋又被任命為三峽工程驗收小組負責人，不但直接影響李鵬家族的命運，還把三峽工程的真正幕後人江澤民抓在了手心。

江澤民的確向習施壓

習近平上台後「全力反腐」，不但幾次差點被周永康、曾慶

紅派出的特務暗殺，王岐山也是幾次差點在中紀委的巡視路上回不來。

2012 年 2 月，王立軍突然出逃美領館，與薄熙來反目，把一個預謀多年、預計在 2014 年開始行動，要把習近平趕下台的薄熙來、周永康「政變集團」，清清楚楚地擺在了習近平面前。

簡單地說，這個政變集團除了貪腐瀆職之外，主要犯下兩大核心罪行：一是發動政變，企圖推翻現政府，二是活摘人體器官，非法牟取暴利。徐才厚則是周薄政變集團依賴的軍隊力量。

在經歷七次反反覆覆之後，薄熙來終於被關進秦城，並將在那終其餘生。2014 年 12 月 5 日，周永康也被開除黨籍，移送司法。

2014 年 3 月中共兩會前，江澤民曾向習近平表示，反腐步伐不能太快。此言意在警告習，不要對其親信動手。4 月 1 日，英國《金融時報》也證實了江澤民的確向習施壓，要求現領導層「收控、放慢」數十年來最嚴厲的反腐敗運動。4 月港媒進一步證實說，江澤民不顧老臉，親自以私人信函的方式寫信給王岐山，希望他的反腐緊急「剎車」，但江的求情被王岐山頂了回去。

現在看來，這個時間段正是 3 月 15 日習近平陣營正式讓軍紀委內部立案調查徐才厚的日子，不過江澤民想代為求情的，不光是徐才厚，還包括周永康和曾慶紅以及江綿恆，因為那時習李王是全面出擊。

外界聚焦「徐比周永康先落馬」

人們對徐才厚的落馬感覺突然，是因為周永康的貪腐和政變醜聞比徐才厚鬧得更沸沸揚揚，為何先落馬的不是周永康，而是

徐才厚呢？

據了解中國政情的專家分析：一，雖然徐才厚主管中共軍隊，但徐只是中共軍委副主席，而且是個文官，從來沒帶過兵，而周永康掌控的暴力機器——武警和公安，若再加上保安，其勢力比徐才厚大很多，而且徐才厚在中共黨務系列裡只是中央政治局委員，而周永康是政治局常委。中共歷來強調「黨指揮槍」，所以黨務位置的高低起決定作用，也就是說，周永康的地位比徐才厚高。

二，最近這幾十年，中共權力鬥爭的潛規則是：反腐可以放倒政治局委員，如陳希同、陳良宇、薄熙來、徐才厚，但還沒有觸及到政治局常委這一級別。「刑不上常委」，是江澤民一直拚命建立和維持的，如破了這個規矩，一旦周永康落馬後，有問題的常委，如賈慶林、曾慶紅、劉雲山、張德江、張高麗等，都面臨危險，多米諾第一塊骨牌一旦倒下，後面的頹勢就一發而不可收，於是，江澤民拼了老命也要保周永康，何況周永康知道江澤民很多祕密。

三，徐才厚雖然是江澤民一手提拔上來的，江在位以及胡錦濤時代，徐都是江在軍中的代言人，但自從習近平上台後，善於觀察局勢、見風使舵的徐才厚，積極投靠習，「18大」後不斷帶頭向習表忠心，於是江派認為徐背叛了他們，為了懲罰徐，當習要調查徐時，江派也沒有阻撓。

習廢除處理黃菊的模式

有人懷疑周永康是否落馬還有個主要因素，其可能會像黃菊

那樣「軟著陸」，不至於鬧得身敗名裂。不過局勢發展證明，這些人想錯了。

2006 年，深度捲入陳良宇貪腐案的中共政治局常委黃菊，因江澤民的阻撓和黃菊當時已患癌症，胡錦濤於是採取了「不逮捕、不判刑、不公開、不露面」的低調處理方式，所謂「黃菊模式」。

不過這次不同了，習近平的本意就是要解體江的「權勢」，因為江澤民正是所有攔路虎的總後台。

徐才厚是江澤民在軍中的代言人。胡錦濤未能公開拿下黃菊，就在於黃有江的保護。如果習延續「黃菊模式」處理徐，就等於向江和江系發出服軟信號。外界會認為，江仍然制約習，於是江派大老虎們會依然一如既往地阻止習近平。

有消息分析，2014 年 1 月 20 日，習近平同意徐才厚跟隨他一起參加軍隊新年聯歡晚會，以告訴外界準備讓徐平安著陸。結果第二天 1 月 21 日，「國際調查記者同盟」發布調查報告中共權貴在離岸金融中心持有祕密資產，涉及五名現任或前任中共政治局常委的親屬，卻獨缺江派三大巨貪常委。「離岸解密」事件讓習不得不改變了放徐一馬的念頭。而逼習改變主意的，正是愚蠢的江派攪局人馬。

消息稱，此事件背後是江澤民集團第二號人物曾慶紅在背後暗中運作，餵料給國際社會。

江澤民派系的反撲，反助中共太子黨勢力聚集，支持習近平。習近平在太子黨盟軍支持下，除清理周永康舊部外，中紀委還開始調查與曾慶紅、江澤民相關的貪腐大案。習陣營的調查，又反過來刺激曾慶紅採取更多的反撲，於是你一下我一下，雙方來回過招，令衝突更加不可調和，而成為生死搏殺。

曾慶紅積極攻擊習王

2014 年 3 月兩會前，曾慶紅策劃了三件大案：2 月 25 日大陸詭異的股災；2 月 26 日刺殺香港《明報》主編劉進圖；3 月 1 日昆明火車站砍人案。

3 月 10 日，曾慶紅和劉雲山還聯手拋出大陸公開反對習近平的第一篇文章：《習近平是內奸 中國到了緊要關頭》，稱習近平處置昆明砍人案和馬航失聯案不當，是藉腐敗之名，「打擊石油、鐵路、電力等系統的國有經濟政治領導力量」，是在幫忙美國搞垮中國的「內奸」等等。文章還把北京懲罰周薄集團成員說成「採取了株連九族的手法」，並言詞煽動：「盡快組織起來」，進行「你死我活的革命行動」。

中共江澤民集團與習近平陣營的暗中對立，早已發展成公開的對立。2013 年 10 月，習近平的父親、中共前副總理習仲勛百年誕辰，中共「紅二代」大聚會，除缺薄熙來的家人外，曾慶紅的「紅色家族」也沒有派人出席。2014 年 2 月新年團拜會上，江澤民、曾慶紅、李嵐清、李長春等江派人馬故意以「請假」方式拒絕參加，雙方矛盾徹底公開化。

那時的周永康，親信和祕書都已落馬。在打擊周永康腐敗團伙時，王岐山將周永康的馬仔、心腹、幹將一個個處置後，周也就變成一條「死老虎」。

江越反撲死得越快

學過物理的人都知道，這世界有個理，叫「作用力與反作用

力相等」，雙方爭奪的較量中，假如一方反撲得越厲害，帶來的後果可能是更加嚴厲的打擊。用這事比喻江澤民流氓集團為了掩蓋其反人類罪行而一步步反攻當權者，非常恰當。就好比一個不會游泳的人掉進水裡了，越掙扎，嗆水越多，越快滅頂。

從最開始看，江派先要保周永康，阻撓胡錦濤對薄熙來的審判，在 2012 年 5 月搞出了個京西賓館協議，決定切割處理薄。之後江派得意了，又在 2012 年 8 月搞出了釣魚島風波，藉抗日打出「釣魚島是中國的，薄熙來是人民的」等標語，最後惹怒胡錦濤，於是 2012 年 11 月 4 日，17 屆七中全會上開除了薄熙來的黨籍，結束了其政治生命。

習近平在 2013 年 12 月 1 日抓捕了周永康，江派拚命掙扎，曾慶紅不惜派出精心豢養的特務陳光標到紐約上演誣陷法輪功天安門自焚的醜劇，還搞出了攻擊習近平、胡錦濤、溫家寶的「離案醜聞」，結果引來習、胡聯盟的更大打擊，不僅周永康被開除黨籍並移送司法，連曾慶紅也賠進去了。曾目前被軟禁，無法再對江派嘍囉發號施令了。

如今，江綿恆的案子也在調查中，而且中共黨媒一再曝光江澤民賣國、貪淫的醜聞，習近平的反腐，從薄熙來、周永康到曾慶紅，眼瞅著奔江澤民去了。

第三節

胡、習提前布局 捉拿徐、周

胡錦濤埋下徐落馬的伏筆

2014 年 6 月 30 日，北京當局宣布中共軍委原副主席徐才厚被開除黨籍，其涉嫌受賄犯罪線索被移送軍事檢察機關。此前，中共軍隊總後勤部副部長谷俊山被曝「供出了幾乎所有人」，特別是前中共軍委副主席徐才厚。

據稱，谷俊山被查是由胡錦濤拍板。另外，中共 18 大之前，胡錦濤、習近平完成軍中布局，並罕見提前公布軍委副主席名單。胡錦濤這兩大動作被指早已埋下徐才厚落馬的伏筆。

江澤民心腹徐才厚架空胡錦濤

徐才厚為江澤民一手提拔，被稱為江澤民的「軍中最愛」。

據稱，2004年江澤民延期留任軍委主席兩年屆滿，不得不讓出主席時，軍委擴大會上江家軍發難。徐才厚以所謂「軍機大事必要的連續性」為由，要求軍委內常設江澤民辦公室，並發明創造了「軍委首長」這一軍內「太上皇」的稱呼。於是江澤民在八一大樓的辦公室一直運行到胡錦濤離位前的2012年夏、中共18大召開前夕。

江澤民卸任後，軍委副主席郭伯雄、徐才厚替他把持軍務，實際是「監軍」。胡錦濤很長一段時間都沒有軍中實權，徐才厚等人動不動就要「軍委首長」批示。2008年汶川地震時，溫家寶（時任國務院總理）氣得幾次摔電話，也無力調動直升機和救援部隊及時趕到災區救人。因為江一直不下令讓軍隊真正參與地震救災。

2012年2月，前重慶市副市長王立軍逃亡美領館事件發生後，胡錦濤和習近平開始了一系列合作反擊江派。對谷俊山的調查和軍權的收攏兩大動作，為擺平徐才厚掃清了路。

胡錦濤拍板查谷俊山

中共軍隊總後勤部副部長谷俊山案，敗露於2012年初，2014年3月31日才被提起公訴，歷時兩年多。谷俊山案曾受到軍方高層的抵制，最後是由胡錦濤命令中紀委介入調查，谷俊山才被停職，調查才有所進展。據稱，江澤民、副主席徐才厚、郭伯雄，還有國防部長梁光烈，都是谷俊山的後台。習近平上台後，該案調查範圍擴大。

有消息稱，中共總後高層第一次向時任中央軍委主席胡錦濤

彙報情況，講了兩個多小時，向胡錦濤建議把谷俊山調離總後，胡不同意，認為這樣的人調到什麼地方都是禍害，胡下決心懲處谷俊山，將其「繩之以法」。

胡習軍隊布局 提前公布軍委副主席名單

據稱，2011 年末的軍委擴大會議上，總後勤部政委劉源在胡錦濤與習近平的授意下，直接「逼宮」梁光烈和前中央軍委副主席徐才厚、郭伯雄。劉源直指三人在位多年，「對於軍中嚴重腐敗，更有不可推卸的責任！」

2012 年中共 18 大之前，胡錦濤和習近平聯手控制軍權，其親信「瓜分了」解放軍四總部。胡的親信房峰輝任總參謀長；另一親信原廣州軍區政委張陽任總政治部主任；習近平的親信張又俠任總裝備部部長；習當年的軍中老友趙克石成為總後勤部部長。

2012 年 11 月 1 日至 4 日，中共 17 屆七中全會決定，增補范長龍、許其亮為中共中央軍事委員會副主席。但是原來的軍委副主席習近平、郭伯雄和徐才厚並沒有退下，軍內形成罕見的五名副主席並存的局面。這次增補的兩名軍委副主席內定將會接徐才厚和郭伯雄的班，名單罕見在 18 大之前公布。

習近平提前解除周、徐武裝

2014 年 6 月 30 日，中共軍委前副主席徐才厚案被公布。7 月 29 日，前政法委書記周永康被中紀委「立案審查」。回頭看整個過程，當局在公布這兩起案件的時候都提前做了鋪墊，並一

步步解除了周永康和徐才厚的武裝力量。

京西賓館協議 周永康交出權力

媒體間一直在流傳，2012 年 3 月 19 日當晚，時任政法委書記周永康政變未遂。當年的 4 月到 5 月期間，「路透社」、《金融時報》等西方媒體都稱周永康已經失去權力，將權力移交給了時任公安部長孟建柱。此舉也意味著，周永康雖然名義還是政法委書記，但是大批量調動武警、公安的權力已經被剝奪。

2012 年 5 月初，200 名中共高官參加了北京京西賓館的會議，胡錦濤在這個會上確定，周永康雖然沒有退下，但是交出權力，失去指定政法委接班人的權力，讓周永康與薄案切割，只等「18 大」後下台。

2012 年 6 月至 9 月，周永康、曾慶紅合作策動釣魚島事件，江派控制的統戰部在釣魚島事件上煽動及利用控制的海外情報系統大肆放料、公安混入反日遊行隊伍打砸搶等舉動，幾乎令大陸反日局面處於失控狀態。

在發生周永康主動撕毀京西協議的這些行為之後，胡錦濤和習近平在「18 大」前就聯手定下了抓捕周永康的計畫。

胡錦濤和習近平對處理徐才厚的祕密約定

《華盛頓時報》報導，美國政府內部的中共問題專家透露，胡錦濤在 2012 年交班給習近平之前，就已經警告習近平，徐才厚不可信任。一名中共軍事官員曾告訴香港《南華早報》，徐才

厚在習近平 2012 年 12 月接任軍委主席之前，將自己的人馬安排進入軍委領導班子。

　　2012 年 11 月 1 日至 4 日，中共 17 屆七中全會連續四天在北京召開，增補范長龍、許其亮為中共中央軍委副主席。徐才厚在軍委的權力遭到稀釋。當時有評論指，胡錦濤和習近平此舉是為了「18 大」上，萬一出現崩盤局面，軍隊不致於因為徐才厚和郭伯雄仍然是軍委副主席而失控。

周永康私家軍頭目被抓

　　2013 年 3 月 20 日，四川多位接近漢龍集團高層的人士告訴《中國證券報》記者，劉漢已經被北京控制。

　　此前大陸媒體報導稱，劉漢與周永康的兒子周濱是生意夥伴。在四川，當地人曝光劉漢還有一個別號：周永康的乾兒子。也有消息稱，劉漢其實是周家的代拆或錢袋子。劉漢的兄弟劉維殺人後，也是因為周永康的庇護，一直沒有被抓。

　　2 月 20 日，官方廣泛報導了劉漢涉黑的情況，並高調曝光劉漢團伙的武器庫。據報導，劉漢武器庫中，有軍用手榴彈 3 枚；國產五六式衝鋒槍、美製勃朗寧手槍等槍枝 20 支；子彈 677 發；鋼珠彈 2163 發；管制刀具 100 餘把。

　　周永康曾經握有三種武裝力量：公安、武警和黑道武裝力量。

徐才厚案先被公布

　　6 月 30 日，徐才厚案被公布。從時間順序來看，海外媒體理

出當局對徐才厚案的處理思路：3 月徐才厚被查；4 月初軍隊將領兩波大表態；4 月中旬對徐正式雙規；5 月調查；6 月王岐山主導審查報告；6 月 30 日正式向外界公布。

而當時，雖然外界已經把各類消息傳得沸沸揚揚，但是周永康仍然沒有被公布。

徐才厚案被公布之後，中共解放軍出現各類異動，如與徐才厚相關的各個軍頭都遭到清洗，被認為是徐才厚嫡系的瀋陽軍區，出現懲處和提拔軍官同時進行的現象。

7 月 18 日上午，瀋陽軍區裝備部副部長李毅，16 集團軍副軍長吳亞男、參謀長黃銘，40 集團軍副軍長姚旺、政治部主任許鳳元，遼寧省軍區政治部主任莫國民，吉林省軍區副司令員馬濤、軍區總醫院院長孟威宏升為少將。

7 月 14 日前後，徐才厚長期服役之地瀋陽軍區傳出消息，聯勤部推動「敏感崗位」人員輪換行動，涉及 88 個崗位、170 多人。徐才厚原祕書康曉輝，曾在此次要求換崗的聯勤部任政委。

防政變 周永康案終公布

7 月 29 日公布周永康案之前，解放軍公布了大規模軍演的消息航空管制、取消大陸民航航班一度到達高峰。

有報導稱，軍演和航班取消都和宣布周永康案有關。因為宣布如此大的案子，勢必擔心引起周永康以及他的支持者的反彈，軍演應該是習近平當局嚴防軍隊政變，而取消民航是防止官員出逃。此後中共國防部對此否認，但引起更多質疑。

中國問題專家石實稱，如果重慶事件剛剛發生，胡錦濤就要

抓徐才厚和周永康，這兩個人聯手政變，完全有可能。到 18 大之後，經過一步步解除這兩人的武裝，這兩人最終落馬。

第四節

徐才厚女兒吃空餉
牽出買官者

中共軍委前副主席徐才厚的女兒徐思寧長期在中共軍隊總政聯絡部掛名吃空餉，令總政聯絡部前部長邢運明再次被聚焦。傳邢已被調查，供出曾向徐才厚行賄 6000 萬元買官。邢運明案被曝牽涉曾慶紅、賈慶林兩名中共正國級高官。

徐才厚女兒吃空餉 其上司被聚焦

日前，港媒報導徐才厚被搜查內幕的長文，曝光了徐才厚的獨女徐思寧在中共軍隊總政聯絡部系統工作，但知情人稱，很少見她上班。

徐才厚女兒徐思寧長期掛名在總政聯絡部，使總政聯絡部前部長邢運明引起外界關注。2014 年 9 月，傳出邢運明被調查。

網路上有關邢運明個人的信息甚少，公開信息只有他曾任總

政聯絡部部長。不過，邢運明缺席 9 月 4 日在北京京西賓館召開的中共軍方重要會議後，關於其買官、賣官，向徐才厚等人巨額行賄等黑幕就開始被海外媒體大量曝光。

10 月 27 日，北京當局宣布徐才厚案移送審查，並稱徐才厚已認罪。港媒報導稱，據中共軍紀委有關人士透露，徐才厚向中共軍委辦案人員交代，總政聯絡部邢運明曾經向自己買官。

邢運明向徐才厚行賄 6000 萬買官

據港媒報導，邢運明對外以其他身分出現。邢運明是中共軍中情報系統首腦之一，他常以中共國際友聯常務副會長、中華文化發展促進會會長身分在民間活動。

報導表示，官商出身的邢運明出手大方，與徐才厚見過幾次面後，就送上 6000 萬的現金和金銀珠寶。於是，沒有當兵履歷，也沒有做過情報工作，更沒有做過統戰工作的邢運明，2001 年直接從國管某公司調入總政，任主管東南亞、港澳事務的聯絡部副部長，大校副軍職待遇。

後來從事中共祕密特務活動的邢運明，被提拔為總政聯絡部部長，掌握龐大而不受監管的政商資源，更成為徐才厚和周永康所倚重的共軍將領之一。

「皮條客」為賈慶林輸送女軍官

邢運明案牽出中共前政治局常委曾慶紅、賈慶林等 2 個正國級高官家族。港媒披露，邢運明是福建商人、周旋於眾多高官的

「皮條客」吳永紅的保護傘，在接受4億人民幣外加88個5兩重的黃金金元寶後，將犯案被通緝的吳永紅送到香港保護起來。而吳永紅曾是福建省工商聯常委、福建興業銀行的董事、閩發證券董事長，在福建官場浸淫10年，與中共軍政界高官關係密切，被曝曾向中共前政治局常委曾慶紅、賈慶林等2名正國級高官輸送女色行賄等。

傳吳永紅在福建曾給賈慶林送去數名「長白山處女」，又曾把軍內的一名「海軍女軍官」轉給賈慶林做情婦。在賈慶林和邢運明的保護下，吳永紅至今仍在香港西環摩星島高級豪華公寓過著花天酒地的生活，賈慶林的兒子、女兒則經常與其有利益上的交往。

有消息指，2004年，福建省公安廳和廣東省公安廳成立聯合調查組，前往香港抓捕吳永紅。但消息提前被洩露，賈慶林讓兒子賈建國通知吳永紅應對。

曾慶淮接受皮條客送女色

港媒還披露，邢運明案還牽涉到曾慶紅，曾慶紅的胞弟曾慶淮曾接受吳永紅送給他的數名「長白山處女」。

曾慶淮不僅在香港「慇勤照顧」賈慶林的情婦，也對藏身香港的吳永紅有過實質的幫助。

這一切，隨著徐才厚招供、邢運明被抓，或都將被公開。此前報導指出，曾慶淮和曾慶紅都深陷周永康和薄熙來的流產政變中。

習近平軍委布局內幕

第九章

徐才厚貪腐證據

中共前總後勤部副部長谷俊山從校官變為中將，八年時間升了五級，升官之快與他賄賂江派軍中大佬徐才厚有關。因此徐才厚操控的軍紀委竭力包庇谷俊山貪腐案，假查真保。（新紀元合成圖）

第一節

「軍中第一桿」發家祕聞

憑藉瓦房店同鄉將軍名人于永波的裙帶提攜，徐才厚走上北京仕途，與薄熙來這「一厚一薄」30 多年進行無數利益輸送，及緊隨江澤民「悶聲發大財」，直上江派「軍中第一桿」座位。（大紀元合成圖）

　　徐才厚不光彩的發家史，一開始就和于永波、薄熙來、江澤民連在了一起。

　　1943 年 6 月，徐才厚出生在遼寧省瓦房店市管轄的長興島農村，父親曾是地主。瓦房店市位於遼東半島中西部，東臨普蘭店灣，西瀕渤海，與大連市的金州區隔海相望。這裡北距瀋陽 292 公里，南距大連 104 公里。2011 年初瓦房店地區發現一處大型金剛石礦，鑽石礦藏量保守估計約 100 萬克拉，可開採 30 年以上。2013 年被福布斯評為中國大陸最佳縣級城市排行榜的第 15 名。

　　人口 120 萬的瓦房店，因為出了個所謂共軍名人于永波，在其裙帶關係的操作下，如今中共軍隊裡有 30 多位將官來自瓦房店，人稱「瓦房店幫」，或「遼寧幫」，徐才厚是其中最出名的一個。

「瓦房店幫主」于永波

于永波出生在 1931 年的瓦房店市老虎屯的一個滿族鎮，1985 年他還只是南京軍區政治部主任，駐紮在上海，與當時任上海市委書記的江澤民很近乎。等到 1989 年「六四」運動爆發後，由於積極鎮壓學生，被江澤民看中，於是，1989 年 12 月，于被上調北京，擔任中共解放軍總政治部的副主任，統管全軍的人事安排和政治管理。

徐才厚 1963 年考上哈爾濱軍事工程學院電子工程系，五年畢業後，徐到 39 軍農場「勞動」了兩年，又到吉林省軍區當了一年兵，1971 年他當上瀋陽軍區守備師的一個連級副指導員，1980 年他到解放軍政治學院培訓班學了兩年政治，此後幹上了政工。

1983 年至 1992 年期間，徐才厚相繼擔任瀋陽軍區下屬的吉林省軍區政治部副主任、陸軍 16 集團軍政治部主任和政委，並晉升為少將軍銜。由於都是政工出身，在這期間他結識了「大老鄉」以及後來的「大老闆」于永波，並竭力討于歡喜。

1992 年 10 月左右，江澤民、曾慶紅採用「陽謀加陰謀」的方式，打倒了在中共軍隊中享有最大權威的楊尚昆、楊白冰（原名楊尚正）兄弟倆，一個月後江澤民以于永波接替楊白冰擔任解放軍總政治部主任。

為了所謂方便工作，于永波想提拔自己的人馬當祕書，於是他想到了比自己小 15 歲的「小老鄉」徐才厚來擔任總政治部主任助理、兼解放軍報社社長。1992 年秋，由於于之故，徐才厚走出遼寧來到了北京，開始了其仕途，這時他還不到 50 歲，已擁

有中將軍銜。

江澤民看中了他

在解放軍報社任職一年多後，1994 年徐才厚不再兼任社長，於 1996 年離開總政治部副主任的位置，調到濟南軍區當政委和軍區黨委書記。1998 年 8 月一場不大的洪水卻把徐沖到了高位。

徐才厚的這次提升，除了有于永波安排接班人以保證自己退休後高規格待遇的同時，也有很多江澤民「相中」了徐的因素。

當時善於捕捉消息的徐才厚，得知 1998 年的抗洪方案是江澤民個人強行制定的，於是他親自帶著部隊到湖北發洪水的地方「保衛大堤」，提出所謂「人在堤在」的口號。不過大水無情，在不分晝夜的「嚴防死守」後，士兵們都累趴下了，於是各部隊輪流換上堤。

那一天，徐才厚帶著筋疲力盡的士兵正坐火車返回濟南休整，突然徐才厚接到一個電話，得知江澤民要親自到武漢大堤上視察，一向善於做表面功夫的徐才厚馬上命令隊伍掉頭趕回武漢，徐在江的面前說，「隨時聽從江主席指揮」、「江主席指到哪，徐某就拚命趕到哪」。面對其他有識之士對江澤民制定的愚蠢抗洪方案的質疑，徐才厚的逢迎諂媚，讓江澤民就喜歡上這個「小徐」了。

於是人們看到，洪水過後，1999 年 9 月 29 日，徐才厚晉升為上將，2000 年徐又重回北京，當上了中央軍事委員會委員、總政治部黨委副書記、常務副主任，兩年後由副職提拔為正職：總政治部主任，並進了曾慶紅負責的中央書記處當書記，再過兩年，

徐被提拔成了軍委副主席。民眾諷稱「徐才厚的屁股上按了個火箭」。在此後長達十年的時間裡，徐才厚作為主管政治的軍委副主席，他掌管了幾百萬解放軍、武警幹部的人事大權，近年來中共軍隊中買官賣官的現象越演越烈，與他直接相關。

軍人進中央書記處

說到 2002 年徐才厚進到中共第 16 屆中共中央書記處當書記，這是江澤民、曾慶紅精心安排的大布局，目的就是架空新上來的由鄧小平隔代指定的中共總書記胡錦濤。當時書記處書記被江澤民依次安插了曾慶紅、劉雲山、周永康、賀國強、王剛、徐才厚和何勇，除了何勇算是胡錦濤的人之外，其餘基本都是江澤民的人馬。

中央書記處是具體執行中共中央政策的最關鍵部門，只要書記處不聽話，胡錦濤說什麼想幹什麼，下面或不知道，或知道了也可以變相不執行或反其道而行之，於是「政令不出中南海」的局面出現了。強勢的曾慶紅牽制了弱勢的胡錦濤。

按照中共以往的慣例，軍人是不進書記處的，但江澤民、曾慶紅為了繼續掌控軍隊，把軍委副主席安排在曾慶紅手下，這等於軍委副主席可以不聽軍委主席胡錦濤的話，而要聽書記處第一書記曾慶紅的話，特別是 2004 年江澤民的軍委主席頭銜被奪去後，這個預先布局就發揮作用了。

2004 年江澤民在軍委主席位置上賴了兩年被趕下來時，徐才厚不但讓江澤民繼續在八一大樓有辦公室，軍委很多大事必須要經過江辦的批准，同時徐還發明了一個新名詞「軍委首長」來稱

呼江，軍中大事比如人事安排等，不是聽胡主席的，而是聽「軍委首長」的。

2008 年汶川地震時，軍隊遲遲不行動，就是在等「軍委首長」的命令，無論溫家寶這個抗震救災第一負責人如何下命令，最後如何被氣得摔電話，軍隊那邊還是按兵不動。在江派聯手操縱下，胡溫的「弱主」地位到他們離位時也沒有完全擺脫。

徐才厚的人品

2006 年 12 月，一位署名「萬木春」的人投書海外，講述他朋友所認識的徐才厚。「不過我的朋友沒有徐才厚幸運，他在副營職轉業回鄉的。一天我們在一起閑聊，東拉西扯說到了各自在部隊的情況，偶然扯到了徐才厚頭上。因為徐才厚當上了軍委委員上了各大報紙。朋友說：『吊了，共產黨沒得救了。』我問：『怎麼啦？』朋友：『連徐才厚都混到中央軍委委員了，這樣的軍隊還能打屁的仗。』

我疑惑了。朋友接著說：『徐才厚這個吊東西，除了吹牛內行外，其他方面真的找不到他的優點。在部隊他沒有什麼真正的事情需要做，整天就是這裡吹吹那裡侃侃，在部隊的外號就叫『徐大牛比』。大家都這麼叫他，他也不怎麼生氣。誰能想到就這麼吹吹，竟然吹到中央軍委委員的位置上去了。唉，共產黨是要垮了。』我問：『你為什麼不跟他一樣也吹？』朋友：『徐大牛比又不是什麼軍事主官，幹的是虛職閑職，有的就是吹牛比的時間。……』我們無語。

他還說：『徐才厚與江澤民有許多共同之處。比如：江澤民

蛤蟆嘴，徐才厚嘴能吞蛤蟆；江澤民沒拿過槍，徐才厚打槍常脫靶；江澤民叫客裡空，徐才厚叫牛比筒；江澤民貪淫惡，徐才厚假大空。江澤民看中的就是徐才厚的人品。』」

一厚一薄的交結

說到徐才厚的發家，不得不提到徐才厚與薄熙來這「一厚一薄」在 30 多年的利益輸送和盤根錯節的人際關係。

薄熙來在 1992 年至 2000 年任大連市長及市委書記時，徐才厚一路自中共解放軍總政治部主任助理升到軍委委員，從那時起，薄給予徐才厚家人很多經商便利，薄徐兩家從此建立深厚關係。等到了 2004 年薄出任商務部長後，徐已是軍委副主席。薄透過關係，幫徐大肆斂財，更不顧當地老百姓的反對，強行用 186 億巨資修建徐才厚的老家長興島。徐憑藉各種關係，還把長興島從瓦房店市獨立出來，成為大連市的一個特別開發區。

從 2006 年以來，一位署名葛眾禾的當地民眾發表了系列帖子，揭露徐在家鄉的貪腐行為。在 9 層的瓦房店市政府大樓旁有一個 19 層的五星級大酒店，「這是專為國家軍委副主席徐才厚將來回家省親而修建的下榻宮寓。該酒店先期的框架工程和後期的裝修工程預計將耗資 3 億多人民幣。人們見不到任何有關這座大廈工程項目的介紹，只看見一些『軍愛民，民擁軍，軍民魚水一家人』和『我就是瓦房店形象，我就是投資環境』的大幅標語，這個我就是他徐才厚。」

他還說：「2006 年 8 月 6 日在大連國際啤酒節上，由徐才厚家鄉長興島生產的『鳳凰源』牌礦泉水，每瓶標價 100 元人民幣，

被夏德仁流氓政府骨幹分子孫廣田強行指定為 2006 中國國際啤酒節唯一指定飲用水。」孫廣田是原大連市公安局長、薄熙來的助理。徐把長興島比喻成鳳凰的發源地，自己就是從「鳳凰源」飛出的「鳳凰」了。

一些外省市到大連來旅遊的客人經常被強行拉到長興島進行消費旅遊，遼寧省的一些黨政機關團體成了每年必去長興島遊玩，而一些民營企事業單位也被強行攤派到長興島進行消費，色情業在長興島也呈泛濫趨勢。據資料顯示，長興島旅遊旺季每日接待遊客 5 萬餘人。

徐才厚與「萬米長城」

當地百姓把徐才厚比喻為當代軍閥：「『軍閥路』是徐才厚專為長興島徐家莊人所修建的一條特權路，在這條近百公里的路上，平均每一米長就用掉了 5000 多元人民幣，共花費了國家銀行 5 個多億。全國途經瓦房店市的車輛都得向徐氏集團交納過路費。」

儘管徐家莊的人富裕了，但瓦房店很多百姓的生活還很困苦。2006 年 3 月 8 日，大連《半島晨報》以《擔心教室塌了 學生練習鑽桌子》為題，對瓦房店閆店鄉遲家中心小學的孩子們為擔心教室倒塌而每天進行鑽桌子訓練的事情進行了報導。2006 年 3 月 13 日，該報又以《少女寄養敬老院 莫名失身》為題的報導深入揭示了徐才厚家鄉民生問題惡劣的狀況。

很快這份報紙就遭到官方阻撓。大連政府不但派人阻止《半島晨報》的銷售，還毆打了報社發行人員，並威脅報攤不許出售

該報，最後這家報紙也不得不跟著政府說假話了。

　　還有民眾寫舉報說：「2005 年，在修建長興島樂園的同時，徐才厚利用朱成虎在國防科技大學上發表了其要統一世界的白皮書——中國『核威脅論』，同時在長興島的北面、瓦房店市紅沿河三步一崗五步一哨，戒備森嚴，這裡已經開始了核工程的建設，國務院給其命名為紅沿河核電站。」

　　該舉報信還表示，把修建長興島軍事基地作為防禦和打擊南韓與日本的軍事工程，可以說是徐才厚把「侵略世界」的野心落在了實處。也因此，中共當局中共才容忍和放縱他的種種腐敗行為。

　　在舉報信的最後，當地民眾把長興島上的「萬米長城」與秦始皇的「萬里長城」相比：「從橫山之顛遠眺長興島，一條萬米長城將長興島的西海岸闢出 25 平方公里的原始林地，成了長興島上一條微型的萬里長城。」「萬里長城今猶在，不見當年秦始皇。」這是秦始皇留給後人的遺訓，而徐才厚能給人民留下什麼呢？是「萬米長城今猶在，不見當年共產黨」嗎？

第二節

22 歲女子洗錢百億的背後

2013 年 3 月，就在全球搜尋馬來西亞航空失蹤航班及大陸各地陸續發生恐怖血案的敏感時刻，3 月 19 日，被外界視為習近平陣營的中國大陸媒體「財新網」，將被香港媒體報導涉嫌替徐才厚在香港洗錢 100 億港元的趙姓女子身家曝光，但「財新網」相關文章中沒有直接點出此案涉及軍委副主席徐才厚。

該女子名叫趙丹娜，現年 22 歲，2010 年就在香港註冊有限公司，曾以八個戶口洗錢 100 億港元，後棄 3000 萬港元保釋金潛逃；其「老公」張永安（音）現年約 26 歲，居於深圳，做貿易生意；趙的叔叔叫趙端成（音），從事體育用品生意，在廣東省設有廠房；趙的父親是潮州人，從事房地產開發。

此前，有海外中文媒體在 3 月 1 日發表了一封據稱是寫給習近平等中共高層的舉報信。信中稱，徐才厚在海外藏有驚人的巨額黑錢，2013 年徐妻曾派一嫡系親屬，21 歲的趙姓女子，持雙

程證赴港，代表徐家處理在港多家銀行的 100 億港元。結果該女子因涉嫌洗黑錢被起訴，保釋金高達 3000 萬港元，但她最終棄保潛逃，由徐才厚女兒幫助她偷渡回大陸。

「財新網」被外界視是親習近平、王岐山的大陸傳媒。此前，「財新網」曾曝光周永康家族黑幕，連發五篇特稿起底谷俊山，而徐才厚同時捲入周永康案和谷俊山案。

當前，中共全面收緊局勢，以表面妥協保黨，但是習江兩陣營搏擊依然暗潮洶湧，「財新網」此刻曝該趙姓女子的資料，引起外界關注。

「財新網」曝光趙姓女子身家

3 月 17 日，據多方媒體報導，中共 3 月 15 日晚，逮捕了前中共中央軍委副主席徐才厚。此外，有港媒的消息稱，徐才厚因患晚期癌症，免於當局的貪腐調查。

就在外界對徐才厚的處境莫衷一是，對其貪腐情況不明就裡的時候，「財新網」揭露趙姓女子的身家，直指徐才厚的意味明顯。

3 月 19 日，據「財新網」報導，棄保潛逃洗錢案的被告趙丹娜，在 2012 年 12 月 6 日至 2012 年 12 月 21 日期間，透過中國銀行香港戶口清洗 800 萬港元黑錢。案件在香港荃灣裁判法院再提訊時，控方進一步披露，被告以八個戶口洗錢 100 億港元。

據報導，趙丹娜實際早於 2010 年就在香港註冊有公司，但公司並無實業。根據香港公司註冊處的資料，趙丹娜在香港有至少兩家公司，一家名為丹飛國際（香港）有限公司，另一家則為

寶藝有限公司,不過其中一家已經宣告解散,另一家幾近停業。
據警方表示,趙丹娜是利用空殼公司在香港銀行開戶從事洗錢。

控方表示,被告趙丹娜 2013 年 6 月起被關押,2013 年 12 月
以 3000 萬港元現金,以及兩名擔保人各提出 100 萬港元現金及
400 萬港元人事擔保而獲得保釋,但被告須遵守不准離港及每天
到警署報到等條件。

自 2014 年 1 月 7 日起,趙丹娜再沒有到警署報到,其 3000
萬港元保釋金已被充公。香港警方查問兩名擔保人,也無法得知
趙丹娜去向。裁判官此後下令兩名擔保人須於 3 月 19 日到庭,
以決定是否充公他們的擔保金。其中一名提供 500 萬港元擔保的
男子趙端成(音譯),早前請求延期到庭,並獲法官批准。據接
近案件人士透露,趙端成為趙丹娜的叔叔,從事體育用品生意,
在廣東省設有廠房。

而 3 月 19 日到庭的擔保人為蕭炎坤在香港小有名氣。今年
68 歲的蕭炎坤曾任博愛醫院的主席。庭審後,蕭炎坤向外界表示,
他與趙丹娜的「老公」張永安(音譯)熟識,因此認識趙丹娜。
據蕭炎坤說,張永安現年約 26 歲,居於深圳,做貿易生意。

蕭炎坤還表示,趙的父親是潮州人,從事房地產開發。

對於趙年僅 22 歲,卻涉嫌洗錢 100 億港元之巨,擔保人也
備感蹊蹺,「這個年輕女孩不知是不是被人操控?」蕭炎坤在庭
後說。

「財新網」的背景非一般

「財新網」隸屬於財新傳媒,其總編輯胡舒立有「中國最危

險女人」之稱，她於 1998 年創辦《財經》雜誌，並擔任主編 11 年。期間，她與採訪團隊屢屢揭露財金黑幕，其中《誰的魯能》曝光江派大管家曾慶紅家族的貪腐黑幕，涉及數額達 700 億，事件引起國際國內的轟動。

據傳胡舒立與王岐山關係密切，所掌傳媒一般被外界視為習近平陣營的大陸媒體，其屬下的財新網、新世紀等媒體通常有一些帶有某種風向標的報導。消息稱，胡舒立在王岐山任中國農業信託投資公司總經理的時候就已相識，一直關係密切。

2009 年 10 月，《財經》前總編胡舒立率領她的團隊集體辭職，就是因為江派對胡舒立惱羞成怒，前政治局常委李長春施壓中宣部的結果。據報導，在胡舒立準備離開《財經》之際，王岐山曾參與斡旋，試圖調解雙方，但最後胡舒立還是另立門戶，創辦財新傳媒，並在王岐山支持下，把海南的《中國改革》雜誌也吸收進來。

2013 年初，力挺習近平「中國夢、憲法夢」的《南方周末》新年賀詞被篡改事件，掀起軒然大波，甚至觸發國際關注。在事態蔓延即將失控之際，胡舒立聯手王岐山，找廣東省委書記胡春華親自介入僵局，最終「擺平」《南周》事件。

香港《新維月刊》曾報導，習近平與胡舒立淵源深厚。1985年，胡舒立被《工人日報》派往廈門做駐站記者，習近平時任常務副市長，兩人彼時已有來往。據悉，當年胡舒立團隊離開《財經》後，迅速搭起了新媒體平台，其中《財經新聞周刊》獲曾任浙江省委書記的習近平支持，由《浙江日報》投資。

周永康家族黑幕牽涉徐才厚

從 2013 年 9 月開始至 2014 年 3 月，「財新網」連續發表了七篇文章，矛頭指向中共前政法委書記周永康。

2013 年 9 月 4 日，「財新網」披露，有周永康「大管家」之稱的四川籍香港商人吳兵，目前在接受當局調查。9 月 25 日，「財新網」發表了一篇題為《拉古娜海灘的黃家》的特稿，爆料出周永康兒子周濱和周永康管家吳兵的更多經商細節。然而文章兩天後即被刪除，從中可看出中共高層博弈的激烈程度。

2013 年 12 月，消息稱，周永康已被捕，徐才厚因捲入周永康政變密謀，也已被雙規。

2014 年 1 月 30 日，財新網以《周濱的三隻「白手套」》為標題、以視頻的方式再次報導周永康之子周濱的貪腐。3 月 1 日，「財新網」發表《周濱家鄉成「康居鄉村」先進典型》披露，周永康兒子及家人幾乎全部被抓。此文隨後被刪除，但已經在大陸微博、微信等網路流傳甚廣。

3 月 2 日，昆明殺戮事件後，「財新網」和「財經網」等都在大頭條直接點名周永康：《全國政協發言人回應周永康問題》、《記者問「周永康」呂新華：你懂的》；3 月 3 日，「財新網」刊發特稿《富商周濱的叔叔們》，講述周濱在無錫老家的兩位叔叔周元興和周元青以及家族成員的種種傳聞。

徐才厚與政變主角周永康、薄熙來等都有很深的利益交往，曾參與了周永康與薄熙來的未遂政變。據《大紀元》此前報導，徐才厚曾參與了活摘法輪功學員器官牟取暴利的罪行。

薄熙來任大連市長及市委書記期間，給予徐才厚的家人很多

經商便利，薄、徐兩家建立了深厚關係。而徐在升任軍隊要職後，更是與時任遼寧省長、後任商務部部長的薄熙來繼續勾結，不顧民怨大肆斂財，更不顧當地老百姓的反對，強行用 186 億巨資修建老家大連瓦房店的長興島。

「財新網」起底谷俊山 暗指徐才厚

2014 年 1 月 14 日，習近平在中紀委第三次會議上表示，「以壯士斷腕的勇氣」將反腐進行到底，與此同時，與習近平陣營關係密切的「財新網」發出兩篇特稿，題目分別為《總後副部長谷俊山被查已有兩年》和《谷俊山崛起之路》，將江澤民在軍中的鐵桿代言人谷俊山再次拋出。

1 月 15 日，「財新網」又連續發出另外三篇特稿，《谷俊山的河南將軍府》、《谷俊山之弟谷三的王國》、《谷俊山的「紅色血統」》。

「財新網」五篇特稿，揭露谷俊山這位軍中巨貪如何崛起、斂財、「染紅」、打造「將軍府」，引發輿論震蕩。外界關注谷俊山背後會否牽出更大的「軍老虎」。

「財新網」雖然沒有直接點出谷的後台，但也呼之欲出。報導透露，谷俊山 1990 年代進入濟南軍區，受到某「首長」賞識，迅速擔任濟南陸軍指揮學院副院長。

查前軍委副主席徐才厚簡歷，1996 年至 1999 年徐曾任濟南軍區政委，後來歷任總政治部主任、中央軍委副主席。谷俊山奉調進京主管基建營房部，徐應是谷的軍中「伯樂」。

在周永康活摘法輪功學員器官等反人類罪真相將被全面曝光

之際，中共江澤民政變集團雇凶操控香港、昆明等殺戮事件。在江澤民集團的恐怖襲擊威脅下，為掩蓋中共內部急劇混亂和崩潰的實情，中共在網路、輿論、軍方等層面全面收緊局勢，極力保黨。

　　一方要保黨，一方怕被清算，現當權者與江澤民集團不斷搏擊中，每每雙方出現的短暫妥協與平衡後，往往很快被打破。

第三節

軍中來信
曝光徐包庇谷的鐵證

　　在海外傳言兩年後，就在2014年中共建黨7月1日的前一天，中共政治局開會宣布開除前中央軍委副主席徐才厚的黨籍，並移交軍事法庭審判。同時被開除黨籍的還有「周永康、薄熙來政變」中的主要成員：原中央電視台副台長、公安部副部長李東生，中石油總裁蔣潔敏和大慶油田總經理王永春。如果說徐才厚是管槍桿子的，那李東生就是管筆桿子的，而蔣潔敏和王永春就是管錢罐子的。

　　對信息不暢通的大陸讀者來說，軍委副主席出事這消息來得有點突然，不過《新紀元》報導徐才厚的問題已經快兩年了。中共官方稱在3月15日已經決定對徐才厚進行審查，發現其違法行為「情節嚴重，影響惡劣」。

　　官方的這一通告，讓很多人想起前段時間在網路上流傳的兩封來自軍隊的公開信，一封是以「空軍西郊機場34師幾位專機

工作人員」的名義寫的《我們提供徐才厚、郭伯雄貪腐證據》，發表時間是 2014 年 2 月，另一封是沒有落款人的《就谷俊山案無法深入致全軍指戰員的公開信》，時間是 2014 年 1 月。兩封信都用大量第一手資料，掀開了中共軍隊最高層的驚人貪腐黑幕，並力促習近平政權立刻採取行動。

把持人事大權 不進貢就不提升

在空軍專機人員的信中他們寫道，「徐才厚、郭伯雄他倆儘管退下來了，仍把專機當成他們的私家車，飛來飛去，去陝西探親，到外地度假，今年中國新年每家帶幾十號人馬，坐著專機到三亞，一個比一個難侍候，在飛機上，我們那麼細微的接待，他們還嫌水果上慢了，茶泡濃了，吹噓他們的別墅有多大，有多少人還在找他們辦事，他們退休後仍提拔了多少幹部，藉以彰顯他們仍大權在握。」

「現在提幹部，基本上還是他倆在後邊操縱，就連他們的家屬孩子和工作人員隨便給現職領導打個電話，提個副軍正軍都很容易。我們這有一串提拔名單，都是他們在飛機上無意中說的。」

「對徐才厚、郭伯雄的行為進行必要限制，待時機成熟再追究行賄受賄罪行。……當然查處他們受賄罪需要一段時間，但追究他們用人失查失職，現在就可以辦……」

「能利用審查與谷俊山有牽連的人和事掩蓋徐才厚、郭伯雄的罪行。聽說傳達了與谷俊山有牽連的人和事後，有的單位對這些人抓得很緊，尤其是徐、郭培養起來的那幫人做得更起勁、更賣力，企圖藉此掩蓋徐、郭的罪行。

我們空軍技術局政委為了提拔給谷俊山送了錢，他為什麼這麼做？因為在徐才厚、郭伯雄把持下，用人不公道，不通過他們的『谷式經紀人』送錢，就得不到提拔……。」

徐操控的軍紀委竭力包庇谷

第二封公開信披露了更多共軍高層內幕。他們說，「在近兩年時間內，習近平先後指示和批示 12 次，要求嚴厲查處谷俊山案，但徐才厚、郭伯雄就是頂著不辦。目前圍繞谷案黨內、軍內的較量還在激烈進行中。」

谷俊山貪腐案敗露於 2012 年初，主要由總後勤政委、劉少奇的兒子劉源和總後黨委負責查處，查出谷俊山案涉及金額幾百億人民幣，谷個人貪腐占 6 個多億，是中共軍隊有史以來最大的貪腐案件。公開信說，當時調查的許多證據已顯示，軍委副主席徐才厚、郭伯雄深度涉案。

該公開信表示，徐、郭頂不住胡錦濤指令，只好勉強同意查辦谷案，但徐、郭他們以管轄權限為由，將谷案交給完全為他們把持和操控的總政治部和軍委紀律檢查委員會辦理。「從此，在徐、郭的具體操縱指揮下，童世平、杜金才兩任總政治部副主任兼軍紀委書記，輪流走向前台，假查真保，開始了針對總後黨委和紀委的舉世罕見的『谷案馬拉松』。」

「按常理來說，谷俊山原任總後勤部副部長，軍紀委查處谷案應和總後黨委密切聯繫，溝通協同。但事實恰恰相反，一直為徐、郭操控的總政和軍紀委接手谷案後，所有情況和進展均對總後封鎖。」該信透露，有證據顯示，中共軍紀委有人「內外串通，

上下齊手，為谷俊山通風報信，銷贓滅跡。」

「比如，原經總後查實的有個房地產商，名叫陳子君，在北京西郊機場拿了 100 多畝地，在上海江灣機場也拿了不少地，谷俊山一次就向他索要了 7500 多萬，還有一次陳送給谷 2 個多億。查谷的案子時，某軍委領導託人給陳通氣，陳子君跑到了加拿大。習近平主席要求發通緝令，但直到現在也沒有抓到。軍紀委查辦谷案的所有的情況，迄今為止都對總後等四總部機關首長封鎖。」

公開信列舉了很多具體例子。一、在谷俊山河南老家搜出了幾千萬的現金和 1800 多箱茅台年份酒，11 張老虎皮，是谷本人交代後挖出來的。谷俊山老家的群眾很振奮，除谷俊山已交代的贓物外，人民群眾還帶著總後工作組另挖了幾處，搜出了大量金銀財寶。

軍紀委內外串通 囂張地保護谷

二、谷俊山受賄案首先敗露於總參某工程，谷俊山在這個工程項目中索賄 400 萬，總參將此案情通報給總後。谷辯稱是為一個港商謀利。軍紀委竟然同意谷的說法，並督促總後拿出書面意見，給谷解脫。總後不同意軍紀委這個意見，派人去廣東覆核，那位港商一見面就表示，此事與他無關，是谷俊山讓他把這件事承擔下來的，谷還答應將來給他好處。總後的人問港商：「為什麼你對軍紀委承認谷是為你謀利的呢？」港商說：是谷俊山和軍紀委串通好了，讓他這樣說的。總後把這個情況反映給軍委高層，軍紀委只好通知，過兩個月再複查一次看看。

就是在這兩個月期間，谷俊山又讓妹夫一手拿著軍紀委的帳

號和辦案人員的電話號碼，另一手提著 400 萬現金找港商，指定分兩次把錢匯給軍紀委，做全了谷俊山沒有貪污的證據鏈。這時，軍紀委又同總後講：這件事不算事了，結束了吧？總後不同意，只得又去見港商，港商痛快地交出了軍紀委給他的筆錄、帳號條、匯款單等實證。

總後的人把谷的筆錄複印件交給軍紀委領導說：「這個件只有你們軍紀委才有，怎麼會到了谷俊山的手裡呢？」軍紀委領導也吃驚地問：「我們的筆錄怎麼到了你們的手裡？」總後的人員回答：「這是那個港商給我們的，你們執法犯法。」總後把這些證據擺到軍委郭伯雄、徐才厚面前說：軍紀委已經直接參與到案中來了，他們和谷俊山、港商一起參與造假、串供、銷贓，證據確鑿。郭、徐楞了半天，知道他們的陰謀敗露，也無言以對。

三、谷俊山現由總政的人負責看管，他們給谷俊山「充分自由」，谷在被查處狀態下還能給自己覺得不夠可靠的人「退款」。退到後來，仍有 1450 萬退不出去，谷向紀委表示，要坦白上交，軍紀委辦案的人居然不接受，讓他繼續放到家裡。總後領導拿這件事質問軍紀委領導：這算什麼性質的問題？軍紀委領導無言以對。

四、谷俊山私自霸占一處房產，古代、現代混合建築院落，在北京紫竹院公園附近，按市價值好幾個億。谷俊山在裡面吃喝玩樂、花天酒地、紙醉金迷。總後領導提出：先封存，待結案時處理。軍紀委領導滿口答應，可就是沒有任何行動，以致後來谷俊山又在裡面幹了不少壞事。

谷俊山至少五處造假

五、谷俊山的檔案更為典型，有五處造假：一是年齡造假。他的出生日期先後由 1952 年改為 1954 年，再由 1954 年改為 1956 年，先後改了三次。二是立功受獎造假。1993 年他的任免表格上填的是 1992 年立了第一次三等功，而 1995 年又填的是 88、89、90、91、92 連續五次榮立三等功。三是學歷造假。他沒多大文化，卻填為空軍第二技校畢業，後來又填成河南濮陽教育學院畢業，再後來又改為中專、大專、在讀研究生、直到成為教授、博士生導師，一連串的頭銜都有，但都是假的。

四是子女造假。他檔案裡只有一個女兒，可是總政幹部電腦上，能查到他還有個兒子，都大學畢業了，按規定超生是要「雙開」的。特別是他職務升高以後，要改檔案，必須經過相應的領導和幹部部門，如果沒有領導發話、幹部部門操作，他能改得成嗎？對這些問題，軍紀委不斷地進行敷衍，在通報上只發了一個他是 1954 年出生，一帶而過。

五是家庭出身造假。谷俊山的父親是個普通農民，有次他在南京雨花台烈士名單上，看到名單中有個名字與他父親相近，就讓濮陽民政局給他發烈屬證，說他父親是烈士。雨花台上的共黨「烈士」，都是 1949 年前去世的，谷俊山是 1952 年出生的，何況後來又改為 1954 年、1956 年，他父親去世多少年才有他？

六、谷俊山從濮陽軍分區調到濟南軍區，又調到總後，五年之內升了三級，每次都是郭、徐發話。他當總後營房部長時，廖錫龍和總後其他所有領導都不同意，郭、徐就分頭給總後政委和幾位副部長打電話。在強大的壓力下，他們只好改口，黨委會上

都表示同意。廖錫龍問：前兩天都不同意，今天為什麼同意了？他們說：沒辦法，軍委領導發話了，命運掌握在他們手裡，不同意也沒好果子吃，只得同意。最後他提總後副部長，是徐給總政幹部交代的，郭給總後領導打電話做工作，在大家都反對的情況下硬提起來的。

這封公開信也提到徐才厚故意把反腐對象避開受賄者，而只集中在下面被迫行賄者身上，「谷俊山這樣的壞人，給誰送了重禮？是誰提起來的？全軍心知肚明。可是，郭、徐這兩個人以及他們的死黨，沒有受到任何查處，還在逍遙風光地指揮部隊；而那些被逼迫給谷俊山送禮的人，卻都一個個抓了起來，挖地三尺地調查，搞得全軍人人氣憤地說：谷俊山扣著營房費不往下發，只有送了禮才能撥下來，為了部隊有住的地方，下面的人只好去送禮，現在不查那些把這種壞人提上去的領導，而查下面被迫送禮的人，簡直是顛倒黑白、本末倒置。大家要求在法律面前人人平等，不能官大的就不查，官小的亂查。」

這些將官還說，在如此鐵證面前，徐才厚不被重罰，全體指戰員不答應。不過，這還只是人們知道的，徐才厚其他罪行，如反人類罪那更是罪不可赦。

第四節

徐才厚女兒老同學曝祕辛

2014 年 7 月初，網路上流傳徐才厚女兒徐思寧的同班同學回顧當年學校的一些往事，並披露徐才厚的落馬不僅是軍中大蛀蟲谷俊山供述，還有他前女婿，因仕途沒了，就把多年掌握的消息上報有關部門。目前該網文未被刪除，在自由微博還能查到，無官方出面闢謠，也無法證實消息真偽。

網文介紹徐的女兒原名徐思寧，他們是吉林省實驗讀高中的同班同學。「徐思寧高二就輟學參軍了，當年俺的一個哥們曾經猛追過她的，未果。那個女孩很漂亮的，有馮程程的風範。也低調，至於後來為何變的那麼高調，還弄出來好多個男人廝混的事，大概是近朱者赤、近墨者黑吧。俺當年的物理老師很瞧不起這些靠關係進來的學生，常擠兌她。不知道後來被打擊報復沒。」

網文作者介紹自己的老婆是徐女兒的髮小，並稱「俺岳父當年跟徐家住的不遠，都是省軍區的住宅，當年長春的八棟樓。她

們從小就在一塊玩，直到徐家搬家去外省。後來聯繫就少了。」

文中還介紹其岳父是參加過朝鮮戰爭的老兵，1980年代裁軍時退下，稱因此沒有機會貪腐，讓讀者不要猜測。

網文還提及徐才厚落馬不僅有大蛀蟲谷俊山的供述外，關鍵的證人還有徐才厚的前女婿，徐的女兒跟他離婚後，這哥們就怒了，以前他為了仕途，一直隱忍，沒計較徐女的荒淫的玩男人，公開給他戴了一頂又一頂綠色帽子，如今徐女強硬要離婚，仕途沒了，而且男人最後自尊也沒了，就把多年掌握的消息報告給了「組織」。

網文還介紹，吉林省實驗中學當年的同學中，就出來兩個官二代，一個是徐才厚的女兒，一個是高嚴的兒子，先後都折了。

曝出這個老同學的網文的微博帳號「南都校尉」，在徐才厚落馬當天也曝出一條來自軍方的消息稱，徐才厚於2014年3月14日在301醫院東院南樓六層被採取強制措施，其妻趙氏、女徐某同日被隔離審查。

空軍派50名官兵（包括幾名阻擊手）替換衛戍區警衛，工人當著徐面在房間內安裝鋼門窗，室內每天3人24小時貼身看管。徐的祕書董振波被專機從北海艦隊押至北京，董開設的公司20億資金被凍結。

習近平軍委布局內幕

第十章

徐才厚無法掩蓋的罪惡

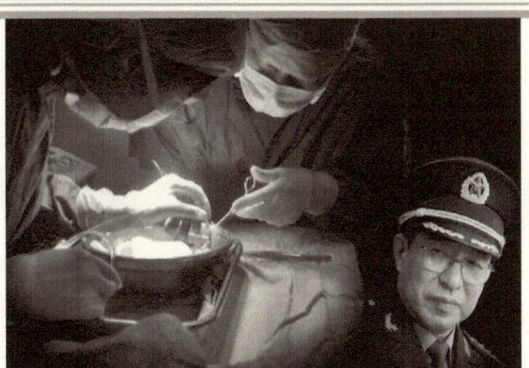

經江澤民一手提拔而飛黃騰達的前中共軍委副主席徐才厚，其掌控的中共總後勤部直接參與了活摘法輪功學員器官，並將這血腥、殘暴的罪行產業化，用活人建立了全球最大的活體器官庫，以此牟利。（大紀元合成圖）

第一節

歐洲頒新約 促使習江決戰

2013 年 12 月 12 日傍晚，法輪功學員在法國東部的斯特拉斯堡歐洲議會大廈前和平請願。當天，歐洲議會通過了反活摘器官的議案。八天後的 12 月 20 日，李東生被調查；12 月 25 日迅即被免職。（大紀元）

2014 年 7 月 9 日，歐洲理事會通過了「歐洲理事會反對販賣人體器官」公約，要求各國政府將某些器官移植形式列為犯罪，比如捐贈者沒有同意、或捐贈者或第三方因此獲得經濟收益的移植行為。

公約旨在全球範圍內，「在國家和國際層面，促進打擊人體器官販運的合作。」除了歐洲 47 個成員國將簽署該公約外，全球非成員國也可簽署，2014 年底左右還將在西班牙舉辦正式簽署儀式。

該公約主要針對犯下反人類罪行、活體摘取法輪功學員器官的中共。在世界其他地方，如亞洲諸國和美國，也出現了很多政府決議，譴責中共違背人性，強制摘取人類器官，犯下了不可饒恕的反人類罪行。

如世界衛生組織（WHO）曾發布公告說：「在 2005 年，中

國各地的腎臟和肝臟移植手術高達 1 萬 2000 例。……由於缺乏對器官分配的明確規則、再加上外國人具有經濟實力並有代理人而優先得到器官等，導致外國人在中國進行器官移植，已經構成國際器官買賣的一部分。」這等於直接點出中共進行大規模、政府層面的買賣器官。

北京提前拿下李東生

2013 年 12 月 12 日，歐洲議會代表 5 億歐洲人通過了一項緊急議案，要求中共立即停止活體摘取器官，並呼籲中共「立即釋放」包括法輪功學員在內的所有良心犯。

據《大紀元》悉，這項議案震驚中共高層。面對強大的國際壓力，現任高層為給自己留後路，八天後通報公安部副部長李東生落馬，通告中還罕見強調李東生積極參與迫害法輪功的隱祕頭銜。

2013 年 12 月 20 日，中紀委通報李東生被調查的消息，該通報中列出李東生的頭銜職稱有：中央防範和處理 X 教問題領導小組副組長、辦公室主任，公安部黨委副書記、副部長。5 天後的 12 月 25 日李東生被正式免職。

對比這兩次官方介紹李東生頭銜的變化，很顯然，北京當局是在故意突顯李東生在鎮壓法輪功方面的罪責。1999 年 6 月 10 日，江澤民為了鎮壓法輪功，不顧其他所有政治局常委的反對，強行制定了鎮壓方針，並仿照毛澤東在文化大革命初期成立的「中央文革小組」，成立了凌駕在所有政府部門之上、專門鎮壓法輪功的「中央防範和處理 X 教問題領導小組」。由於成立於 6

月 10 日，簡稱「610」小組。其下屬的具體職能部門叫「610 辦公室」。除了中共黨務系統的「610」，江澤民在國務院政府機構中也成立了相應的辦公室，黨政兩邊都有相應的「610」，很多時候是兩塊牌子、同一班人馬。

多年來，海外法輪功學員一直在國際上曝光「610 辦公室」違背人權的種種惡行，對此，中共外交部對外始終否定「610」的存在，而這次卻公開公布李東生的頭銜之一是「610 辦公室」主任，而且把這個頭銜放在了公安部副部長職務的前面，其背後隱含的內容非常豐富。

江澤民惶惶不可終日

大陸媒體不讓百姓獲知習近平面臨的國際壓力，同時也隱瞞了中共前黨魁江澤民的一系列罪行和其惶惶不可終日的處境。

2014 年 7 月 20 日，香港多家媒體報導了 88 歲的江澤民因腿部問題住院就醫，與此同時，大陸百度微博出現大量江澤民淫亂的文章。

早在 2000 年 10 月，江澤民就突然患上離奇怪病，右下肢微細血管堵塞，神經線壞死，中共政治局一度討論給江截肢。不過在氣功師的幫助下江保住了右腿，但還是留下了後遺症。2014 年江在上海露面時就顯得步履蹣跚。

7 月 20 日，大陸許多網民在微博發帖稱：「請百度『克拉娃』，一定會有特別收穫。」有人還貼出了江澤民和克拉娃的黑白合照。克拉娃是前蘇聯克格勃女特務，與江關係匪淺。

據《江澤民其人》一書披露，江澤民的父親是日偽漢奸江世

俊。1940 年 11 月漢奸汪精衛的日偽政府成立後，江世俊投奔南京，改名江冠千。江世俊曾力薦其子江澤民參加日偽政府培訓特務的「青年幹訓班」第四期培訓。

中共 1949 年竊政後，江澤民於 1954 年 11 月被派去莫斯科培訓，被蘇聯情報部門克格勃發現其「漢奸」身分，即派出美女克拉娃色誘和逼迫江澤民為克格勃提供情報。從此江上了圈套，之後江為掩蓋其克格勃特務身分而不遺餘力地出賣國土討好俄羅斯。

據後來俄羅斯等海外媒體披露，江澤民上台後，總共出賣高達 300 多萬平方公里的中國國土給俄羅斯，相當於 100 個台灣。

有趣的是，2014 年 7 月 20 日北京玉淵潭公園立起了一個充氣的大蛤蟆塑膠模型，號稱「金蟾大鳴中國夢」。哪知第二天充氣蟾蜍就開始洩氣了，只能無力地趴到水面上。大陸民間盛傳，江澤民是蛤蟆轉生。因此大蛤蟆無預警地洩氣，大陸民眾開始聯想與揣測這是否應驗了江目前的處境與身體狀況。

有評論表示，這副景象最能說明江澤民的敗落處境。一方面，江派主要大員和追隨的諸多馬仔相繼落馬，江澤民正成為「光桿司令」。這些大員包括已被開除黨籍的周永康；已落馬的中共軍委原副主席徐才厚和中共政協副主席、江西原省委書記蘇榮；被軟禁的江派「二號人物」曾慶紅；即將被落馬的軍委另一個原副主席郭伯雄，以及已經被判刑的薄熙來等。而上述人等的數十個重要馬仔也被調查、抓捕、判刑，包括江系在央視的追隨者。

另一方面，目前大陸官場都知道得「遠離江澤民」。如今江派官員都人心惶惶，生怕下一個輪到自己被調查甚至被捕。無論是江派官員還是其他派系官員，都已經不再敢和江派過多接觸。

比如在曾慶紅被軟禁之前，江澤民南下遊說中共退休軍頭和黨政元老，企圖通過他們阻止習近平對曾慶紅的調查，江甚至乞求說：「等我死了你們再查吧！」但卻遭到拒絕。如今的江已是「獨夫」一個。

敏感的讀者也能發現，近來大陸媒體也在全面封殺江澤民亮相，報紙上基本看不到江澤民這三個字，哪怕是在某個高官或知名人士的追悼會上，江澤民都沒有資格送花圈或表示慰問，甚至江澤民費盡心思換來的與普京的見面機會，大陸媒體也大都沒有報導，即使報導了，也只是暗示江澤民對俄羅斯的賣國「貢獻」很大。

與此同時，大陸百度卻不時解禁關於江的醜聞和罪行，如江與蘇聯間諜情婦的交往、江出賣東北領土、江活摘器官等等，甚至香港和海外的親江派媒體也開始變調，報導中不僅不再出現習近平、江澤民聯手的內容，而且還出現了《徐才厚落馬，大老虎指向江澤民》等標題，部分還開始轉載《大紀元》的相關內容。

這些變化都傳遞了一個信息：江澤民是習近平要打的「大老虎」。

習、江三次生死戰 大決戰在即

大陸讀者對此可能覺得很驚訝：江派不是號稱習近平是江澤民提拔上來的嗎？不過經常看《新紀元周刊》的讀者就知道，犯下反人類罪行的江澤民，為了逃避大清算，一直在幕後進行推翻習近平的各類政變活動，習、江大的生死之戰就有過三次了：

第一次是 2013 年 1 月 1 日圍繞《南方周末》新年致辭、廢

除勞教風波，不但有了那篇著名的《走出「馬三家」》調查報告，還出現了「習近平打的」的恐嚇鬧劇。

第二次是 2013 年 7 月到 10 月間，圍繞審判薄熙來雙方發生的搏擊，江派甚至不惜謀劃出上海股市「816 烏龍指」、天安門爆炸案、讓陳光標在紐約上演鬧劇、藉外國媒體攻擊中共最高領導層等，結果李東生被迅速拿下，從此中央電視台發生地震……

習江第三次生死交鋒從 2014 兩會前開始，從昆明血案，到香港暗殺，從新疆火車站到廣州火車站，一次次的血案、一條條人命，甚至將戰火延燒到海外。

第二節

遼寧農家驚現 30 多具屍體

2006 年，《大紀元》派出特別調查員到遼寧丹東樓房鎮小孤山進行了實地調查，發現通向小孤山農家大院的山路，村民經常見冷凍車出入。（大紀元資料室）

　　2006 年 5 月 20 日《遼瀋晚報》報導，遼寧丹東市郊區樓房鎮小孤山七組的村民向當地公安局表示，在村裡一個出租的農家大院裡發現了 30 多具屍體，主要是中年人和年輕人，男性女性都有，但沒有老年人的屍體。

　　這些屍體是從哪來的呢？遼寧官方馬上宣稱是醫學標本，但一位曾在大連醫學院工作的醫生介紹說這絕對不可能。標本來源一般有三種，一是病人在醫院去世後，同意捐獻遺體，二是由死刑犯捐獻的，三是公安提供的一些不明屍體，但所有這些屍體都會在醫院及時處理，不可能流失到農村，而且一次就在偏僻農家大院發現 30 具人體，數量之多，必有黑幕。

　　此前《瞭望東方周刊》女記者于津濤先後兩次報導了大連有個神祕的屍體加工廠。在 2003 年 11 月的《屍體工廠調查》和 2005 年 10 月的《大連屍體工廠依然神祕》兩文中，揭示了很多

異常現象。

這家座落在大連市高新技術開發區七賢嶺附近的德資企業，廠房占地近三萬平方米，六層行政辦公樓孤零零地矗立在荒草叢生的院落裡，看不到人走動，工廠用圍牆圈著，也沒有掛任何廠牌，來往車輛都走地下通道，很隱祕，連開通勤車的司機都經常更換，生怕外人知道。

據《瞭望東方周刊》報導，公司對外宣稱是從國外進口屍體，在大連加工後再運出國，不過這家公司在沒有拿到中共衛生部及國家質檢總局的出入境批文的前提下，就已經完成了 13 批次的進出口業務。而且當記者採訪時，發現其廠房內就有 600 多具屍體，而他們一次就出口上百具屍體，規模之大，令人震驚。

據中國人類遺傳資源管理辦公室及衛生部科教司的人介紹，當時中國還沒有任何一家從事人體生物塑化技術的生產廠家辦理過准出入境證明，以及「出入境特殊物品衛生檢疫審批單」，衛生部科教司衛生技術管理處的劉爽表示，「讓我們感到震驚的是，這些屍體公司為何能在中國海關和進出口檢疫部門如履平地，它們又是依據哪一條規則辦理通關和檢疫手續的？」據悉，此事的背後就是薄熙來和薄谷開來的暗箱運作。

且不說薄熙來的後台薄一波了，就說薄谷開來，她的父親谷景生是中共 1950 年代的少將，曾任新疆烏魯木齊軍團政委，在太子黨中，北京大學畢業的政治學碩士薄谷開來算是佼佼者，加上別有用心的經營，她在中共高層、特別是中共軍隊很有人脈，很多薄熙來辦不到的事，她出面周旋就能辦成。

坊間在薄熙來被抓初期傳出消息說，薄谷開來自己招供，她是薄熙來與周永康之間的聯絡人，薄熙來和周永康密謀政變，她

是主要參與者。其實薄的很多事都是薄谷開來幕後策劃指使的，這點薄熙來自己都公開承認，唱紅打黑中谷給了他很多「幫助」，至於重慶打黑中拿李莊開刀，也有薄谷開來有意針對其老闆、原政法委書記彭真的兒子傅洋這個因素在裡面，早年薄一波和彭真是政治盟友，但薄谷開來和傅洋卻是競爭對手。

《瞭望周刊》報導出來時，就有人質疑大連這家違背人倫、備受爭議的屍體加工廠公開接受採訪的真實目的，是想藉媒體報導來為自己開脫，從而掩蓋真相。另外，由於沒有經過進出口檢測，加上直接從大連進出口，是否真的從國外運來屍體很值得懷疑，完全有可能只是在報關單上假裝從國外運來屍體，而實際是把大連的屍體運出國。

獨家調查發現一個神祕女人

小孤山農莊屍體案（2006 年 5 月 20 日經《遼瀋晚報》報導）在網上傳出後，引起國內外普遍關注。兩天後，大陸媒體統一口徑宣稱是商業用標本，出口到國外。《華商晨報》5 月 22 日以《遼寧丹東神祕小院將屍體做標本銷往海外》為題，暗示屍體不是出口做教學標本，而是用來參加屍體展。

丹東地理位置與瀋陽、大連形成三角形，小孤山就在國道 201 旁邊，到大連高科技開發區很順路。從瀋陽蘇家屯到小孤山屍體院，再到大連屍體加工廠，都是只有兩個多小時的車程。

由於此前兩個月的 2006 年 3 月 9 日，《大紀元》披露了遼寧蘇家屯曾經有過活摘法輪功學員器官的祕密地點，為調查屍體來源和去向，《大紀元》派出特別調查員到小孤山進行了實地調

查，並在 2006 年 10 月 31 日發表了《遼寧農家院 30 多具屍體大案更多發現》的調查報告，裡面就提到一個女人的事。

據村民介紹，當時丹東樓房鄉各村政府已收到指示：不許談論此事，嚴密監視外來了解真相的人，一旦發現就必須立即舉報，特別是法輪功學員來調查。若舉報一名法輪功學員，鄉「610」獎勵一萬元獎金。外界評論遼寧官方的這個通知是「此地無銀三百兩」，更讓人懷疑屍體加工點與活摘法輪功學員相關。

據調查，這個偏僻山溝的小村莊只有 20 多戶人家，發現屍體的大院大約占地三畝，曾經是個養牛場，最後一次來租房的是個 40 多歲的女人，村民描述說，此女老闆長得不錯，自己開一輛小車，雇了七、八個年輕人。

據村民講，被《遼瀋晚報》5 月 20 日曝光的那 30 多具屍體，是 5 月 17 日拉來的。裡面有大人和小孩，主要是中年和年輕人，男女都有。村民發現，院子裡的人經常在前院架起幾口大鍋煮屍體，煮得惡臭熏天，他們把廢水倒在院子的坑內，時間長了，院裡的一口井都臭了，因為地下水是相通的。而在後院，他們在解剖人體，村民們看到過城裡來的大學生，還有帶眼鏡的女學生。

《大紀元》去調查時，以前存放屍體的大冰箱和煮屍體的大鍋都還留在前院裡，沒搬走。另外，為什麼屍體裡沒有老年人呢？原因是年輕人的紅色肌肉纖維比較豐滿肥大，脂肪含量少，塑化製作起來更容易。

2006 年 7 月，一位曾在大連屍體加工廠工作過的職工投書明慧網：他們廠是由薄熙來親自批准成立的，屍體主要是來源不明的中國人（這跟《瞭望周刊》說的是外國進口屍體的說法不一致了，但跟人們看到的屍體展中的中國人體態相吻合）。他們的主

要工作是首先把屍體放入福爾馬林液中浸泡，再在低溫下用丙酮置換掉冰凍體液中的福爾馬林，這樣屍體就能永久保存，並能進行各種切割和雕塑了。浸泡屍體後的福爾馬林直接排到大海裡。據大連電視台報導，近年來那段海域污染十分厲害，海水都發紅發渾，養殖的海產品全都被毒死了。

屍體主要來自法輪功學員活體器官庫

中國刑事訴訟法第 348 條規定：對於監獄勞教所犯人死亡或死刑犯的屍體，「通知罪犯家屬在限期內領取罪犯屍體；有火化條件的，通知領取骨灰。過期不領取的，由人民法院通知有關單位處理。」很多大陸律師質疑說，這條法律漏洞百出，由於中國火化條件很成熟，家屬很可能只能領取骨灰，卻見不到屍體，這就給偷盜屍體帶來了可能。據大陸網友曝光，當薄谷開來蹚出屍體加工塑化後出口到國外這條路後，很多殯儀館都出現盜賣屍體現象，家屬收到的說不定是別人的甚至是動物的骨灰。

《大紀元》獨家獲悉，最早出現活摘法輪功學員器官的罪惡是在大連，薄熙來、薄谷開來是最早從事販賣法輪功學員器官、屍體的罪人。據一位瀋陽老軍醫此前透露，在東北有很多關押法輪功學員的祕密場所，在軍方的押送看管下，數十萬法輪功學員「被失蹤」。當有需要器官的病人出現時，醫院就根據此前獲得的體檢驗血數據，將符合組織配對的法輪功學員押送到一個無人知曉的房間，迅速對其實施開膛破腹，取出所需的心臟、肝臟、腎臟等器官，在 15 分鐘內冷凍後，在一兩天內拿去給那個病人做器官移植手術，一個器官賺取數萬、數十萬美金，剩下的屍體

被薄谷開來等人販賣到大連等地的屍體加工廠，然後賣出國做標本或屍體展覽。

根據追查國際和《大紀元》獲得的信息來看，活摘法輪功學員器官的罪行開始主要由中共解放軍和武警部隊醫院的人犯下，而薄谷開來在軍方很有影響力，而且她和兩任政法委書記羅幹、周永康都很熟，加上中共黨徒很多都是見錢眼開、沒有人性的惡棍，只要薄谷開來一提出利益均沾，很多人就會跟著她一起幹。

當時的王立軍就在「錦州市公安局現場心理研究中心」親自參與活摘過法輪功學員器官，其罪行是他自己在 2006 年 9 月 17 日「中國光華科技基金會」的頒獎大會上不小心洩露出來的。他主要研究讓人麻醉死亡的注射液以及器官的冷藏液配方，如何改進才能保證器官存活時間更長、更鮮活，更有利於移植手術的成功等罪惡技術，國際社會稱這是比希特勒的毒氣室和日本侵華的731 部隊更殘酷、更血腥的罪行。

追查國際還公布了 2002 年 4 月 9 日，在瀋陽軍區總醫院 15 樓的一間手術室內，一位警察親眼看到兩個軍醫將一個活著的 30 多歲的修煉法輪功的中學女教師，在沒打麻藥的情況下，活生生地摘取了器官，將她活活害死。（更多事實請見新紀元出版的新書《中南海政治海嘯全程大揭祕（上）圍繞習近平接班的政變陰謀》）。

關於屍體的處理，明慧網上也有大量報導，很多法輪功學員被非法抓捕後，很快被折磨致死，而家屬卻無法看到親人的遺體最後是如何被火化的。

如 52 歲的哈爾濱市紅旗鄉果樹示範廠木工郭士君，2004 年 2 月 13 日被判勞教三年，2005 年 2 月 1 日，長林子勞教所將酷

刑折磨得奄奄一息的郭士君放回家，但兩天後，勞教所警察又到家中將郭士君弄到勞教醫院說做什麼檢查，八天後官方宣稱郭士君去世。但 2005 年 3 月 29 日深夜，在家人毫不知情的情況下，警察拉走遺體，說是去火化，但家屬很懷疑遺體的去處。

更奇怪的是 33 歲的女法輪功學員李梅的遺體。李梅是山東省萊陽市龍旺莊鎮溪主村人，2001 年 4 月中旬，李梅被強行帶到萊陽市黨校進行洗腦。其間李梅因堅持煉功，被打碎脊椎骨導致下肢癱瘓，後被送到萊陽中心醫院，5 月 28 日李梅在醫院死亡。事後，鎮政府給李梅的家屬三萬元並強迫家屬簽字，讓她家人對外說是自殺，並將李梅生前照片全部搜走。

李梅去世後，家人想從醫院拿回她的遺體安葬，但官方要求家屬支付六萬元才給遺體。李家根本拿不出這麼多錢，只好放棄拿回遺體的要求。李梅的丈夫不服，曾請過律師，但無人敢接此案。後有知情人透露，李梅年輕姣好的身體被人盜賣了。

類似這樣的案例在中國比比皆是。當時江澤民發出密令是，對法輪功學員要「名譽上搞臭，經濟上搞垮，肉體上消滅」，「打死算自殺」，由於中共政法委同時掌控公安局、檢察院、法院和律師協會以及宣傳機器等，薄熙來等人的惡行不但沒有被懲罰，反而被獎勵。比如薄手下的馬三家教養院，2000 年 10 月曾把 18 名女法輪功學員剝光衣服投入男牢房，任人強姦，導致至少 5 人死亡、7 人精神失常、餘者致殘。這樣的惡行卻得到中共的大力嘉獎，其所長蘇境被獎勵五萬元、副所長邵力獲獎三萬元。

第三節

器官移植大國背後的罪惡

近十年來，國際流行到中國大陸去做器官移植手術，其特點是在大陸無需花費等候器官的時間，所需配型的器官幾乎是隨要隨到。一些國際醫學界專家稱大陸存在龐大的活體人體器官庫。（AFP）

《長春城市晚報》2006年3月4日報導了一則離奇的百里「摘心」術。2月27日，浙江28歲的心臟病人謝抱時，在弟弟陪同下乘飛機來到吉林大學第二醫院。入院檢查後才發現，他患的是「終末期擴張性心肌病」，必須馬上做心臟移植，否則性命不保。可上哪去找願意把心臟捐獻出來而自己去死的人呢？

第二天就找到免疫匹配的心臟

報導沒有透露心臟的來源，只說醫院在第二天就找到了免疫匹配的心臟。「28日早上10點多，吉大二院腎病內科主任苗里寧，乘救護車趕往距長春50公里外的地方去取供體心臟，十分鐘就摘下一名男子的心臟，放在專門的心臟冷凍保護液中，然後以180公里的時速趕回吉大二院，三小時後，那名男子的心臟就

在謝抱時的體內跳動起來了。」

2006 年 5 月 19 日，《南方日報》在報導轟動全中國的齊齊哈爾第二製藥廠「亮菌甲素」假藥造成數十人死亡的同時，還報導了中山三院肝移植中心如何搶救中毒患者的事。

報導說，5 月 16 日，專家在會診後給中毒患者任貞朝開出的治療方案是：馬上進行肝腎聯合移植。「令人難以置信的是，僅隔一天時間，省外就傳來好消息——配型與病人吻合的肝腎找到了。17 日下午 6 時，肝腎被火速空運到了廣州。八小時後，手術順利完成」。

國際社會等待合適肝臟腎臟需數年

就在普通民眾為這些神奇高效的移植手術感到欣慰高興時，國內外的醫學專家們卻疑惑深重：作為常規外科手術，器官移植技術本身並不難，難點主要在於匹配器官的找尋。國際社會上要找到一個合適的肝臟、腎臟一般要等好幾年，為什麼「找尋奇跡」卻在中國頻繁發生呢？中國人口多並不是關鍵原因，因為不同人種中的器官匹配機率是一樣的，況且中國人即使死了也要保留全屍的傳統觀念，恰恰是最阻礙器官移植的因素。

中國實際移植量遠比美國多

根據中共官方公布的每年移植數量，中國已成為美國之後的第二大移植大國，據「中華醫學會器官移植學會」主任委員陳實介紹，截至 2005 年底，中國已累計器官移植 8 萬 5000 多例，其

中腎移植 7 萬 4000 多例，肝移植超過 1 萬例，心臟移植 400 多例。

特別是 2002 年以來，中國移植業迅速發展，每年進行的器官移植手術超過 1 萬例，2005 年達到了創紀錄的 1 萬 2000 多例。

然而很多國際醫學專家稱，中國實際移植量比美國多很多。2010 年 3 月，《南方周末》記者在《器官捐獻迷宮》一文中披露，採訪中山一院副院長何曉順時得悉，「2000 年是中國器官移植的分水嶺。2000 年全國的肝移植比 1999 年翻了十倍，2005 年又翻了三倍。」而官方公布的數據 2000 年只比 1999 年翻了一倍多。

大陸換腎跟買豬腰子一樣容易

2006 年 5 月 17 日《華夏時報》報導了一則新聞：《48 小時兩次換腎 22 萬換來財命兩空》，患尿毒癥的安徽阜陽 49 歲的薛燕林，2004 年 12 月 19 日住進了北京市海淀醫院移植中心，九天後的 28 日下午，醫院從外地取回腎源。

在只做了血型和群體反應性抗體（PRA）測試、而沒做淋巴細胞毒交叉配型試驗，以及人類白細胞抗原系統（HLA）等檢測的情況下，當晚 10 時 10 分薛被推進了手術室，直到 11 點主刀大夫韓修武才從內蒙古赤峰趕回北京，匆匆進入手術室。

四小時後薛被推出手術室，韓修武說：「手術不太理想。」第二天上午 9 時做 B 超檢測，確定腎移植失敗。據薛的丈夫盧曉星說：「當時壞腎沒有取出，因為韓修武當天還要去昆明做手術，他說那裡還有腎源，他說 30 日從昆明帶回另一個腎，到那時直接把壞腎取出，換上新腎就行了。」

12 月 30 日，薛燕林因心臟病發作被緊急搶救。當晚 11 時左

右，韓修武帶著腎源從昆明回到醫院，12 點韓修武對薛燕林施行了第二次腎移植，還沒等手術結束，韓修武就宣布：換腎又失敗了。一個月後，在花光 22 萬醫藥費後，薛燕林含淚離世。

事後據律師調查，「海淀醫院移植中心」根本沒有在北京市衛生局登記，屬於非法行醫，然而僅韓修武一人就做了 400 多例腎移植。人們議論紛紛：「在國外要苦苦等待三年的寶貴腎，在海淀醫院卻跟買豬腰子似的，第一個腎花九天就找到了，第二個腎直接到昆明去拿就行了。這不奇怪嗎？」

前些年大陸影視紅星傅彪曾先後兩次在北京做肝移植。傅彪第一次在 2004 年 8 月 27 日確診為肝癌，9 月 2 日就在北京武警總醫院接受了第一次肝移植，找肝時間不到一周。2005 年 4 月中，傅彪被查出肝癌復發，又於 4 月 28 日在天津東方器官移植中心做了第二次肝移植手術，從病發到移植手術也只有一周多。然而在被掏空了上百萬家產後，年輕的他仍然撒手人寰。

如此快速草率做移植手術的現象在大陸非常普遍。據《三聯生活周刊》《器官移植立法之難》一文報導（http://www.lifeweek.com.cn/2006-04-17/0005314976.shtml），上海長征醫院器官移植中心主任朱有華表示，「長征醫院 2005 年完成 181 例腎移植和 172 例肝移植，其中接受在地下醫院器官移植失敗的患者二、三十例，這是非常可惜的經濟損失和供體浪費。」東方器官移植中心沈中陽也表示，該中心接收的二次移植病例占器官移植總量的 10 ～ 20％。文章還透露說，「中國 98％器官移植源控制在非衛生部系統」，言外之意，是在司法和軍事系統。

器官比死囚多，官方六次改口

關於大陸器官的來源，中共官方前後給出了截然不同的說法。早在 30 年前就有中國醫生在聯合國指證中共當局盜用死刑犯器官，但中共外交部一直矢口否認，直到 2005 年 7 月，中共衛生部副部長黃潔夫在世界肝臟移植大會上才首次承認：中國多數移植器官來自死刑犯。11 月 7 日的世界衛生組織（WHO）會議上，黃潔夫再次公開承認中國絕大多數移植器官來自於死刑犯。

然而 2006 年 3 月，中共外交部發言人秦剛在記者會上宣稱：「有關中國存在從死刑犯身上摘取器官進行器官移植的情況，完全是謊言。」那麼，是衛生部副部長黃潔夫兩次撒謊麼？

2006 年 4 月 10 日，中共衛生部新聞發言人毛群安公開表示：大陸器官「主要來源於公民在去世時候的自願捐贈」。到了 2007 年 1 月 11 日，毛群安才承認中國摘取死刑犯器官。從那以後，中共一直咬定大陸器官主要來源於死刑犯。

從中共官方六次改口辯解中，人們看出了癥結所在：大陸死刑犯人數遠遠少於器官移植所需供體人群。大陸官方公布每年實施全肝移植 400 例，（實際數據可能還會多出三至四倍），即使按照陌生人群 20 ～ 30％的器官匹配率來算，也必須從三至五個人中才能找到一個合適的器官，那 4000 個肝臟就至少需要從 1 萬 2000 至 2 萬個死刑犯中挑選。

然而據國際人權組織調查，中國每年公布的死刑犯在 2000 人左右，即使全部用上，也只能讓 2000 人做肝移植，其餘的人從何得到肝臟的呢？就算大陸每年處置 1 萬名死刑犯，面對各省市法院的地方保護主義，加上直到 2006 年後才開始建立全國器

官 - 病患信息網，假如一個在山東的病人需要某種 HLA 類型的肝臟，即使新疆有個被槍決的死刑犯具有匹配的肝臟，沒有器官聯網信息，人們怎麼知道新疆有器官呢？又如何在 15 小時內把肝臟從一個新疆人身上移植到一個山東人身上呢？大陸移植界公認中國器官浪費率很高，如何來解釋這麼大的移植量呢？

由於器官來路不明，儘管中國移植醫生的研究成果不少，但在國際醫學期刊上卻很少有中國醫生的論文，因為國際器官學會曾發表過一個三頁長的文件，公開質疑大陸來源不明的器官很可能與罪惡相關。

其實早在 1984 年 10 月 9 日，中共頒布了《關於利用死刑罪犯屍體或屍體器官的暫行規定》，從而開始了以法院為主導的死刑犯器官利用流程。醫院想獲得器官，就必須得到法院及其領導下的一整套司法系統的認可。當法院判決犯人死刑時，醫院就會提前到監獄給犯人驗血，以獲取其器官信息。到了執行死刑那天，檢察院還要派人現場監督，所以醫院還要獲得檢察院的默認。

隨手調來兩個「死刑犯」

只要隨便查查大陸媒體公開的報導，就能發現中共所說的「死刑犯」非常特殊。據「烏魯木齊在線」（http://www.wlmqwb.com/wlmqwb/map/2005-10/11/content_26276.htm）和新浪網（http://news.sina.com.cn/s/2005-10-03/11557091937s.shtml） 報 導，2005 年 9 月 28 日下午，衛生部副部長黃潔夫在隨同中共政法委書記羅幹參加新疆自治區成立 50 周年活動時，順便在新疆醫科大學第一附屬醫院演示了一場移植手術。

當黃潔夫打開 46 歲的肝癌病人姚樹發的腹腔後發現，這個肝正好適合做他夢寐以求的自體肝移植：即切下患者肝臟，在離體情況下切除癌組織後，再將肝臟植回患者體內。據說全球只有德國、美國、法國、日本四個國家能做這種高難度外科手術。

他讓人縫合好刀口，並馬上聯繫位於廣州的中山醫科大學第一附屬醫院和位於重慶的第三醫科大學西南肝臟醫院醫治中心，分別讓他們準備一個備用肝來，以防自體移植失敗。「29 日下午 6 點 30 分，匹配的肝臟就由重慶運來了！廣州中山醫院的三名醫護人員也帶著轉流設備和一個肝臟火速趕到新疆！」

黃潔夫的手術從 29 日晚 7 點一直做到 30 日早上 10 點，在觀察 24 小時後，黃宣布手術成功，不再需要備用肝臟了。

衛生部 2006 年發布的「肝臟移植技術管理規範」規定肝臟冷缺血時間不超過 15 小時，否則別說從尋找肝臟開始，就算手術開始到 40 小時後才能知曉的自體移植是否失敗，事先摘下來的肝臟早就失效了。由此可以斷定，從重慶和廣州運來的不是兩個所謂備用肝，只能是兩個大活人。

更奇怪的是，這兩個來自重慶和廣州的死刑犯為什麼剛好都在這一天被宣布處死，而且可以被隨便拉到新疆執行死刑呢？中國監獄、法院、醫院又存在怎樣的勾當呢？

巨大隱形天然器官庫

這樣的實例還很多。據《廣東醫師》報導，廣東省器官移植中心的陳規劃「在當院長後，依然每周要做四、五台肝移植手術，而且手術一般選在晚上。僅 2005 年一年他就完成 246 例肝移植，

累計達到 1000 例。」這樣算來，陳規劃幾乎每天上班都要處置一名「死刑犯」，而這名死刑犯的器官類型剛好跟陳規劃當天病人需要的組織匹配，天下哪有這樣巧的事天天發生呢？

像陳規劃這樣幾乎天天處理死刑犯肝臟的移植大王還很多。天津東方器官移植中心主任、武警總醫院肝移植研究所所長沈中陽，早在 2005 年 3 月 17 日就完成了 1600 例肝移植，居世界前列。

上海第二醫科大學附屬仁濟醫院肝移植中心主任夏強更是自我表白：「對肝移植我是著了魔的。我現在簡直像上癮一樣，每周至少做二至五台肝移植，失敗了也不怕，認真總結分析，第二天就會繼續做。」人們要問：他去哪找這麼多死刑犯呢？

由於器官移植要求時間短，匹配難度高，在世界各地都是病人等器官，一等就是好幾年。據美國衛生部報告（www.organdonor.gov）稱，美國等待腎的時間平均需要 1121 天，肝796 天，心 230 天，肺 1068 天，胰腺 501 天。2000 年前的中國移植界也是這樣。然而 2000 年後，特別是 2003 至 2006 年四年間，大陸移植數量呈現蘑菇雲似的巨大增長。由於器官來源充足，等候時間也大大縮短。

國際醫學專家根據大陸器官市場的奇異現象分析，認為大陸一定存在龐大的地下人體器官庫，甚至活體器官庫，就是有事先驗好血型和做好相關資料檔案的活體器官供應者，在市場上獲得器官「需求」之後，這些活體器官供應者就被送入「醫院」（屠宰場），只有這樣才能保證器官市場上「隨叫隨到」的超短的等候時間。

在中國無法獲得法律保護的法輪功學員、中國勞教所囚犯、社會流民、被拐賣的婦女兒童等，都可能是這個龐大地下盜賣器

官組織的目標。

近十年來，國際上流行到中國去做器官移植手術，特點是在中國大陸無需花費等候器官的時間，所需配型的器官幾乎是隨要隨到。

官方網站：一周可做腎移植

比如天津「東方器官移植中心」在其網站上公開宣布：在本中心做腎移植，最快一周，最慢不超一個月，肝移植也一樣。醫院記錄顯示，2005 年病人平均等待肝移植時間為兩周。上海長征醫院器官移植科的肝移植更快，平均等候供肝時間為一周。

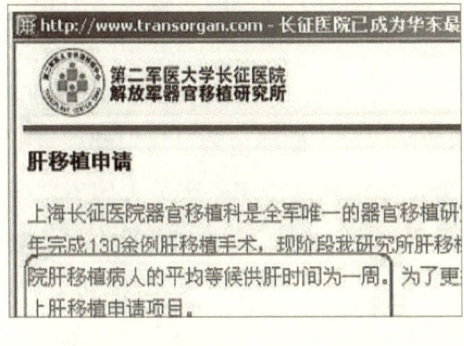

上海長征醫院網站網路截圖。

異常短的器官等候，表明存在意外的器官來源。瀋陽一醫生在談到隨處可見的賣腎廣告時表示，「我們器官來源很充足，根本不需要理那些賣腎廣告。」

然而 2007 年後情況急轉直下。2007 年 7 月 20 日《南方周末》《中國叫停「器官移植旅遊」》一文寫道：「從春節後到現在，近半年過去了，這家號稱亞洲最大的器官移植中心總共才做了 15

例來自親屬間的活體肝移植手術。而在 2006 年，東方器官移植
中心創造出了一年完成 600 多例肝移植手術的紀錄。『主要是沒
有供體。』（中心副主任）朱志軍無奈地看著手術數量直線下降。
他認為，目前的困境源於最近關於器官移植一系列法律法規的頒
布。」言外之意，以往法律法規以外的大量充足的死者供體突然
沒有了。

2006 年發生了什麼？

為什麼原本充足的器官供體一經整頓一下就沒了呢？中國肝
移植註冊網（www.cltr.org）統計了最近 17 年來全中國從事肝臟
移植的醫療機構的移植數量，其中包括 35 個國家級移植中心和
45 家省級中心。

數據顯示，大陸移植一直呈上升狀態，但在 2003 年至 2006
年間，來自死者的器官突然成倍增加，使移植數量呈現蘑菇雲一
樣的爆炸式膨脹，然而到 2007 年突然減少了一半。人們不禁要
問，2003 至 2006 年這四年間發生了什麼？2007 年又發生了什麼
呢？

明慧網曾發表了一篇調查報導：《「死刑犯」撐不起中國器官移植市場上的蘑菇雲》，系統詳實的分析了在每年變化不大的普通死刑犯之外，2003 至 2006 年期間，中共利用偷盜法輪功學員器官，才有了這四年移植量的大爆炸。隨後由於國際社會的強烈譴責，中共才不得不收斂以往的肆意妄為，並在 2007 年 7 月 1 日開始實施《人體器官移植技術臨床應用管理暫行規定》。

如今外界還不能斷定中共是否已經停止活摘法輪功學員器官，但諸多證據和疑團讓全世界意識到，揭開大陸器官移植黑幕已是刻不容緩的當務之急了。

第十一章

徐才厚最惡毒的罪行

在追隨江澤民迫害法輪功、活摘法輪功學員器官的罪行中，徐才厚和周永康是共犯，罪名是一樣的，只不過徐才厚參與活摘器官的罪行沒有周永康突出，也沒有周永康那樣臭名昭著。（大紀元合成圖）

第一節

江為販賣器官解除法律責任

殘害法輪功學員被薄熙來、薄谷開來在大連及遼寧省定為「廢物利用」，同時有江澤民親自承諾「打死法輪功學員算白死」的不追究免責保護，活摘器官、販賣屍體成為大連最賺錢行業。（AFP）

　　江澤民為盡快把法輪功鎮壓下去，不但在 2001 年初命令羅幹從河南找了幾個人冒充法輪功在天安門點火「自焚升天」，編造了「天安門自焚偽案」，煽動民眾對法輪功的仇恨（《華盛頓郵報》還專門調查證實，那個被當場「燒死」的劉春玲，鄰居從來沒看見她煉過法輪功），還密令「610」對法輪功要「名義上搞臭，經濟上搞垮，肉體上消滅」，對於不放棄修煉的法輪功學員，「打死算自殺」，「打死白死」，「不查身源，直接火化」。

　　這些密令是中共「610」系統的警察投誠後公布的，如天津市原「610」官員郝鳳軍 2005 年 6 月在澳洲申請政治庇護時公布此事，原中共駐悉尼總領事館政治領事、專門分管異議人士監控的陳用林，也多次證實這點。後來《大紀元》還從大陸消息人士獲悉，江澤民下發這些密令時是寫在一張白條上，沒有署名，但

中共中央「610」的人知道這是江澤民的命令，並按此執行。

江澤民的這些命令嚴重違反了中共的現行法律，但由於「610」是類似毛澤東時代的「中央文革小組」，凌駕在法律之上，於是哪怕當時中共體制內人士反對，也敢怒不敢言，連胡錦濤、溫家寶等人都只有默默屈服。據知情人透露，一次政治局開會，江澤民要擴大「610」編制，胡錦濤提到擴大編制就得多發工資，會給財政帶來困擾，結果被江大罵了一頓，「人家都要奪你權了，還談什麼編制？？」

由於打死法輪功學員不會遭到任何處罰，有了這道顛覆所有法制的密令，中共對法輪功的迫害最後升級到拿法輪功學員的器官賣錢的罪惡中。

相信唯物主義的中共認為，人死了留下的屍體，就跟動物的肉一樣，想怎麼處理就怎麼處理，假如能把屍體用來換錢，那是「變廢為寶」的「好事」。早在1960年代，中共就把死刑犯的屍體拿來加以「利用」，比如，把人的腦髓拿來製成補品，給高級官員補腦，或拿人的屍體當生物原料等。

2001年6月，來自天津武警總隊醫院燒傷科的醫生王國齊，曾在聯合國和美國國會上公開作證：在過去15年中，他先後從100多個死刑犯身上摘取皮膚和器官用於移植手術。當時中共外交部正在否認中國醫院的移植器官來源是死刑犯，但又無法給出器官的來源。直到2005年中共衛生部長黃潔夫才被迫承認這一事實，中國人由於傳統觀念的影響，不像西方國家，所以器官捐贈幾乎為零，哪怕是死刑犯的遺體，中國家屬也希望能保存一個完整的身體，以便來生有個好去處。

薄谷夫婦在大連和遼寧犯下活摘器官的罪惡

2000 年至 2005 年間，江澤民推動鎮壓法輪功遭遇所謂「最困難時期」，中國從中共中央高層到省部委官員消極抵制。但由於薄熙來對江澤民迫害政策卻竭力配合，在薄熙來擔任大連市長和遼寧省長期間，大連最先發生活摘法輪功學員器官、盜賣被殘害的法輪功學員屍體的罪惡，而活摘罪惡最嚴重的城市在中國瀋陽，最嚴重的省份在中國遼寧省。

因販賣法輪功學員器官、屍體獲利巨大，再加上殘害法輪功學員被薄熙來、薄谷開來在大連及遼寧省定為「廢物利用」，同時有江澤民親自承諾「打死法輪功學員算白死」的不追究免責保護，活摘器官、販賣屍體成為大連最賺錢行業，當年大連、瀋陽市及遼寧省委省政府高層，特別是遼寧省（包括大連和瀋陽）衛生局、軍警、公安、醫學系統及黑道仲介等共同參與其中。活摘、販賣法輪功學員器官和屍體在遼寧省高層、大連、瀋陽高幹子弟、醫學圈子內不是祕密，知道的人很多。

薄熙來、薄谷開來、王立軍都參與了這項罪惡，他們當年跟大連醫學院緊密合作，大連、瀋陽和遼寧衛生局系統、武警部隊官員、醫療專家、高幹子弟都涉入其中，也都賺了大錢。

據悉，2003 年前後，大連醫學院一位院方高層的女兒從海外留學回來，參與了活摘法輪功學員器官移植的手術，因此患上憂鬱症跳樓自殺，薄谷開來也在這個時期患上嚴重憂鬱症，這些事情當時在遼寧高層引起轟動。

蘇家屯活摘指控 發生在薄熙來主政的遼寧

2006 年 3 月 6 日《大紀元》率先報導了瀋陽蘇家屯血栓醫院祕密參與活摘法輪功學員器官的罪惡，中共用了 20 天緊急銷毀證據之後，3 月 28 日，中共外交部才首次回應並否認該指控，並邀請國際社會去調查，但加拿大人權組織、美國華人媒體，如希望之聲電台、新唐人電視台等記者，去中領館辦理赴華調查的簽證卻被中領館拒絕。4 月 16 日美國調查團看到的只是被中共精心布置後的蘇家屯醫院。

在外交部回應的前一天 2006 年 3 月 27 日，中共當局匆匆推出了《人體器官移植技術臨床應用管理暫行規定》，禁止人體器官買賣，但施行時間卻定在 7 月 1 日。外界質疑，既然人體器官買賣是非法的，應該立即執行，為什麼還要等上三個月？莫非有人需要時間來處理現有器官庫？

就在同一天，2006 年 3 月 27 日，一個叫魯道夫·弗爾巴（Rudolph Vrba）的 82 歲老人在加拿大悄然去世。身為當年逃離奧斯維辛集中營僅有的五名猶太人之一，弗爾巴於 1944 年 6 月首次向盟軍領導人披露了奧斯維辛集中營中的真相，讓毒氣室和焚屍爐等駭人聽聞的納粹殺人機器第一次為外界所知曉。

然而，由於過於善良而不願相信、麻木或被利益誘惑下的故意沉默，當時一些得知這一指控的高層人物卻隱瞞封殺了這個罪行，於是接下來又有 43 萬 7000 匈牙利猶太人被送入了集中營。

2006 年 4 月 7 日，《大紀元》在《蘇家屯事件曝光 奧斯維辛第一證人去世》的報導中，呼籲人們能從歷史教訓中得到勇氣。有評論稱，魯道夫·弗爾巴此時去世，是上蒼在警示人類關注中

國的蘇家屯，不要讓延誤的悲劇再次發生。

然而，這樣慘烈的指控還是被很多國家的政要忽視了。2012年 2 月 6 日，薄熙來的下屬王立軍出逃美國駐成都領事館後，活摘器官的黑幕才再次擺在國際社會面前。而且就在中共審判薄谷開來前夕，2012 年 8 月 7 日《大紀元》獨家獲悉，薄谷開來、薄熙來就是中共活摘器官最初的主謀。

薄熙來批准屍體加工廠 大連屍體販賣情況嚴重

1999 年 8 月江澤民巡視大連後不久，薄谷開來就開始謀劃如何在鎮壓法輪功上撈政治資本的同時，也能在經濟上豐收。

公開資料顯示，1999 年 8 月，中國第一家屍體加工廠：哈根斯人體生物技術公司在薄熙來親自點頭下被大連政府批准成立。當時哈根斯公開強調，工廠之所以選在大連，就是因為得到當地政府的支援。

由於大連有豐富的屍體來源，加上利潤豐厚，很快在大連成立了第二家由隋鴻錦設立的屍體加工廠，到 2003 年，中國大陸出現了十多家屍體加工廠，中國成了全球最大的人體標本輸出國。

當時遼寧不光有大連出口人體標本，其省會瀋陽更是人體器官移植的重鎮。據海外人權組織調查，從 2000 年到 2006 年，中國至少有四萬多例甚至高達九萬多例移植器官來路不明，而遼寧就有多達五個在海內外做廣告宣傳的網站，人體器官被分類標價，眼角膜被 3000 美元，一個心臟 18 萬美元。其中最大的網站就在位於薄熙來管轄的遼寧省瀋陽。

王立軍從事活摘器官 自曝行刑後幾分鐘摘取器官

2012 年 2 月王立軍闖入美領館，5 月份，美國國務院發表的人權報告中首次明確提到中共強制摘取法輪功學員器官一事。輿論普遍認為，王立軍已向美領館提供了活摘器官的內幕資料。

王立軍曾在錦州市公安局創辦的「現場心理研究中心」，從事器官移植實驗。2009 年，有王立軍手下擔任警察的目擊者證實了活摘法輪功學員器官的證詞，並證實王立軍下的死命令是對法輪功「必須斬盡殺絕」。王立軍手下的一個警察在 2009 年曾對「追查迫害法輪功國際組織」舉報了中共活摘法輪功學員器官的罪行。

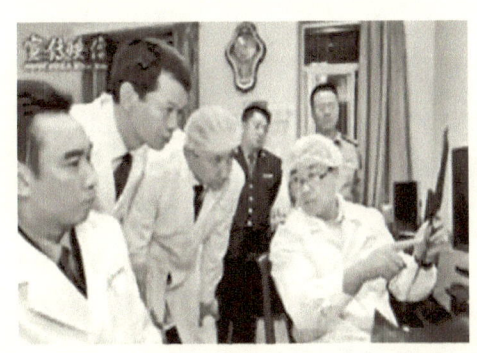

王立軍曾在錦州市公安局創辦的「現場心理研究中心」，從事器官移植實驗。（追查國際提供）

這位警察作證說，2002 年 4 月 9 日，在瀋陽軍區總醫院 15 樓的一間手術室內，他親眼看到兩個軍醫將一名 30 多歲的修煉法輪功的中學女教師，在沒打麻藥的情況下，活生生地摘取了她的器官，將她活活害死。

另外還有證據顯示王立軍直接參與了活摘器官，在《注射藥物後器官受體移植試驗研究》中，王立軍也是作者之一。

2006 年 9 月 17 日，位於北京、直屬於共青團中央的「中國光華科技基金會」，為遼寧省錦州市公安局「現場心理研究中心」授予「光華創新特別貢獻獎」並資助科研經費 200 萬元，其頒獎成果之一就是藥物注射後器官受體移植研究。

王立軍在頒獎大會上「感言」：「大家知道，我們所從事的現場，我們的科技成果是幾千個現場集約的結晶，是我們多少人的努力。……當一個人走向刑場，在瞬間幾分鐘轉換的時候，將一個人的生命在其他幾個人身上延伸……」遼寧省是中國第一個全面推行死亡注射針死刑的省份，全面取消槍決行刑。

美國死刑服務信息中心執行主任 Richard Dieter 2012 年 8 月曾向《大紀元》表示，有關王立軍（向犯人）注射死刑針後幾分鐘摘取器官，是摘器官令其死亡：「看起來摘取器官成為其死亡的原因，如果此人在因藥物死亡之前就這樣做的話。」死刑犯人在死刑針注射後，「通常在 25 分鐘之後才宣布其死亡。」他表示，鑒定死亡的醫生不能參與死亡注射針行刑過程。

海伍德死亡的真實原因

《大紀元》獨家獲悉，無論是屍體還是器官買賣黑幕，都與薄熙來、薄谷開來夫婦有關，而英國商人尼爾·海伍德（Neil Heywood）海伍德的死也與這些黑幕有關。

早在 1990 年代中期，海伍德就在大連結識了薄熙來夫婦，並成為薄家的家庭教師和向海外轉移資金的仲介顧問。

據知情人透露，從 2000 年薄谷開來在英國開辦公司以來，海伍德就直接參與了薄谷開來盜賣屍體的罪行。正因為知道得太

多，當中共中紀委調查海伍德時，為了滅口，薄谷開來才殺死了
海伍德。

不過中共官方為掩蓋活摘器官的罪行，用一個經濟糾紛以及
子虛烏有的「海伍德強行扣押薄瓜瓜」之說掩蓋薄谷開來的殺人
原因。當時薄瓜瓜在美國讀書，海伍德如何在英國「扣押」薄瓜
瓜呢？

「活摘」及「販賣屍體」的罪惡迅速蔓延全中國

最早在中國大連發生活摘及盜賣關押的法輪功學員器官及販
賣被殘害法輪功學員屍體的罪惡後，由於利益巨大及江澤民鎮壓
法輪功政策對此罪惡的保護，以及中國及海外器官移植市場上器
官的極度缺乏，中國社會每年有 150 萬個器官需求，但每年只能
有一萬個器官提供給移植手術（包括部分非法獲取的器官），這
樣一來，非法盜賣被關押法輪功學員器官及屍體的罪惡迅速在中
國其他省市和地縣蔓延開來。

之後，在中國各省市勞教所、看守所和臨時關押設施及監獄
中，普遍發生了由中共政法系統、政府醫院（包括軍方及武警部
隊醫院）和黑社會器官仲介聯手合作，活摘及盜賣被關押的法輪
功學員器官和屍體的駭人聽聞的罪惡，中國從 2000 年到 2005 年
間，器官移植手術像蘑菇雲一樣出現，中國一躍成為世界器官移
植大國，僅次美國，排名第二。

在 2000 年之前的六年，中共官方數據顯示，中國六年總共
的器官移植手術約 1 萬 8000 例，到 2005 年，一年就有 2 萬個器
官移植手術。

2000 年至 2005 年至少 4 萬多個器官無法解釋來源

薄熙來、薄谷開來的罪惡在中國各省市迅速蔓延。於是奇怪的事發生了。在大陸官方宣布的死刑犯數量逐年減少的背景下，鎮壓法輪功的 2000 年後，特別是 2003 至 2006 年四年間，大陸移植數量卻呈現蘑菇雲似的怪異的巨大增長，據「中華醫學會器官移植學會」主任委員陳實介紹，2002 年以來，中國移植業迅速發展，每年開展的器官移植手術超過 1 萬例，2005 年達到了創紀錄的 1 萬 2000 多例。名列美國之後的第二大器官移植國。然而很多國際醫學專家稱，中國實際移植量比美國多很多。

2010 年 3 月，《南方周末》記者在《器官捐獻迷宮》採訪中山一院副院長何曉順時得悉，「2000 年是中國器官移植的分水嶺。2000 年全國的肝移植比 1999 年翻了十倍，2005 年又翻了三倍。」而官方公布的數據 2000 年只比 1999 年翻了一倍多，隱瞞了九倍。此前一位瀋陽老軍醫爆料說，官方公布的移植數量往往只是實際移植數量的四分之一左右。

大陸由於器官來源充足，等候時間也大大縮短。為了達到器官組織成分和血型的匹配，在世界各地都是病人等器官，一等就是好幾年。在美國等待腎平均需要 1121 天，肝：796 天，心：230 天，肺：1068 天，胰腺：501 天，在 2000 年前的中國移植界也是這樣，然而自從 2002 年以後，國際上流行到中國去做器官移植手術，特點是在中國大陸無需花費等候器官的時間，所需配型的器官幾乎是隨要隨到。

比如天津「東方器官移植中心」在其網站上公開宣布：他們那做腎移植，最快一周，最慢不超過一個月，而肝移植也一樣。

醫院記錄顯示，2005 年病人平均等待肝移植時間為兩周。上海長征醫院器官移植科的肝移植更快，平均等候供肝時間為一周。

國際醫學專家根據這些奇異現象分析，認定大陸存在龐大的地下活體器官庫，就是有事先都已驗好血型和做好相關資料檔案的活體器官供應者，一旦市場出現器官「需求」之後，這些活體器官供應者就被送入醫院「屠宰」，只有這樣才能保證器官市場上「隨叫隨到」的超短等候時間。

外界一直無法解釋大陸死刑犯沒有增加多少，而被用來移植的器官卻呈現十倍以上的劇烈增加，直到 2006 年 3 月 9 日，《大紀元》曝光了《瀋陽集中營設焚屍爐，售法輪功學員器官》。化名皮特的大陸資深媒體人獨家爆料稱，在瀋陽市蘇家屯區有個類似法西斯的祕密集中營，關押著 6000 多名法輪功學員，許多法輪功學員離奇死亡，焚屍前內臟器官都被掏空出售。

2006 年 3 月 17 日，第二位證人現身。《大紀元》以《主刀醫生太太揭蘇家屯器官摘取黑幕》為題，進一步點明上述集中營就設在瀋陽市蘇家屯區雪松路 49 號的遼寧省血栓病中西醫結合醫院。證人安妮的前夫曾親自摘取了 2000 多個法輪功學員的眼角膜。從 2003 年開始，他開始出現精神恍惚，晚上盜汗作噩夢，床單濕透了一個人形。後來他才告訴家人，醫院大量摘取法輪功學員的腎臟、肝臟等器官，這些學員很多還是活的。指使他幹的人說：「你已經上了這條船了，殺一個人是殺，幾個人也是殺。」那時他們被告知，殘害法輪功學員不算犯罪，是幫共產黨「清理敵人」。

瀋陽老軍醫：36 個集中營

蘇家屯事件曝光後，大陸很快把「蘇家屯」三個字列入網路禁詞。2006 年 3 月 21 日，《大紀元》刊登了《瀋陽軍區老軍醫指證蘇家屯集中營內幕》，老軍醫指出：「蘇家屯地區的醫院僅僅是全國 36 個類似集中營的一部分，但是目前的法輪功學員基本上還是在監獄、勞改營、看守所較多，只有需要的時候才大規模調動，目前全國最大的關押法輪功的地區主要是黑龍江、吉林和遼寧，僅在吉林九台地區的中國第五大法輪功集中關押地就有超過 1.4 萬人被集中關押。……在我接觸的資料中，中國最大的法輪功關押地在吉林，只有代號是 672-S，關押人數超過 12 萬。」

他在指證中還提到，用封閉的鐵路貨車轉移法輪功學員，一次專列轉移超過 7000 人，全副武裝，夜間進行。他本人親自接觸的虛假的法輪功學員捐贈器官資料就有 6 萬多份，許多簽字都是一個人的筆跡。這類資料的保存期限是 18 個月，然後必須銷毀。該資料的保存機關為省級軍區，查閱資料須經中央駐地方專員批准。在進行器官移植的過程中，如果器官移植失敗，被移植器官人員的資料和屍體必須在 72 小時內全部銷毀。整體的資料和屍體，甚至是活人焚燬，必須經軍事監管人員認可。

當時大量法輪功學員被祕密關押在軍事戰備倉庫、防空洞裡，這些軍事禁區成為迫害法輪功學員的集中營。在群山環抱的山脈裡有許多軍事用途的山洞，許多重要軍事設施、國防倉庫轉入地下深處。這些山裡的軍事設施大多是絕密的，都能夠裝許多人，甚至小的都可以裝一個團的人（千人以上）。

大陸醫生承認活摘法輪功器官

2006 年 4 月 1 日，非政府組織「追查迫害法輪功國際組織」發表調查報告，確認「瀋陽存在龐大活人器官庫」，並公布了幾個大陸移植醫生的原始電話錄音。這些醫院公開承認他們移植用的器官來自於活著的法輪功學員，這其中包括東方器官移植中心、上海中山醫院、河南鄭州醫科大學第一附屬醫院、湖北省醫科大學第二附屬醫院等。廣州軍區武漢總醫院的那位醫生還不耐煩地說：「法輪功該用就用唄，管他法不法輪功！」

類似的調查結果還很多。如 2012 年 5 月，追查國際調查人員以前任政法委書記羅幹辦公室張主任的身份，與中共政治局常委、主導輿論宣傳、屬於江派的李長春通話。李長春在電話中確認，有關活摘器官的事，「找周永康，他在管」。這再次證實活摘器官是以江澤民為首的中共官方行為，而不只是薄熙來等少數人的罪行。

由於活摘器官有巨額利益，很快從遼寧開始，全中國各地官方都在偷偷活摘法輪功學員器官。2006 年 5 月，《大紀元》根據明慧網資料，綜合報導了一系列法輪功學員被偷盜器官的具體案例，如《唐山市勞教所盜取法輪功學員器官》，《山東盜取法輪功學員器官罪行嚴重》；《河南新鄉盜器官謊稱屍檢市長受株連》。如河北秦皇島青龍縣土門子村法輪功學員宋友春，2003 年 12 月 2 日上午被抄家後關進青龍看守所，14 天後被迫害致死。家屬證實，宋友春的遺體被掏空了所有器官。被懷疑有類似遭遇的還有法輪功學員趙英奇、陳愛忠、孟金城、賀秀玲、于蓮春、李梅等。

　　其中有這樣一個實例。2004 年 3 月 11 日，山東省煙台市法輪功學員賀秀玲因修煉法輪功遭到中共當局迫害被非法關押，並被看守所以「腦膜炎」名義送往煙台硫磺頂醫院。那天醫院通知家屬，賀秀玲已於 3 月 11 日早晨 7 點 45 分離開了人世，賀秀玲的丈夫、煙台海洋漁業公司職工徐承本接到通知後，趕緊和幾個家屬在 11 點多來到醫院太平間，大家看到賀秀玲的腰間有繃帶纏繞包著，腎臟被摘，但她的雙眼還流出了眼淚！

　　徐承本一看妻子還活著，急忙找醫生，可醫生置之不理。最後親戚都去找，醫生才帶著心電圖儀在 11 時 30 分左右趕到太平間，經測試，賀秀玲的心臟還在跳動，當心電圖測試紙跑出十幾公分長後，醫生急忙撕碎心電圖紙逃走了。由於沒有任何搶救，賀秀玲不久真的死了。

　　事後徐承本為妻子鳴不平，提出控告。警方得知後企圖以十萬元人民幣收買，令其不再上訴。徐承本不從，並在網上曝光妻子被活摘器官後，第二天即被警方抓捕。兩年後，徐承本在洗腦班去世時皮膚潰爛，知情者認為他被下藥，慢性中毒而死。

中共軍方是活摘的主要凶手

　　2006 年 4 月 30 日，遼寧瀋陽老軍醫再度披露中共盜賣法輪功器官官方流程，以及活摘規模。他說，中共嚴重隱瞞了盜取器官規模，將 11 萬說成 3 萬。2000 年以後中國一直占世界活體器官移植總數的 85% 以上，該資料是軍委上報資料的一部分，有幾個人還因此升為將軍。

　　2012 年 6 月，《新紀元》調查發現，這些被舉報的將軍就包

括中共解放軍總後勤部政委
孫大發、總後勤部部長廖錫
龍，因為總後算管理軍隊醫院
的最高上級。

2006 年 5 月 10 日，就在
活摘器官被曝光兩個月後，大
陸媒體報導說，「接上級指
示，全軍器官移植會緊急推
遲」。負責承辦該會議的長征
醫院器官移植研究所（全稱：
解放軍第二軍醫學院第二附
屬醫院（上海長征醫院）解放
軍器官移植研究所）在其緊急

中共解放軍總後勤部政委孫大發（中）被舉報
涉入活摘器官罪惡甚深。（新紀元資料室）

通知中寫道：「接上級通知精神，原定於 2006 年 5 月 12 日至 14
日在上海光大會展中心召開的全軍器官移植學專業委員會成立暨
首屆學術會議因故推遲，具體時間另行通知。」

這個會議的幕後負責人就是總後政委孫大發。在會議籌備過
程中，孫大發還專程到長征醫院視察。

據追查國際調查，在中國 150 多家部隊醫院中，絕大部分都
開展了器官移植。隨意瀏覽這些軍隊醫院的網頁不難發現，軍隊
實施器官移植手術量相當驚人。

全軍器官移植中心主任石炳毅曾公開表示，2005 年全國進行
了近萬例腎移植、近 4000 例肝移植，到 2006 年達到歷史最高峰：
2 萬例，而 1999 年全國僅有 4000 多例腎移植，肝移植數幾乎為零。
大陸所說的肝移植一般都是全肝移植，一個人把兩個肝臟都捐獻

出來的只有死去的人,不過官方再度不解釋新增器官的來源,因為死刑犯沒有增加,中國也沒有腦死亡判定,也沒人捐獻遺體,那這些器官是哪裡來的呢?

這個星球上前所未有的邪惡

2006 年 7 月 6 日,由加拿大政府前亞太司司長、資深國會議員大衛·喬高(David Kilgour)和國際人權律師大衛·麥塔斯(David Matas)組成的獨立調查組,向國際社會公布了《中國活體摘取法輪功學員器官指控的報告》。報告從 12 個方面彙集了調查的起因、方法、證據、反證、可信度、結論及建議等。

報告最後得出結論,這項指控是真實的。這是「這個星球上前所未有的邪惡」。由於調查者在國際間具有極高的公信力,調查本身證據的真實、推理的嚴密,使報告的發布給國際社會帶來了巨大的震動。在進一步調查中他們確認:2000 年到 2005 年期間,中國大陸至少進行了六萬例器官移植手術,其中至少四萬多個器官極有可能是從法輪功學員身上摘取的。

2007 年 8 月 9 日,由 300 多名各國國會議員、法律專家、醫生、教授、記者、知名人士等組成的「法輪功受迫害真相聯合調查團」(CIPFG),在希臘點燃了人權聖火,提出「奧運不能和反人類罪行同時存在」,並在隨後一年裡,人權聖火經過歐洲－澳洲－新西蘭－南亞－非洲－美洲－東南亞,傳至全球 39 個國家 169 個城市,受到國際社會的普遍關注。

第二節

國際譴責血債幫
核心罪遭起訴

周永康案有「普遍管轄權」 世界多國將公審

在迫害法輪功、活摘法輪功學員器官的罪行中，徐才厚和周永康是共犯是同盟，罪名是一樣的，只不過徐才厚參與活摘器官的罪行沒有周永康突出，也沒有周永康那樣臭名昭著。下面以美國政府作為西方社會的代表對周永康案的態度，徐才厚或將遭到相似的懲罰。

2014 年 7 月 29 日，中共公開對前政法委書記、前安全主管周永康進行立案審查，全球密切關注。美國政府在周永康案公布的前一天，第二天和第三天，連續三個大動作。

周永康 1999 年到 2002 年任四川省委書記，2002 年到 2007 任職中共公安部長，2007 年起擔任中共政法委書記期間，犯下「酷刑罪」、「反人類罪」、「群體滅絕罪」，世界多國法院對此類罪行均有「普遍管轄權」。周永康已在世界多個國家被告上法庭。

美國的三個大動作

周案公布第三天，7月31日，美國國會眾議院正式推出第5379號法案，該法案要求「對中國嚴重並持續侵犯人權或粗暴侵犯中國國民或其家人的人權的責任人實施制裁，保障在中國的普世自由，並用於其他目的。」

該法案一旦最後討論通過，經由奧巴馬總統簽字，將成為美國一項法律。據悉，屆時，美國政府各職能部門，例如國務院、司法部、國土安全部、財政部等部門將按法律在管轄範圍內對中國人權迫害者進行制裁。

周案第二天，由201名美國國會議員共同簽署的281號決議案，30日在眾議院外交事務委員會完成最後審議。決議案明確提出：「要求中共政府馬上停止從所有的囚犯、特別是從法輪功良心犯和其他宗教信仰及少數族裔人士身上強摘器官；要求美國國務院對中國的器官移植執業（系統）進行全面和透明的調查；要求中共立即停止其發起的已持續15年的對法輪功精神修煉的迫害，立即釋放所有法輪功修煉者和其他良心犯。」

周案前一天，美國國務院7月28日發布2013年年度國際宗教自由報告。在當天的新聞發布會上，美國國務院主管民主、人權及勞工助理國務卿 Tom Malinowski 罕見公開譴責中共對法輪功的迫害，直指中共針對法輪功的精神修煉平民團體施行「徹底取締」的迫害政策，並敦促中共在8月7日釋放為法輪功學員辯護而遭中共迫害的中國著名人權律師高智晟。

之前，美國政府在報告中，多次譴責中共對法輪功的迫害。但美國政府在官方場合面向各國記者公開講話，作出這樣的表態

實屬罕見。

周永康在世界多個國家被告上法庭

周永康在世界多個國家被以「反人類罪」和「群體滅絕罪」等罪名告上了法庭。

2008 年 11 月，在原四川省委書記、（時任）中共公安部長、自稱江澤民老婆內侄的周永康訪問澳洲期間，三位原告法輪功學員李潔霖、陳京曉和岳昌智向紐省高等法院遞交訴狀，起訴周永康在任職四川省省委書記和中共公安部長、中共政法委書記期間推動迫害法輪功，對她們造成嚴重的傷害。2010 年 8 月，澳洲外交部已將起訴書送達被告周永康。

2006 年 7 月 21 日，周永康在法國被起訴，巴黎大事法庭（Tribunal de Grande Instance de Paris）收下了三份訴狀。法國法輪大法協會代表向巴黎大事法庭遞交了訴狀，控告正在法國訪問的中共公安部長、國務委員、前四川省委書記周永康對他們在中國所遭受的酷刑等迫害負有罪責。此案的原告分別是居住在挪威的法輪功學員戴英和居住在英國的法輪功學員莫正芳、李和平。

2001 年 8 月 27 日下午，正在美國訪問的周永康，因涉嫌指使酷刑迫害、謀殺法輪功學員及誣陷法輪功，在美國伊利諾伊州遭到起訴，成為第二個在海外被法輪功起訴的中共官員。

世界多國法院對周永康的核心罪有「普遍管轄權」

據西藏之聲報導，普遍管轄是國際法中一項重要原則。當受

害人不能通過所在國的法律追究肇事者罪責時，他們可以向異國法院或國際法庭提出訴訟，要求它們行使普遍管轄權，調查和懲治對人類犯有重大罪行的人。

普遍管轄原則的主要目的是為了實現普世正義，結束嚴重違反人權而不受懲罰的情況，尤其針對國家領導人或握有生殺大權組織的領導人所犯暴行的追責。根據國際法學家共識，普遍管轄應是「完全以犯罪性質為依據的刑事管轄權，不問犯罪地點，被控告或定罪行為人的國籍，被害人國籍，或與行使這種管轄權的國家的任何其他聯繫。」

普遍管轄原則最初適用於海盜罪、販賣奴隸或與奴役相關的國際犯罪，後來逐步擴展到適用於種族滅絕罪、危害人類罪、恐怖行為、戰爭罪、酷刑、法外處決和強迫失蹤等。

總部設在紐約的追查迫害法輪功國際組織（簡稱：追查國際）7 月 31 日發布公告表示，周永康等人最主要罪惡是迫害法輪功所構成的群體滅絕罪、酷刑罪、反人類罪。

周永康從 1999 年到 2002 年任四川省委書記期間，利用各種重大場合布署對法輪功的鎮壓，親自批文鼓勵四川省社會科學院的文字打手進行反法輪功的誹謗與仇恨宣傳，用金錢和權利獎賞實施迫害的單位與個人，使四川省成為全國迫害法輪功最嚴重的省份之一。

2007 年起，周永康接替羅幹任中央政法委書記、中央處理法輪功問題領導小組組長、中央綜治委主任後，使非法抓捕、超期拘留、酷刑折磨、致殘致死法輪功學員的惡性事件在全國各地不斷增加。

由於周永康縱容和指使，使包括軍隊、武警在內的整部國家

機器涉入活體摘取法輪功學員器官這個由政府保護的、系統的、群體滅絕性犯罪中。

西班牙國家法院對江澤民 5 人發布逮捕令

據西藏之聲報導，2005 年起，流亡藏人援引普遍管轄原則，開始向西班牙國家法院提出訴訟，指控若干中共最高領導人在藏區犯下了種族滅絕的罪行。受到起訴的官員包括前任國家主席江澤民等人。

西班牙國家法院在 2013 年 10 月 9 日正式受理訴訟。同年 11 月 18 日，法院批准簽發對江澤民等五名前中共政府領導人的逮捕令，要求他們出庭接受調查。

江澤民及其他參與迫害的中共凶手在全球被告上法庭

自 2000 年以來，發動迫害法輪功的元凶江澤民及其他主要參與迫害的中共凶手，先後在全球 30 個城市和地區，被以「酷刑罪」、「反人類罪」和「群體滅絕罪」等多項罪名，在 50 多個刑事和民事訴訟案中被起訴。這堪稱 21 世紀人類最大的訴訟案。

2013 年 4 月 17 日，阿根廷刑事高等法院第三分庭的兩位法官 Liliana Catucci 和 Eduardo Riggi 投票作出決定，此案件除了將繼續審理前中共黨魁江澤民及羅幹等被告對法輪功學員所犯下的「反人類罪」、「酷刑罪」、「群體滅絕罪」等重大國際罪刑，也將會調查中共駐阿使館在阿國煽動仇恨法輪功學員的諸多違法

行徑。

此前，阿根廷受理訴江案的法官 Octavio Araoz de Lamadrid，經過 4 年調查搜證，於 2009 年 12 月發出國際逮捕令，要求國際刑警組織對出訪的被告江澤民及羅幹等人予以逮捕並引渡到阿根廷受審。在中共施壓下，Lamadrid 法官被迫辭職，國際逮捕令被撤銷，訴江案也以證據不足結案。但阿根廷法輪大法學會繼續向聯邦刑事上訴法院提出上訴。

2009 年 11 月，西班牙國家法庭也做出了該國一項史無前例的裁定，決定以群體滅絕罪及酷刑罪，起訴包括中共前黨魁江澤民等五名利用職權大肆迫害法輪功學員的中共高官。這五名高官分別是江澤民、羅幹、薄熙來、賈慶林和吳官正。

在法國，李嵐清被告上法庭。在印亞，在香港、在德國，在很多國家，曾做過江澤民幫凶的這些人，都被一一告上法庭。

2004 年，時任中共甘肅省委書記蘇榮訪問贊比亞期間，被法輪功學員告上法庭。因其未如期出庭，被贊比亞警方發出通緝令。驚慌失措的蘇榮在藏匿後潛逃回國。

2003 年 9 月，中共政法委書記，「610」辦公室負責人之一羅幹因對法輪功學員及其家屬犯下了「酷刑罪」、「群體滅絕罪」、「反人類罪」等罪行，而在冰島、芬蘭、亞美尼亞及摩爾多瓦遭到起訴。

2002 年 10 月 18 日，代表法輪功學員的律師將一份控告江澤民和「610」辦公室的起訴書呈交美國聯邦法庭北伊利諾伊州地區法院。罪名包括：群體滅絕罪、酷刑罪、反人類罪等等。

2002 年 10 月 17 日，八名來自六個不同國家的法輪功學員指控江澤民和曾慶紅、羅幹對發動血腥迫害法輪功的行為負有不可

推卸的責任，聯名要求聯合國反對酷刑委員會、聯合國人權委員會和國際刑事法庭調查和起訴此三人。

2001 年的 7 月 17 日和 8 月 27 日，被迫害的法輪功學員家屬在美國將湖北省公安廳副廳長、「610」辦公室二把手趙志飛和原四川省省委書記周永康，以「酷刑罪」告上法庭。其中，趙志飛被法庭判決有罪。他從此不敢踏足美國。

2000 年 8 月，中國法輪功學員王傑和朱柯明依照中國法律向中國最高法院提出對江澤民、曾慶紅、羅幹的訴訟，控告他們迫害無辜法輪功學員的罪行。

第三節

徐才厚與「瓦房店幫」的祕密

徐才厚靠走後門、拍馬和迫害民眾上位，最終官至中共軍委副主席，成為所謂江澤民提拔的共軍「瓦房店幫」的龍頭老大。（新紀元合成圖）

　　徐才厚出身普通家庭，早年膽小，名校畢業後在軍中做下級軍官很久。攀上瓦房店系老鄉、被江澤民提拔的上將于永波後，徐才厚靠走後門、拍馬和迫害民眾上位，官至中共軍委副主席，後來居上，成為共軍「瓦房店系」的龍頭老大。

　　徐才厚攀上瓦房店系高級將領老鄉、上將于永波後，靠著軍隊特殊的權力範圍和江澤民的縱容，徐大肆買官賣官，積累了至少百億貪款，同樣生活糜爛，並捲入周薄政變，深涉軍中活摘器官罪行。

　　「瓦系」共有三個共軍上將。除于永波、徐才厚外，還有一個谷善慶。谷也是 1994 年江任軍委主席後提升的上將，曾任北京軍區政委。

　　據瓦房店市民政局不完全統計，在瓦市近 30 位將軍中，長興島就出了五個。目前，最沮喪的一顆將「星」便是剛被法辦的

徐才厚。

瓦房店的 39 軍

瓦房店的地理位置很特殊。它位於遼東半島中西部，地處北緯 40°東經 121°左右；東鄰普蘭店灣，西瀕渤海，南與金州區隔海相望，北與蓋州市接壤。北距瀋陽 292 公里，南距大連 104公里。面積 3793.5 平方公里，2009 年人口約 100 萬。據說 1970年代，瓦房店市區人口不足 10 萬。

瓦房店隸屬於遼寧省，但自從于永波的瓦房店幫結成，特別是徐才厚當軍委副主席後，徐把自己的家鄉長興島劃歸為大連的一個特別開發區，於是瓦房店也由大連市代管。如今長興島已是東北最大的開發區，並已成為地級市，比瓦房店還高半格。靠東沿海還建立了紅沿河核電站，市內人口 40 多萬。

翻開地圖就能看到，瓦房店在軍事上防禦北韓、韓國、日本、俄羅斯等，具有無法替代的重要作用。這裡不但因為連接大連而成為東北重鎮，更因為鄰近俄羅斯以及與面合心不合的小兄弟北韓接壤，歷來不安寧。

在中共國防格局中，這裡歸屬於瀋陽軍區，不過，瓦房店主要駐守的是 39 軍的一部分。39 集團軍主要駐守在遼陽，不過也因兵種不同而分散在遼寧撫順、本溪、蓋州、海城等地。如今駐在瓦房店的是 39 軍的 65537 部隊。

39 軍在中共軍隊中「很出名」。

駐在遼寧的 39 軍和駐在河北的 38 軍，以及駐在山西的 27 軍，三者互成犄角態勢，是中共 18 個集團軍中八個負責拱衛北京的

核心，但是在百姓心目中，39 軍也是參與 1989 年「六四」天安門屠殺的劊子手。2011 年薄熙來在重慶進行軍事政變演習時，原 39 軍軍長、參謀長艾虎生也在其中。

參與活摘器官

不過，瓦房店幫最大的祕密不是裙帶關係，而是他們最早參與迫害法輪功，並活體摘取法輪功學員器官。

1999 年 7 月 20 日起，江澤民發動對法輪功的血腥鎮壓之後不久，首先在遼寧省和薄熙來主政的大連市傳出活摘法輪功學員器官、販賣屍體牟取暴利的惡行。經過國際人權組織和追查迫害法輪功國際組織堅持不懈的徹查，海內外大量正義人士的不斷揭露，中共軍隊及其醫院系統，成為涉嫌活摘重點犯罪機構。

瀋陽軍區總醫院腎臟移植、心臟移植、肺臟移植，瀋陽軍區第 463 醫院腎臟移植等信息成為公開的祕密。39 軍隸屬瀋陽軍區，身處迫害法輪功的重災區，理當洗不清參與迫害與活摘器官的罪責。

薄熙來主政大連和遼寧省，其中與徐才厚從地方軍區上位到中央軍委交錯，這兩人都是升官與迫害並舉的案例。

第四節

徐才厚瀋陽舊部
涉活摘器官被清洗

徐才厚 2014 年 6 月 30 日落馬後，中共軍隊四總部、海軍、空軍與七大軍區迅即表態，支持習近平拿下徐才厚，稱「一切行動聽從黨中央、中央軍委和習主席指揮」。值得關注的是，在七大軍區中，列在新聞第一個表態的是瀋陽軍區，而非通常排在第一位的北京軍區。

這是因為瀋陽軍區是徐才厚的根據地，其長期在該軍區服役。徐高升後，大力提拔出身東北、尤其是遼寧的將校，一度令「東北軍」在正大軍區級上將中占據十席。因此，此番瀋陽軍區的支持透露出更深的意味。

由於瀋陽軍區依舊有不少徐才厚提拔的舊部，近期便又有了新的動作。2014 年 7 月 13 日，據大陸媒體報導，瀋陽軍區聯勤部推動「敏感崗位」人員輪換行動。成立於 1999 年的聯勤部，主要職責是對軍兵種部隊實行財務、軍需、衛勤、軍事交通運輸、

物資、油料、基建營房、審計等。而此次輪換的崗位包括：師級機關涉及分管人、財、物的直工科長、幹部科長、財務處長、營房處長，以及相關業務部門的參謀人員等 80 個崗位；團級機關涉及分管業務經費、幹部調整、工程建設、財務管理等 8 個崗位，涉及 170 多人。

雖然推動崗位輪換表面上的原因是管人管錢管物等敏感崗位，是共軍部隊建設的重要部位，但實質應與徐才厚落馬有關，因為現任聯勤部政委正是徐才厚的前祕書康曉輝。因此，聯勤部崗位輪換應被視為是清洗徐舊部的又一步驟。

聯繫到軍中嚴重的腐敗問題以及軍隊中上行下效之風，上述崗位和人員，包括康曉輝在內，是否涉及賣官買官，都很值得查一查，說不定可以查出若干個「小蒼蠅」。而且，作為負責為各兵種提供軍需、衛勤、軍事交通運輸等保障的瀋陽軍區聯勤部，很可能涉及活摘法輪功學員器官的罪惡，因為最早曝出活摘法輪功學員器官的蘇家屯正處於瀋陽地區。

資料顯示，在 1999 年 7 月江澤民掀起鎮壓法輪功的狂濤後，瀋陽軍區聯勤部也緊緊追隨，成立了「法輪功辦公室」，迫害軍中法輪功學員。比如曾在黑龍江省佳木斯市 224 醫院工作的麻醉師、法輪功學員王紀平就曾被非法關押在瀋陽軍區聯勤部，被殘酷折磨，並於 2009 年被迫害致死。

而現任中共軍隊副總參謀長的侯樹森，是 2009 年被江澤民提拔的，而他 2005 年時才任瀋陽軍區參謀長，這種火箭式提拔速度的背後原因就是：1999 年 12 月到 2005 年 12 月瀋陽軍區聯勤部部長正是侯樹森，而這 5 年間正是軍隊醫院參與活摘法輪功學員器官最為猖獗的時期，其屬下的後勤部隊也參與了活摘器官

的運輸工作。

2012 年，海外追查國際組織的調查員曾以瀋陽軍區聯勤衛生部王嘉副部長（原 205 醫院院長）祕書的身分與 205 醫院泌尿外科主任（已退休）陳榮山通話，陳榮山向王嘉的祕書保證，能保守摘取法輪功練習者器官做器官移植手術的機密。

毫無疑問，正是因為侯樹森所為符合江澤民一貫用人的標準，並得到了徐才厚、梁光烈的賞識，所以其才飛速升遷。

雖然目前尚無法確定瀋陽軍區聯勤部敏感崗位人員輪換行動，除了清理徐才厚的舊部外，是否是為了揭開活摘器官黑幕在做準備，但可以肯定的是，瀋陽軍區聯勤部無法與這個滔天罪惡撇清關係。

第五節

中南海祕密調查軍醫活摘器官

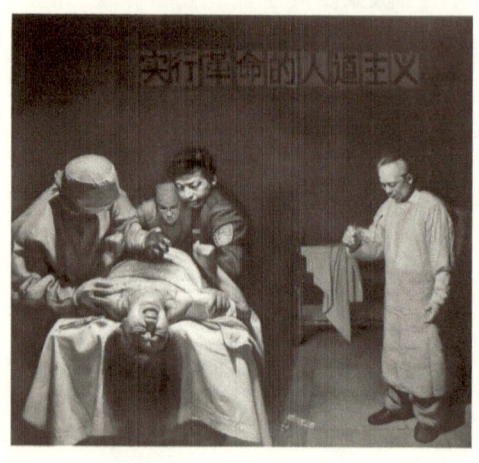

1999 年中共迫害法輪功之後，各級軍醫院開始進行和擴大器官移植的規模。圖為畫家董錫強作品《活摘器官（蘇家屯的罪惡）》。（大紀元資料室）

　　2014 年 11 月 6 日，中共官媒《解放軍報》發表題為《給別人看病，先拿自己「開刀」》的報導，文章一開始就引述一期通報：「4 名專家教授因私自外出行醫，被警告處分……」，儘管滿篇是中共黨媒官樣語調，但文中曝露出 2014 年 3 月至 9 月，中南海暗中整肅軍隊醫院的樣貌，顯示軍醫院中違法事件的嚴重程度。

官方已經在查活摘器官

　　然而，官方的這篇報導尚未能真實反應此次調查的實際情況。據悉，這次調查軍隊醫院，目的是追查江澤民派系主導的活

摘器官事件，其他都只是表面文章。

消息稱，去年底，中共當局開始對軍隊進行大整肅，後勤部門是重點之一，其中對軍隊醫療系統進行了全面調查。尤其今年3月更擴大對300多個軍隊醫院進行調查，包括解放軍陸海空三軍和武警醫院。調查重點之一是活摘器官事件，武警醫院是參與活摘最重要的醫療機構，其他還包括4個軍醫大學的附屬醫院等。

該消息來源稱，中共中央派出了25個檢查組，其中有5個級別最高，組長都是中將級的軍官。主要針對參與活摘器官問題進行調查，調查結果列為絕對機密。實際上中共當局從2012年就已經開始派人進行調查，至今已經有7名和活摘器官有關的軍隊醫療專家和副院長以上級別的官員自殺，十多人被以各種名義雙規。

調查組中還安排非軍方的司法部門人員，據悉是因為許多軍隊和武警醫院不但進行器官手術，還和法院、檢察院、公安局（主管監獄）串通購買犯人器官。軍方移植專家以前也進行所謂的「走穴」，即到地方醫院動手術，獲得高額手術費，因此這方面也是核心小組的一個調查內容。

分析稱，官方報導的因私自外出行醫而被處分的4名教授，很可能與活摘器官有關，因為很多從事移植的醫生常常到需要進行器官移植的醫院做手術，或到擁有器官的醫院。而在中國大陸，因健康原因需要進行器官移植的病人很多，如患尿毒癥的病人多半選擇腎移植。

中共活摘法輪功學員器官

中共官方稱每年中國需進行腎移植的病人與實際完成腎移植

的病人的人數比是 100：1。也就說，99％的病人放棄了移植治療，主要原因可能是無法支付高達 20 萬的手術費以及每年近 10 萬的維持費。然而，自 1999 年底後，中國突然成為器官移植大國，每年移植手術量在幾十萬例。在沒有認定腦死亡、沒有幾例親友捐贈器官的狀況下，這些用於移植手術的器官來源，成了中共醫學界無法解釋的話題。

中共對外宣稱，移植用器官來源於死刑犯，但每年中國死刑犯只有幾千人，而每年移植器官的人數卻有幾萬人，這個無法解釋的矛盾，普遍受到各界的關注。據國際醫學專家分析，中國也許存在一個非法祕密器官交易網絡，其供體主要來源於被中共軍隊祕密非法關押的法輪功學員。

1999 年 7 月 20 日，以江澤民為首的中共集團開始鎮壓法輪功，上百萬法輪功學員到北京上訪時被逮捕，並被祕密轉送關押在中共軍隊的各種祕密軍事設施中。2006 年《大紀元》率先曝光了瀋陽蘇家屯醫院參與活摘法輪功學員器官的黑幕，在國際上引起軒然大波；隨後加拿大獨立調查人著名人權律師大衛‧麥塔斯和前加拿大外交部亞太司司長大衛‧喬高出版了調查報告《血腥的器官摘取》，詳舉數十種證據證明活摘法輪功學員器官的事實存在，指出至少有 4 萬個器官來源不明。國際社會稱這種活摘暴行為「這個星球上從未有過的罪惡」。（見《新紀元》出版《中共活摘器官》一書）

追查國際鎖定 4115 名大陸移植醫生

追查迫害法輪功國際組織（簡稱追查國際）是獨立非政府機

構，2014 年 9 月 26 日首發第一批大陸 231 家醫院共 2007 名醫務人員的追查名單後，10 月 28 日，再度公布了大陸 100 家軍隊和武警醫院共 2108 名醫務人員的追查名單，向參與器官切取或移植的醫務人員進行全面追查取證。

追查國際說，根據該組織的系列調查，自 2000 年以來，大量健康的活人「供體」在被切取器官的過程中死去，這些所謂的供體來源主要是被中共非法關押迫害的法輪功學員，而率先開始這項屠殺計畫的是中共軍隊醫院。

中共軍隊總後勤部管轄的軍隊醫院可以大致分為以下幾類：中央軍委直屬中共軍隊總醫院、各大軍兵種總醫院（如：海軍總醫院、空軍總醫院、二炮總醫院）、各大軍區總醫院、各軍醫大學附屬醫院和序號醫院等。此外，還有各地武警部隊醫院。

由於軍隊系統的相對封閉性，從集中關押、全國調配、切取移植器官到銷毀證據，都難以被外界了解，然而追查國際調查發現，在 1999 年中共迫害法輪功之後，各級軍醫院都開始進行和擴大器官移植的規模，而且，器官移植的數量迅猛增長的時間與中共對法輪功學員進行非法綁架、關押的時間高度重合。

迄今為止，追查國際已經獲取 100 家中共軍隊和武警醫院器官移植的資料。根據不完全統計，這些醫院共實施腎移植至少 6 萬 30 例，肝移植至少 1 萬 1306 例，心臟移植至少 215 例，其中腎移植數量超過全中國腎移植總量的三分之一。

資料顯示，截止 2013 年底，中共解放軍第二軍醫大學附屬上海長征醫院累計完成各類腎移植手術 4230 餘例，完成各類肝移植手術 1238 例；截至 2009 年 7 月，南方醫科大學（原第一軍醫大學）南方醫院，完成腎移植 3800 餘例；軍隊第 309 醫院器

官移植中心，醫療毛收入由 2006 年 0.3 億元增漲至 2010 年 2.3 億元，5 年增長近 8 倍；第二軍醫大學長征醫院，2003 到 2006 年的 3 年時間裡實施 120 例急診肝移植，接受移植者為重型肝炎患者，因採用急診肝移植方法，患者得以在入院 4 小時即施行肝移植。然而最大的疑問是：這麼大量、即時的肝臟供體從何而來？

根據追查國際的紀錄，2014 年 9 月，原中共解放軍總後勤部衛生部長白書忠，向追查國際調查員承認軍隊活摘了法輪功學員器官，而且這個命令是江澤民直接批示的。他說：「當時是江主席啊……有一個批示，說開展這些事情，就是器官移植……批示以後，反法輪功大家都做了很多工作……應該說，就是開展腎移植的不單是軍隊一方……」

蘇家屯證人的親身經歷

2006 年 3 月《大紀元》的報導也證實了這點。證人安妮（化名）曾經是遼寧瀋陽蘇家屯血栓醫院的一名職工，其丈夫 2001 年調到蘇家屯醫院時是實習醫生，很快被提拔為腦外科主治醫生。後來安妮得知，丈夫從事這個工作的 2 年期間，有時每天要做好幾個角膜活體摘取，好多人還沒有嚥氣，他們的器官就被摘取。由於不能原諒丈夫的殘忍，最後安妮和丈夫離婚了。

據安妮回憶，她注意到前夫自 2003 年開始變得精神上恍恍惚惚，抱著沙發枕頭看電視，把電視給關閉了他都不知道，後來他晚上開始做惡夢、盜汗，床單都濕透了，襯出一個人形。在她的一再追問下，前夫才透露了兩年來參與的活體摘取法輪功學員器官的黑幕。

2006 年 4 月 20 日在美國白宮附近，證人安妮與皮特現身記者會，揭露中共活體摘取法輪功學員器官的滔天罪行。（明慧網）

他的前夫後來因為受到良心的譴責，在停止摘取器官後很長一段時間精神都不正常，連開車時精神都極度緊張，過不了正常生活。當她前夫不願再承受良心的折磨，決定洗手不幹後，曾遭到黑勢力的暗殺，他曾遭到一名陌生人行刺，安妮當時用身體擋了一下，受傷入院，至今她身上還留有逃亡時凶手刺殺未遂的傷痕。

安妮透露，蘇家屯血栓醫院很多醫生做了這類事情之後都很痛苦，紛紛要求調走或隱姓埋名。她知道一位與前夫一起做活體器官移植的醫生因為長期做這樣的手術而得了憂鬱症，一個院長的女兒因此跳樓自殺未遂。蘇家屯血栓醫院參與摘取器官的醫生，很多人檔案被調走，或者換名等，不知所終。有的醫院的移植醫生用改姓埋名、出國等方式來逃避。

腎移植鼻祖院士軍醫跳樓自殺

國際追查機構指出，中共 18 大後落馬的官員，如王立軍、薄熙來、徐才厚、周永康等，都參與了活摘器官的罪行。薄熙來、薄谷開來在大連主導的器官移植和屍體加工廠等，直接和迫害法

輪功相關。早在 2011 年官方就有人在調查此事，哈根斯的屍體加工廠在 2011 年 10 月左右被停產，王立軍出事後被查封。

查閱資料發現，王立軍曾在遼寧錦州做過關於器官移植保存液的配方研究，為此他還獲得所謂光華科技獎。王立軍在錦州市公安局「現場心理研究中心」所做的人體器官「研究」，令人不寒而慄。

大陸官方媒體報導不少移植專家自殺的案例。2010 年 3 月 16 日，84 歲的中國腎移植鼻祖黎磊石，從南京自家 14 層高樓跳樓身亡，早在 2007 年 5 月，上海第二軍醫大學著名器官移植專家李保春，也從醫院腎移植大樓 12 層跳下死亡。

據瀋陽一位老軍醫透露，中共活摘法輪功學員器官，主要是先從軍隊醫院開始的。黎磊石是南京軍區總醫院副院長、中國工程院院士、國際著名腎臟病專家。由於近水樓台，黎磊石的小研究室很快成為中國最大、實力最強的腎臟病研究所。當初他的研究室家底是一萬塊錢，但很快發展成幾億元大戶，號稱具有多個「世界第一」。

據中國軍網報導，黎磊石的腎移植中心僅在 2004 年就做了 1000 例以上的腎移植手術，平均每天 3 台手術以上。他主持編寫了《中國腎移植手冊》第一版和第二版，許多中國大陸器官移植醫生都出自黎磊石門下。

移植醫生的自殺現象

類似的自殺還出現在其他移植醫生身上。據《揚子晚報》2007 年 5 月 24 日報導，第二軍醫大學附屬長海醫院腎內科副主

任、教授、主任醫師、中國著名腎臟病學專家李保春，5月4日下午從長海醫院大樓 12 層跳下死亡。報導中說 44 歲的李保春患有憂鬱症，但是院方對李保春的死因諱莫高深。該報導在 24 日被中共官媒新華網等各大網站轉載，但不久新華網將此報導刪除。

一位知情人士披露，李保春死前幾個月經常睡不著，靠吃安眠藥維持，後來吃藥也不見效了，甚至最先進的藥吃了都不管用。

有一次甚至無故摔倒，經過身體檢查也沒發現有器官性疾病。到了「五一」前，抑鬱症轉趨嚴重，住進了該院神經內科的病房，並開始吃抗憂鬱藥。李保春跳樓那天，「從自己工作的大樓跳下，沒人知道他當時想著什麼，也沒有留下一句話。」

追查國際組織呼籲，凡是知道中共活摘器官線索的人，都應該主動曝光罪行，共同制止這場慘絕人寰的暴行，在良知面前、善惡之間，做出明智的選擇。

習近平軍委布局內幕

第十二章

江澤民最怕的軍人

由於法輪功對人體和精神道德的改善作用巨大，從 1992 年傳出開始，各大部委就有人開始煉法輪功，數年間吸引億萬主流社會各界民眾學煉，包括軍隊系統。而江澤民鎮壓法輪功最早即是從軍隊系統開始。（大紀元）

第一節

空軍元老人物被江澤民判刑

中國空軍元老級人物、法輪功學員于長新，
遭非法判刑 17 年，至今仍在冤獄中。法輪
功被鎮壓之前，中國空軍飛行手冊、規則
技術手冊都是由他撰寫。（明慧網圖片）

2014 年 7 月 28 日，美國國務院發布新年度國際宗教自由報告，報告罕見提及在江澤民直接授意下強行拘捕和祕密重判的中國空軍元老級人物、法輪功學員于長新。隔天 7 月 29 日，中共正式公開審查前安全主管、中共前政法委書記周永康。

美國的最新報告提到幾個具體迫害案例，其中特別提及「法輪功學員于長新在 2000 年被判 17 年，目前他依然被拘禁」。

中國空軍元老級人物

一位接近于長新家庭的知情人向《大紀元》透露了于長新的一些鮮為人知的故事。這位知情人說：「1949 年建國閱兵式的時候，只有幾架飛機在閱兵式的上空飛過，于長新是參加閱兵式非

常少數的幾個飛行員之一，他是中國早期飛行員裡面技術最好的一個。」

「中國（那時候）飛機一直不能在晚上飛行，因為解決不了晚間起飛和降落的問題。70 年代，于長新帶著一批飛行員在中國河南某個地方潛心鑽研了一年，研究飛機如何在夜間起飛和降落，最後將這個技術搞出來了，推廣到全軍，然後他被調到空軍指揮學院當教授。」

「這個人算是中國空軍元老級人物，他在飛行技術上，空軍的訓練、指揮上，都是一位出色的人物。在法輪功被鎮壓之前，中國空軍飛行手冊、規則技術手冊都是由他撰寫的。」

「他很早就開始煉法輪功，1999 年『4・25』（中南海上訪）的時候，他並沒有去。但是江澤民開始打壓法輪功的時候，『4・25』之後，『7・20』（中共鎮壓法輪功）之前他就被抓了，應該在 5 月 20 日左右，後來就判了 17 年。」

軍方高級將領修煉法輪功 江澤民妒火中燒

于長新是原法輪大法研究會成員。

「剛剛開始的時候，于長新幫忙抄錄法輪功創始人李洪志先生講課班的內容，整理和校對《轉法輪》的初稿。就是因為這個事，江澤民親自過問。」

「就是因為這個，所以江澤民特別生氣，他覺得中國軍隊裡面這樣的高級將領，在法輪功裡面影響力大。（江澤民）叫他上電視，叫他講不要煉，于長新都拒絕，結果就判刑，判了 17 年。」

「是軍事法庭判的，空軍檢察院直接起訴的。」「他在監獄

裡面，不讓煉功，所以現在身體不太好，眼睛看不太清楚了。」

「1999 年，他們家在空軍指揮學院的房子也被收走，于長新的太太也沒地方住，流離失所。他太太也煉法輪功。後來，她在街上講法輪功真相的時候，被公安局抓捕，還判了他太太好多年。」

江澤民強行重判于長新 軍隊高層譁然

江澤民鎮壓法輪功最早是從軍隊系統開始的，于長新教授的遭遇就是最典型的例子之一。

據《真實的江澤民》一書介紹，「4‧25」之後，因為江澤民點了于長新的名，所以于早就被空軍指揮學院的高層給軟禁起來了，專門為他辦了兩個月的「轉化」學習班。學習班上，于教授慈悲地告訴對方：「我一位 74 歲的老人，祖國第一代試飛員、二等功臣、空軍學院的高級教官、著名教授，就連空軍指揮學院現在使用的教科書都是由我主編定稿的。論資歷，我比你們在座的誰都高，試問像我這樣的人能輕易相信什麼嗎？能是非好壞都不分嗎？我修煉的親身體會告訴我，我煉法輪功沒有錯，法輪大法是真正的科學。」

兩個多月過去了，他們一看于長新教授如此地堅定，沒了辦法。最後在江澤民的淫威逼迫下，祕密審判，處以 17 年徒刑。很多退休的軍隊領導對此判決表示不滿。

于長新教授的妻子姜昌風被趕出空軍指揮學院，家門上被打上封條。接著姜昌風也被祕密判刑十年。于長新被祕密關押在北京朝陽區「空軍小紅門看守所」裡，與世隔絕。

空軍「610」辦公室的官員們都曾是于教授的下級，對于長

新教授的無端遭受迫害終究挺不下去了。空軍「610」上報中央「610」辦公室，希望讓于長新自由。中央「610」辦公室在江澤民的控制下回絕了空軍「610」的請示。

中共軍方高幹很多人修煉法輪功

李洪志先生在 1992 年 5 月開始傳法，當時在北京紫竹院有一個相當大的煉功點。紫竹院附近有許多退休老幹部，有的是部隊的退役將軍，也有的是國務院或中央機關的退休高幹。這些人的資歷比江澤民、朱鎔基、羅幹、李嵐清等人老得多，15 大的這些常委原來都是他們的下屬，屬於小字輩。

這些退休幹部練氣功的人非常多，互相之間也走動很頻繁。他們開始煉法輪功後，也向後來這些身居高位的下屬介紹過法輪功。

從 1992 年開始，各大部委就有人開始煉法輪功，人數越來越多，有的在任副部長也煉。從部長、副總理到人大委員長、副委員長、政協主席、副主席，很多人都看過《轉法輪》。

中共七個政治局常委的妻子中也有人煉法輪功。當時法輪功因其對人身體和精神道德的改善作用巨大，人傳人，速度遠遠超過一般人的想像。到 1999 年，大陸真正看過《轉法輪》的超過一億人。

即使在 1999 年鎮壓法輪功後，中共政府各大部委高層和軍隊將領絕大部分都堅持修煉法輪功。每年，海外明慧網都收到大量來自大陸公安、司法、軍隊、政府部門大法弟子給法輪功創始人李洪志先生拜年的賀卡和賀詞。

第二節

一個保利集團女軍人的苦難

　　梁婷婷，女，江蘇人，1962 年生，1995 年廣州軍區轉業。曾被中國保利集團保利南方總公司任命為廣東保南能源交通發展有限公司副總經理。1995 年年底開始學法輪大法，按「真、善、忍」做好人，身心昇華。1997 年兩次向中央和政府高層反映她所任職的保南公司腐敗問題、檢舉廣東省經委部分官員和軍界的一些腐敗跡象，被無理「辭退」。

　　1999 年法輪功遭受誣蔑鎮壓迫害後，梁婷婷堅持修煉法輪功，並不顧個人安危開始她的反腐敗義舉，將其掌握的腐敗證據線索製作成光盤廣傳世人。文章中她明言，自己是因為學了法輪功以後，喚醒了良知，認識到權錢交易的事是不能做的，進而覺得對貪腐行為不管不問嚴格講也是縱容犯罪，因此才選擇了反腐的義舉。光盤傳開後，她遭到各級不法人員的追蹤迫害，被迫流離失所。

　　梁婷婷在公開信中寫道，「我 1994 年下半年擔任廣東保南能源交通發展有限公司副總經理兼財務經理。這個公司表面上只有幾個人，不做合法生意，但卻長期擁有非常巨大的存款。94 年底僅兩個月就有近 1 億元人民幣進帳。一個不做合法生意、僅有幾個人的公司怎麼會有這樣接近天文數字的款項進帳呢？很明顯，這裡至少涉嫌洗錢。只要是洗錢，就是和走私、販毒、黑社會聯繫在一起的。他們也公開對我講過：有一名董副總，因為意見不合，被『人間蒸發』了。

　　走私，將有多少國家利益受到損失呢？販毒，將會使多少家庭陷入痛苦的深淵呢？所以，1997 年 5 月份，我下決心揭露這個社會的大毒瘤。大家想一下，揭露涉嫌洗錢、走私、販毒、黑社會的事件，有多大的危險性？它和普通的腐敗案件是絕對不同的。真正查清楚了，有的人是要掉腦袋的。而且，如果他們所言屬實，他們直接涉及人命案。事實上，從 97 年開始，我一直在死亡線上生存，不知有多少次避開了對方設下的『死亡陷阱』，為此我歷盡磨難，吃了很多的苦。曾有一次，我一個人在深山的森林中過了十多天，餓得昏迷了，被農民發現後背回家，救了一命。我個人的 200 多萬財產以各種方式回給了社會。幾年來，我一邊做保姆、打零工，一邊用掙來的錢把這個毒瘤的犯罪線索製作成光盤，寄給各級政府的相關部門。」

　　2001 年底梁婷婷被廣州東山區達道路派出所無理綁架，強行送到東山區所謂的「法制學習班」洗腦迫害。梁婷婷堅修煉法輪功，不配合邪惡的各種要求，在 2002 年 11 月因長期絕食（約 3 個月）抵制邪惡的迫害，被轉送到廣州市所謂的「法制教育學校」遭受更殘酷的折磨，在 2003 年 3 月 10 日出洗腦魔窟時體重從 60 多公斤下降到只有 30 多公斤，氣若遊絲、生命垂危。

出來後，梁婷婷將其被「610」迫害的情況並申訴信和先前的檢舉腐敗線索作成光盤廣為散發，讓世人明白真象，2005 年又再度被綁架。2005 年 3 月 16 日上午，梁婷婷被廣州東山區 610 主任許鉅波、崔德星一行約十人非法綁架劫持。當時她是依樂景居委會通知，前往辦理失業證，剛到 5 分鐘，東山區「610」和派出所八、九個人一起湧進來，逼著梁婷婷寫所謂「三書」（悔過書、轉化書、保證書），還問她反貪是什麼目的，不寫就別想走。

在所謂「法制教育學校」裡，梁婷婷遭受慘無人道的迫害。在遭受酷刑折磨的同時，她還被精神折磨。她被關在一個小屋子裡，一天 24 小時被強迫觀看造謠誣陷法輪功的電視節目，警察不分晝夜地用「車輪戰術」圍攻她，並使用侮辱人格的各種方式折磨她，企圖達到所謂「轉化」她的目的。

她在申訴信中寫道：「他們強迫我認可民政部和公安部的通告是法律，我要他們找來《社會團體登記管理條例》，此條例明確規定，社會團體登記的條件是有十萬元資產，有固定的辦公場所，有領取工資的專職人員……法輪大法研究會完全不具備上述任何條件，不能適用《社會團體登記管理條例》，所以民政部根據《社會團體登記管理條例》來認定法輪大法研究會是非法的，本身就立不住腳，公安部的通告是根據民政部的通告制定的，民政部的立不住，公安部就更立不住了，所以我從法律上論證了江澤民鎮壓法輪功的所有「法律依據」都是站不住腳的，是非法的。

另外人大制定的是法律，國務院制定的是法規，國務院下屬的民政部、公安部制定的只是通告。通過玩弄騙術，以不能成立的『通告』凌駕於憲法之上，剝奪憲法規定的公民信仰自由、上

訪權利和所有的人權，更是荒謬。

　　我正告他們，他們對我的種種惡行，按照刑法已構成刑事犯罪。他們氣急敗壞，用盡人間最惡毒的語言辱罵我，楊永成（男）有一次在三樓的一個大房子裡連續咒罵我幾個小時……。連續幾天不讓睡，通宵罰站不讓動那是最輕的迫害了。當時我的全身都站腫了。

　　惡幹警和保安覺得我『特別能站』，站不垮，就又進行更瘋狂的迫害：強制我向前彎腰九十度，繩子打一個圈套在脖子上，繩子的另一端被女惡保安姜紅踩在腳下，不讓我頭抬起來，繩子越踩越短，我的頭幾乎觸地，這時他們就把繩子猛的提起來，繩子吊著我的脖子使整個人差點懸空扔出去，人幾乎斷氣，接著放下來再重複彎腰迫害。

　　我的臉被惡人姜紅打腫了，脖子被繩子磨破了。在最冷的冬天，姜紅往我臉上潑涼水，不讓穿鞋……，通宵折磨著，一天，兩天，……我的身體迅速惡化，吃什麼吐什麼，完全失控，滴水都不能進了。

　　殘酷迫害使我的身體惡化，最後體重下降到三十多公斤，剩下一把骨頭，（我的正常體重是六十多公斤），氣若遊絲。後來我被抬到了廣州市東山區人民醫院，醫院醫生都對我束手無策，認為『沒救了』。在這種必死無疑、我母親又來廣州要人的情況下，廣州市東山區『610』和『廣州市法制教育學校』怕承擔責任，才讓我回江蘇父母家，並且派了三個人非法押送我回去，還要求當地有關部門不斷的登門查看、騷擾我。……」

第三節

軍隊法輪功學員遭迫害實例

　　江澤民集團發動對修煉真善忍的法輪功群眾慘無人道的迫害，已長達 15 年，由此導致了幾百萬法輪功學員死亡，數以百萬計的家庭破碎，其中包括在大陸軍隊系統修煉的法輪功學員。

　　據「明慧網」報導，遼寧大連地區是中共駐軍最多的城市之一。1999 年 7 月 20 日之前，上至將軍，下到士兵，有成百上千的將士修煉法輪功，當時的大連海軍艦艇學院就有 200 多人修煉。其中有大校、上校軍銜的師團級軍官和學員；軍隊幹休所離退休的老幹部也有修煉法輪功的；有的一家多人修煉。煉功後，他們很快就把「藥簍子」扔了，成了身體健康、道德高尚的人。

　　1998 年 2 月 21 日，《大連晚報》報導了大連海軍艦艇學院法輪功學員袁紅存救人的事蹟。1998 年 2 月 14 日下午，袁紅存從大連自由河冰下三米，救出一名掉進冰窟窿的兒童，學院為他榮記二等功。當時袁紅存已經修煉法輪功二年。像袁紅存這樣因

修煉法輪功做好人的例子普遍存在。據悉，這是法輪功的理念「真善忍」決定的，做事先為別人著想，與人為善。

然而，中共開始迫害法輪功後，軍隊系統的法輪功學員也經歷了巨大魔難，甚至多人被迫害致死或非法判刑。

丁翰將軍含冤而死

丁翰將軍是原海軍旅順基地政治部的代主任、軍級老幹部，一生研究所謂「馬列理論」，是一個無神論者，他修煉佛家功後，在軍內外影響很大。

1996 年 5 月丁翰成為一名法輪大法修煉，修煉後，病都好了，身心健康。丁翰將軍修煉前後的變化，讓人看到了大法的美好和神奇，在他的影響下，有上百人走入大法修煉。

1999 年 7 月 20 日，中共開始迫害法輪功，大連老虎灘幹休所連開三次黨小組會，對丁翰實施高壓迫害，強迫他放棄修煉，導致丁翰出現腦血栓，於同年 11 月含冤離世，終年 77 歲。

離休幹部之死

楊玉山是大連市軍隊離退休幹部第一服務管理中心的離休幹部。1994 年 7 月，楊玉山開始修煉法輪功，他的糖尿病痊癒，無病一身輕，身體非常健康。老伴修煉法輪功後，多年產後風、貧血、低血壓等疾病都好了，為個人、單位節省了醫藥費。他們每天學法、煉功，一家人過著幸福快樂的生活。

中共迫害法輪功後，楊玉山和老伴多次被綁架、抄家、罰款。

在桂林街派出所，惡警抓著楊玉山的頭髮往牆上撞擊，打耳光，一直把他打倒在地，鼻子鮮血直流，那時，他已經 70 多歲了。

2007 年大連達沃斯會議期間，楊玉山被軟禁 8 天，回家後，經常摔跤，精神恍惚，吃不好，睡不好，導致半身不遂，生活不能自理。2008 年 9 月 5 日，楊玉山含冤離世，終年 76 歲，

軍醫學校副師級教師被非法判刑

王衛真是瀋陽軍區大連軍醫學校老師，技術七級，副師級待遇。修煉法輪功前，王衛真一身病，用她的話講：「這個身體就像一台破車，散架了，渾身疼痛難受，沒有好的地方，只有腦袋還清醒。」作為醫生的她，卻醫治不好自己的病，尋遍名醫名院，就是治不好病，每天在痛苦中煎熬。

1996 年，王衛真開始修煉法輪功，她按「真、善、忍」的特性要求自己，做好人，對職稱、名利看淡了，一身的病都好了，精力旺盛，人看上去年輕了十多歲，教書育人，得心應手。煉功後的神奇和超常令同事、同學、親朋震驚。

1999 年 7 月以後，軍隊開始迫害法輪功，王衛真被軍隊非法關押八個月，每天被戴手銬。

2012 年 5 月 18 日中午，王衛真在大連友嘉超市索要自己存放於儲存箱中的手機，被桃源派出所警察綁架、抄家，劫走現金 8000 餘元。在派出所，王衛真被戴手銬、腳鐐、黑頭套，背銬一天一夜，非法關押 48 小時，非法拘留 1 個月，因體檢不合格，看守所拒收，6 月 20 日下午回家。

2014 年 3 月 19 日，中山區法院對王衛真非法開庭，王衛真

對公檢法的迫害，一概不簽字。她指出：「公民有信仰自由，任何違背公民信仰自由的行為都是違法的。」

機場軍官

韋丹權原是海軍航空兵河北山海關機場的軍官，為人真誠善良，由於堅持修煉法輪功，遭強制轉業。2008 年 6 月，韋丹權被判刑四年，關押在唐山冀東監獄。在獄中屢遭酷刑摧殘的韋丹權罹患了嚴重肺結核、心臟病、胸膜炎等疾病。

他的朋友李先生說：「軍隊裡邊迫害也比較早，力度也比較大，關禁閉、辦班、洗腦。他遭的罪太多了。」

姜年祥是轉業軍官，在大慶採油一廠三礦工作，人品出眾才貌雙全；妻子邢玉珍原是大慶市第六中學優秀教師。兩人修煉法輪功以後，按照真、善、忍的標準做人，深得同事及親友的讚許，卻在中共的殘酷迫害中，家破人亡。

2003 年，姜年祥被大慶市讓湖區法院判刑 6 年，2008 年 9 月出獄時，正值壯年的他被折磨得骨瘦如柴、頭髮花白、喪失勞動能力，2011 年 3 月 27 日含冤離世，年僅 50 歲。

1999 年江澤民集團開始迫害法輪功初期，時任北京空軍司令部少校軍官的胡志明就被關押兩個多月，強迫他放棄修煉。

胡志明 2000 年被強行復員後，多次被抓捕屢遭酷刑迫害，先後兩次被判刑共 8 年，2005 年被關押期間，還被注射不明藥物，生命幾度垂危。經過多方營救，胡志明通過聯合國難民申請，後抵達美國。他呼籲更多的人來幫助制止中共對法輪功的殘酷迫害。

第四節

軍隊在迫害法輪功中的作用

　　中共軍隊不是國家的軍隊，也不是人民的軍隊，而是中共的黨衛軍，是中共暴政的工具。中共軍隊從打內戰起家，在國家經歷外來侵略的抗戰時期，躲在遠遠的大後方發展實力，抗戰結束後，就跑出來打內戰。中共把其軍隊稱為「人民解放軍」，不管平時如何的宣傳「軍民魚水情」來欺騙和迷惑老百姓，可是每每在重要時刻，都站到人民的對立面，都是中共用來鎮壓和屠殺中國人民的工具，從新疆屠殺少數民族、文革中在廣西公開動用軍隊鎮壓老百姓，到 1989 年「六四」時在北京街頭大開殺戒，1999 年直接動用軍隊迫害法輪功。

　　中共對軍人的洗腦嚴重，對軍人的思想控制嚴厲。中共對法輪功的大肆造謠、誣陷，使得軍人完全不明真相，加上中共軍隊的流氓化、黑社會化、納粹化，軍隊充當了江氏集團系統性迫害法輪功的「得心應手」的工具。由於中共對軍隊的嚴密控制以及

軍隊保密等特殊性質，現在外界對中共軍隊系統在迫害法輪功中的作用了解十分有限，當真相大白於天下的時候，人們將會看到中共利用軍隊迫害手無寸鐵的無辜善良民眾的全部罪惡。

一、中共軍隊直接參加迫害法輪功

反觀中共的歷史，人們就會發現，中共的鬥爭哲學把人民都視為假想敵人，並且在實踐中進行「假敵真打」，發動了一次又一次的政治運動，今天打這個，明天鬥那個。自掌權以來，中共已經虐殺了多達 8000 萬無辜的中國人。

1999 年 7 月 20 日，江澤民由於個人的妒嫉，把法輪功視為敵人，發動了中共對法輪功的血腥迫害。全國各地有大批大批的法輪功學員去北京和各省市政府部門上訪，反映法輪功的真實情況。由於上訪的法輪功學員人數眾多，警察已經不夠用了，於是中共的軍隊（尤其是武警）直接參與截訪和非法抓捕上訪的法輪功學員。在北京和許多城市的政府部門，在天安門廣場，以及北京附近通往北京的重要路口，大批軍人把守路口，截堵和非法抓捕上訪的法輪功學員。

中共一直把軍隊作為其能夠耍流氓、虐殺人民的最強力的保證，是中共迷信強權政治的精神支柱，是江氏集團有恃無恐窮凶極惡地迫害法輪功的依靠。從一開始，江澤民就下令中共軍隊直接參與迫害。如果沒有軍隊的直接加入，那麼迫害從一開始就難以繼續下去。

中共非法抓捕了大量法輪功學員，把他們非法關押在監獄和勞教所裡，這些監獄和勞教所的外圍都有武裝警戒。

中央軍委直接制定系統性迫害政策

從 1999 年到 2006 年 5 月份，中共中央軍委開過六次「處理涉外宗教問題」專門性會議，主要就是針對法輪功。

據來自軍隊系統的「瀋陽老軍醫」指證，省一級政府有權在所轄軍區的監管之下設立重刑犯罪分子的「資源再回收」機構，這是中共中央軍委在 1962 年就有的文件，而且一直沿襲至今。根據該文件規定，死刑及罪大惡極的重刑犯罪分子可以根據國家及社會主義發展需要進行相應的革命化處理，在文革期間最大的「革命化」處理就是食用，就是用來做食物，其次是建立各種工程及進行生產作業。

根據 1984 年的一項補充規定，重刑犯的器官移植被合法化，許多地方公檢法部門對待該問題基本上要麼是直接移植然後火化，要麼擊傷進行形式死亡儀式後直接移植然後火化。進入 1992 年後，實際上完全公開化了，由於許多行業的發展，人體成為昂貴的工業資源原料，活人甚至死人屍體成為原料。

中共中央軍委的文件和由此而做出的補充規定，成為中共系統性地非法活體摘取法輪功學員器官的「依據」。

二、解放軍總參謀部直接參與迫害法輪功

解放軍總政治部負責給中共軍人洗腦、控制軍人的思想，是中共寄生在軍隊身上的附體，從政治上貫徹執行江氏集團的迫害命令。然而總參謀部作為軍隊的指揮系統，在迫害法輪功中同樣起著極壞的作用，把其擁有的情報、間諜和軍事技術用於迫害法

輪功,包括收集所謂的「法輪功情報」、監聽國際通訊、組織針對法輪功創始人李洪志先生的暗殺活動等等。

情報機構針對法輪功的特務活動

中共的情報系統由軍隊、國安、公安組成,其中軍方手段最高。總參謀部下屬的二部(總參二部)是軍方的主要情報機構,負責管理內外勤特派人員及駐外各國武官,搞特務活動。這幾年來,中共向海外派遣的很多特務,很多是專門針對法輪功的,收集所謂的「法輪功情報」,向中共高層提供假情報,欺騙不明真相的人,為迫害製造藉口;在海外散布謠言,誣陷法輪功,使得很多人受其矇騙,以達到孤立法輪功的目的。這些特務中有多少來自國家安全部,多少來自總參謀部目前還不得而知。

自江澤民迫害法輪功以來,法輪功學員在世界各地經常受到中共特務的騷擾、威脅。中共控制的最為嚴密的兩個部門——駐外使領館(海外)和「610」(國內)中,兩名被安排負責監控、迫害法輪功的官員陳用林和郝鳳軍在澳洲棄暗投明,站出來揭露中共種種見不得光的迫害法輪功的內幕。

陳用林證實說,澳洲有近千名中共間諜。郝鳳軍證實了陳的說法,他說中國有強大的間諜網絡在海外運作。陳同時揭露中共對當地法輪功的政策有16字方針,即:「針鋒相對、主動出擊、爭取(澳洲政府)支持、贏得(澳洲公眾)同情。」從他們提供的線索可以證實,中共將國家恐怖主義之手從國內伸向海外,實施群體滅絕犯罪。

澳洲《時代報》(The Age)2005年6月8日報導,中共大

使館為了破壞法輪功的活動而採用了多種間諜手段,如監視、大規模竊聽電話甚至闖入學員私人住宅等。

失敗的暗殺陰謀

據《江澤民其人》一書透露,1999 年,在江澤民企圖用減少五億美元的貿易順差為條件引渡法輪功創始人未果後,就由曾慶紅向特務部門祕密下達了暗殺令,由國家安全部和總參謀部聯合組建了一個特別行動組,專門負責搜集法輪功創始人的行蹤,招募、訓練殺手,準備暗殺李洪志先生。

2000 年 12 月,江獲悉法輪功創始人準備到台灣講法的消息後,即由曾慶紅祕密派人與台灣的黑社會組織接觸,以 700 萬美元重金收買殺手,準備暗殺行動。由於法輪功創始人早已知曉他們的動向,最後時刻才宣布改變赴台計畫,致使江的暗殺計畫落空。

不甘心的江澤民與曾慶紅惱羞成怒,給特別行動組下了軍令狀,要求不惜一切代價進行暗殺,密令國家安全部和總參謀部聯合組建了一個特別行動組,招募訓練一批亡命之徒。這個行動組的宗旨就是不惜一切代價乃至生命製造事端,栽贓陷害,誤導輿論民意去敵視法輪功,並尋機暗殺法輪功創始人。江澤民特批50 萬美金招募由婦女組成的「敢死隊」,仿效「斯里蘭卡猛虎組織」,把她們訓練為「人體炸彈」,準備派遣到美國,等法輪功創始人參加學員心得交流會時,冒充法輪功學員、靠近法輪功創始人,以身體引爆。

不久,在2001 年香港法輪功心得交流會前,江、曾得到密報,

法輪功學員將在 1 月 13 至 14 日在香港舉行會議，法輪功創始人將在 1 月 14 日的會議上發表講話。江澤民立即下達密令，要不惜一切代價抓住這次在中共地盤動手的機會。於是總參謀部、國家安全部及公安部三方聯手，立即制定了一個代號為「114」的暗殺行動計畫，當時東南亞和北美等地的中共海外情報機構都進入特別狀態，香港及澳門幾乎所有的黑社會集團均被中共威逼利誘而涉入暗殺行動。此計畫指定由港澳地區黑社會集團實施直接暗殺，這樣中共就可以避嫌。對此祕密的安排，江澤民自信萬無一失。

但 1 月 14 日李洪志先生沒有出席會議，暗殺又一次落空。這時，暗殺團才知道李洪志先生已經洞悉刺殺陰謀，江澤民極為得意的這個暗殺計畫徹底落空。多次刺殺未果，江的心裡開始膽戰心驚。江的別動隊也一個個莫名其妙接連遭遇車禍等意外事故而最終解體。刺殺陰謀最終不了了之。

監聽國內外通訊

在國外大肆進行特務恐怖活動的同時，總參謀部下屬的三部（總參三部）利用其先進的軍事通訊技術（包括技術偵察，監聽、密碼破譯、無線電偵察等），調用大批人員（據稱有十萬之眾）負責監聽所有國際長途電話，特別是監控有關法輪功的通訊。

總參還不斷把開發出的先進軍事技術拿來針對法輪功煉功群眾。例如，總參謀部第五十四研究所（屬總參謀部四部）開發研製「語音識別系統」。這個「語音識別系統」被利用來識別法輪功學員的聲音：先利用電話問詢的方式錄下法輪功學員的聲音，

被錄音的法輪功學員在以後的通訊中，這個系統都能通過聲音識別出來。

在國內法輪功沒有任何說話機會的情況下，海外法輪功學員創辦了一些合法的網站。中共特務攻擊這些海外的網站，非法侵入法輪功學員的私人電腦，植入病毒、木馬，竊取所謂的「情報」。跡象表明，這些中共特務使用的網路技術極有可能來自總參謀部開發和管理的軍事技術。

2006 年 5、6 月份，中共公安部層層傳達文件：要不惜一切代價、利用一切可運用的科技手段監控法輪功。2006 年 11 月，有知情人士向「明慧網」透露，中共在東海艦隊（總部在浙江省寧波市）建立了一個對全國範圍內進行監控掃描手機的信號監聽塔，對撥打和接聽所有手機進行監聽、掃描，凡中共感覺敏感的語音，就進行鎖定、跟蹤、追查。「法輪功」一直是其進行監聽的最敏感詞語之一。

三、解放軍總後勤部是活摘器官的核心管理機構

在江澤民對法輪功實行「名譽上搞臭，經濟上搞垮，肉體上消滅」的密令下，中共軍隊的醫療系統對法輪功學員進行另一種殘忍至極的迫害。

強制在法輪功學員身上做「人體試驗」

著名英國科學雜誌《自然》於 2005 年 5 月 12 日以《中國臨床試驗：不需患者同意》為題，發表實地考查文章，指出中國

臨床醫學研究的道德嚴重失控，中國的研究員和醫療專家對醫療道德規章和患者「知情同意書」了解甚少；一些倫理審查委員會（IRB）人員，卻總期望走捷徑。

中國地方上的醫院做人體試驗都不徵求患者同意，中共的部隊醫院就更加肆無忌憚了，在沒有得到受試驗人的同意下，在活體上進行藥物人體試驗，其中許多受害者是被強制試驗的法輪功學員。

據內部透露，中共在一些被監禁在醫院裡的法輪功學員身上做了不少試驗，有的人被注射了不明藥物，痛苦到滿地爬、撞牆，最後在極度煎熬中死去，並立即被火化。

偽造文件 活摘法輪功學員的器官

根據中共中央軍委可以對「死刑犯」、「重刑犯」進行「革命化處理」的指令，中共非法活體摘取器官很早就開始了。由公安、法院、監獄、醫院串通一氣，其中醫院部分早期主要是軍警系統的醫院（軍隊醫院、武警醫院和公安醫院），地方醫院後來也大規模地參加了。

法輪功被中共「假敵真打」、定為「階級敵人」後，中共中央軍委的「革命化處理」就應用到法輪功學員身上。於是法輪功學員成了中共非法摘取器官的活體庫。

器官移植的管理系統是軍隊，該類事情的管理及機構的核心是軍事系統，具體就是解放軍總後勤部。總後勤部管理全軍的醫療衛生，下面還設有一個衛生部。軍隊有 150 多家醫院，絕大部分都開展了器官移植，在非法活體摘取法輪功學員器官的罪惡中

起主要的作用。

經過近半年繼續深入調查，2007 年 1 月 31 日，加拿大調查員大衛·麥塔斯和大衛·喬高公布了調查報告的增補版，並且也證實中共軍方廣泛參與活體摘取法輪功學員器官的罪行。

特別軍事監管管理區（特別軍管區，即集中營）

軍事設施是指直接用於軍事目的的建築、場地和設備，它們是軍事禁區或軍事管理區。很多軍事設施都是絕密的，不為外界所知。中共用一些軍事禁區大規模非法關押法輪功學員，這些軍事禁區成為迫害法輪功學員的集中營。據知情人根據自己了解的情況透露，這類集中營在全中國有 36 個。

中國國土七分是山，在群山環抱的山脈裡，有許多軍事用途的山洞，許多重要軍事設施、國防倉庫轉入地下深處。這些山裡的軍事設施大多都是絕密的，並且能容納的人數眾多，小的都可以裝一個團的人（千人以上）。

除了軍事禁區之外，在毛的「深挖洞」時期，在許多城市修建了四通八達的地道網。這些早期的所謂人民防空工事，後來和經濟發展與城市建設相結合，現在全中國已構築大量各類防空工程。例如，1979 年黑龍江省哈爾濱市因資金困難停止延伸建設的一項防空工程，該工程埋深 21 米，高 6 米，寬 7.3 米，建成總面積 11 萬 1800 平方米，全長 9.5 公里，全部鋼筋混凝土結構。全中國有多少類似這樣的人防工程？這樣的人防工程能夠藏匿很多人。

被非法關押在集中營裡的法輪功學員被迫做苦力，也成為器

官移植活體庫的重要來源。2006年3月，中共活體摘取法輪功學員器官的暴行被揭露出來後，中共為了掩蓋罪惡，對許多法輪功學員進行轉移。例如，一些法輪功學員被轉移到所謂「大後方」的重慶附近（萬州）的防空工程洞裡。

軍隊走私活人、販賣活體器官

中共軍隊極其腐敗，走私歷史久遠，早在延安時期就種植鴉片，走私毒品。江澤民掌權時期，中國道德開始全面淪陷，軍隊武裝走私越演越烈，陸海空三軍相互勾結從事走私，成為超級走私集團。其中海軍更利用其優越的條件，向境外走私。據分析指出，中共軍隊走私物品包羅萬象，如石油、電器、汽車、鋼材、香煙、通訊器材、黃金、武器、毒品等等。總之，只要差價大有利可圖，軍隊都敢走私。

中共對法輪功進行其「革命化處理」，法輪功學員的器官就成為中共非法攫取暴利的商品。據「瀋陽老軍醫」透露，中共向境外走私出口活體供器官移植，其中大多數是法輪功學員。據海外媒體報導，中共海軍利用得天獨厚的條件和優勢，進行活人出口／走私法輪功學員。由於中共對信息的嚴密封鎖，目前還無法直接證實。

地方武裝（民兵）

除了軍隊、武警直接參與迫害法輪功之外，地方「610」、公安等和地方武裝部勾結，利用民兵迫害法輪功學員，用民兵、

警察和其他閑雜人員巡邏、蹲坑，跟蹤、抓捕法輪功學員。

強權戰勝不了人性

中共軍隊活體摘取法輪功學員器官來攫取暴利，這種地球上前所未有的邪惡，令天地震怒。中共瘋狂到了頭，已經惡貫滿盈，這也就是天滅中共之時。良知尚存的軍人應該退出中共，不要與惡黨為伍，為其陪葬。

中共迷信強權和武力，結合、勾結黨政軍迫害修煉「真善忍」的民間修煉團體，可見其瘋狂和邪惡。然而暴力改變不了人心，歷史上一切迫害正信的都以失敗告終，中共貌似強大的軍隊在佛法面前也是渺小的，迫害是注定要失敗的。

第五節

法輪功簡介及大事記

　　法輪功也稱法輪大法，是由李洪志先生於 1992 年 5 月傳出的佛家上乘修煉大法，以宇宙最高特性「真善忍」為根本指導，按照宇宙演化原理而修煉。經億萬人的修煉實踐證明，法輪大法是大法大道，在把真正修煉的人帶到高層次的同時，對穩定社會、提高人們的身體素質和道德水準，也起到了不可估量的正面作用。

　　法輪大法的最主要著作《轉法輪》裡，包含了從修煉入門到修煉圓滿所需的一切法理。學煉者只要不斷的反覆通讀《轉法輪》，就會逐漸領悟到修煉所需的許許多多的高深內涵。

　　網路版《轉法輪》請見：http://falundafa.org/book/chigb/zfl.htm

圖解法輪功大事記

　　編按：應大陸讀者要求，以下簡單介紹法輪功，進一步了解

請詳見明慧網 http://www.minghui.org/。圖片來源：明慧網。

法輪功是上乘的佛家修煉大法，以宇宙特性「真善忍」為原則，包含五套緩慢、優美的功法動作，1992 年 5 月 13 日開始在中國社會公開傳授。法輪功認為，「真善忍」是宇宙中最根本的特性，也是衡量宇宙中好與壞的標準。修煉者只要反覆靜心通讀《轉法輪》，努力按照書中要求，提高個人心性並輔以煉功，短時期內就能達到意想不到的高層次，返本歸真。

據明慧網報導，法輪功一切活動都公開、免費，五套功法簡單易學，不分男女老少都可自願參加。目前《轉法輪》一書已被翻譯成 38 種語言，全球有 100 多個國家及地區的 1 億多民眾修煉法輪功。全世界有 110 多個法輪功網站，法輪功在海外獲得了超過 1000 項褒獎與支持議案。

然而在大陸，法輪功遭受史無前例的迫害已超過 15 年，上億民眾的基本人權被剝奪，數百萬人被害死，甚至被活體摘除器官。江澤民集團為鎮壓法輪功而動用的財力達國家經濟資源的四分之一。

■ 1992 年 5 月 13 日，李洪志先生首次在中國東北長春市開始公開傳功講法。到 1994 年 12 月 21 日，李洪志先生應中國各地官方氣功科學研究會邀請，先後在中國各地舉辦講法傳功班 56 次，每期約 10 天，數萬人次親自參加傳授班。

1993 年 3 月李洪志先生在武漢第二期傳授班上講法傳功。

■李洪志先生 1992 年 12 月率弟子參加北京「東方健康博覽會」，成為該屆博覽會中榮獲獎勵最多的氣功師；法輪功的神奇治病效果在博覽會引起廣泛關注。

1992 年 12 月北京東方健康博覽會期間所拍到的景象。

■ 1993 年李洪志先生再次率弟子參加北京「東方健康博覽會」，榮獲博覽會最高榮譽「邊緣科學進步獎」和大會「特別金獎」及「受群眾歡迎氣功師」的榮譽稱號。

■ 1994 年 12 月，李洪志先生出版《轉法輪》。截止目前，《轉法輪》已被翻譯成 38 種語言，還有更多語種的翻譯正在進行。

《轉法輪》已經被翻譯成 38 種語言。圖為 2002 年的年度世界書展在新加坡舉行。

■ 1995 年 3 月，李洪志先生開始到海外傳播法輪功，先後在法國、瑞典、澳洲、美國、台灣、德國、新加坡、瑞士等國家和地區講法。

1995 年 4 月李洪志先生在瑞典哥德堡辦學習班。

■至 1999 年，法輪功已廣傳 30 多個國家和地區，據中國大陸公安調查估計，煉法輪功的人數達到 7000 萬至 1 億。

1998 年 5 月瀋陽市法輪功學員在煉功。

■1999 年 6 月 10 日，在當時中共國家主席江澤民的個人意志和獨裁權力下，中國大陸成立了凌駕於國家憲法和法律之上的全國性恐怖組織「610 辦公室」，開始非法抓捕迫害法輪功學員。

■1999 年 7 月 20 日，中共江澤民政權開始全面非法鎮壓法輪功，運用國家機器造謠，誣衊和構陷法輪功及法輪功修煉者。迫害範圍廣，手段殘暴為現代歷史所罕見。

2000 年法輪功學員在天安門廣場和平請願，遭到警察及便衣的毆打。

■1999 年起至今，法輪功學員在全世界和平講真相，全世界各國政府機構、議員、團體組織等對法輪大法和創始

人頒發的褒獎及感謝狀達 1358
項。自 2000 年起，李洪志先
生四度獲諾貝爾和平獎提名。

■ 2001 年 1 月 23 日下午
天安門廣場發生了所謂的五人
「自焚」事件。同年 8 月 14 日，
國際教育發展組織（IED）發
表聲明指控整個事件是由中共
政府一手導演的。

警方在天安門自焚偽案中擺弄防火毯。

■ 2003 年成立「追查迫
害法輪功國際組織」，由全球
法律界人士近百人組成。主要
任務為在各國提出控告迫害法
輪功的凶手：中共國家主席江
澤民已被告上聯合國及美國法
庭，並已開始審理，江若因私
事出國即被逮捕；另有九名對
迫害法輪功負有責任的中共官
員也已在歐洲和北美被起訴，
其中湖北省公安廳副廳長趙志
飛已被美國法庭宣判有罪，若
其再入境美國就會被逮捕。

2003 年 9 月 18 日，「追查迫害法輪功國際組織」
協助加拿大法輪功學員揭露迫害。

2004 年 11 月 16 日，受迫害的法輪功學員在加
拿大渥太華國會山公告已將江澤民告上法庭。

■ 2006 年 3 月，多位證人指證中共在遼寧省瀋陽市蘇家屯設立祕密集中營，關押數千名法輪功學員，活體摘取器官牟利並設焚屍爐毀屍滅跡。據透露，在中國類似的集中營有 36 個。消息傳出之後引起外界強烈關注。

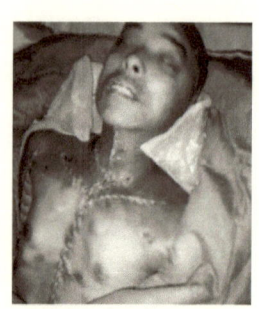

黑龍江省 44 歲法輪功學員王斌於 2000 年 9 月 24 日在大慶男子勞教所受虐致死；內臟被摘取，心臟、大腦被剖出。

■ 2006 年 4 月 4 日成立「法輪功受迫害真相調查團」（CIPFG），成員由全球五大洲共 400 多位各國政要、律師、醫生、記者等社會菁英義務組成，旨在全面調查中共非法關押法輪功學員的勞教所和祕密集中營以及對法輪功的迫害真相。

CIPFG 成員、前加拿大外交部亞太司司長大衛‧喬高（左）、CIPFG 華府代表基斯‧威爾（中）與美國國會眾議員伊麗安娜‧羅斯-雷婷恩。

■ 2006 年 7 月 6 日，公布對中國集中營活體摘除法輪功學員器官並焚屍滅跡暴行的獨立調查報告，結論為：「根據我們現在所知道的部分，我們很遺憾的得出了這些指控都是真實的結論。我們相信直到今天仍然持續不斷有大規模法輪功學員被摘除器官。」報告全文可從線上下載，網址為：http://investigation. redirectme.net。

■2007 年 8 月 9 日：「法輪功受迫害真相聯合調查團」在希臘點燃「人權聖火」，巡迴全球。在世人關注北京奧運之際，呼籲國際社會揭露並制止中共不斷加劇對人權的侵犯迫害，尤其是其對法輪功群體的迫害屠殺。接力經過全球五大洲 30 國、包括香港和台北在內的上百座城市，喚醒國際社會重視中國的人權問題。

2011 年 7 月 9 日波蘭法輪功學員到波蘭西南城市 - 弗羅茨瓦夫（Wroclaw）市進行反迫害徵簽活動。

2007 年 5 月 3 日正在美國傳遞的人權聖火抵達南加州的聖地亞哥市，並於市中心的巴博雅公園舉行集會。

■2008 年 1 月 1 日，「法輪功受迫害真相聯合調查團」（CIPFG）在香港發起全球「百萬簽名」反迫害徵簽活動。到同年 7 月 20 日，已有橫跨歐、亞、美、非、澳五大洲，超過 126 個國家，共有 115 萬以上的民眾簽名支援反對中共迫害。

第十三章

梁光烈捲入政變

梁光烈對薄熙來公開支持，甚至趁胡錦濤出國之機，與薄熙來一起搞了場類似政變操練的軍事演習。（AFP）

第一節

薄政變流產 梁牽涉其中

梁光烈與郭伯雄、徐才厚，是江澤民在胡錦濤時代安插在軍隊的三顆釘子，人稱「江派三大軍頭」。儘管梁光烈的貪腐不如徐才厚那麼突出，但據說他的兩個兒子也是坐擁上億非法資產。而梁光烈在三人中最突出的就是他對薄熙來的公開支持，甚至還趁胡錦濤出國之機，與薄熙來一起進行了場類似政變操練的軍事演習。

薄熙來被美國媒體曝光圖謀「政變」

2012 年 2 月 15 日，「華盛頓自由燈塔」發表資深媒體人戈茨（Bill Gertz）的報導援引美國官員的話說，王立軍向美國方面提供了中共高層腐敗的材料，其中包括薄熙來。其中一名官員說，材料還涉及政治局常委周永康，還有薄熙來這些強硬派如何想整

垮習近平，不讓他順利接班。

　　據北京消息人士稱，薄與周擬定了一個完整的攻擊習近平的計畫，該計畫在中國新年後實施。計畫是通過海外媒體釋放出對習近平的各種指責和批判，削弱習近平的權力，然後幫助薄熙來接任政法委書記。薄熙來掌握武警、公安系統後，時機許可時，強迫習近平交權。

　　香港英文媒體《南華早報》3 月 7 日引述來自四川省的消息報導，中共總書記胡錦濤已經在幾天前兩會高層內部會議上，給前重慶副市長王立軍定調為「黨和國家的叛徒」。

　　據《重慶日報》報導，2011 年 11 月 10 日，成都軍區國動委第六次全會實兵演練在渝舉行。觀摩者有重慶市委書記薄熙來、中央軍委委員、國務委員兼國防部長梁光烈，以及成都軍區司令員李世明等。而 11 月 10 日，正是胡錦濤到夏威夷開 APEC 會議，不在中國的時候。

第二節

梁賤賣玉泉山軍隊土地

　　「御香山」位於北京著名的玉泉山東北方直線 2100 米處。這些新蓋起的一排排豪華別墅，被取名为「御香山」別墅，背靠青山，懷抱玉泉，占地面積 3.37 公頃，地處海淀區廂白旗甲 8 號，曾是清代四名王爺的官邸，院內有一棟 9197 平米的樓。剛建起不久，有人曾出價 1.2 個億購買，但是某官員不給，後竟以 8000 萬元的超低價格，將樓和土地打包賣給了晟威公司。晟威公司買下後，準備建 51 套「御香山」別墅，合計售價約為 60 個億，該官員和晟威公司起碼可賺 50 多個億。

　　據說晟威公司背後就是梁光烈的兒子。他們以極低的價錢拿到解放軍總參謀部軍用土地，並改變土地的用地性質，把商品房蓋到了原中央政治局常委們的住宅邊上，由於地勢高，站在別墅裡就能觀察到其他住戶的情況，對中共國家領導人安全構成了嚴重威脅，曾被朱鎔基總理等人質詢，之後也被北京相關部門停工、

被境內外媒體曝光，但依舊安然無恙，由此被網民稱為史上最牛別墅。

被朱鎔基批評後，御香山開發商為平息曝光不惜重金，四處活動，並對購買別墅的業主一再放話說，別墅和土地不會有問題，他們上面有人，不怕媒體報導，中國沒有人敢動他們，結果後來真的沒事。

據民眾舉報，梁光烈的兩個兒子是軍隊大院裡典型的混混，憑藉梁的勢力四處做「賣官生意」。在和房地產商一起營建御香山別墅時，梁家父子負責拿地、拿批文、辦手續和「協調關係」，房地產商則負責開發銷售，然後分贓。為了幫助兒子做地產，2002 年到 2007 年，梁光烈在擔任解放軍總參謀長期間，陸續賤賣總參所屬各部隊土地 7000 多畝，令梁和兩個兒子斂財數十億元。

梁光烈的父親梁興初，是當年中共參與朝鮮戰爭時 38 軍軍長。中共欺騙百姓，說那場爆發在 1950 年的戰爭叫「抗美援朝」，但其實是因為金日成入侵南韓，聯合國派出以美國為首的 10 多國家的聯合軍加以制裁。中共在蘇聯的命令下，為保衛蘇聯而派出中共軍隊入朝打仗，但由於名不正，故而不敢叫中共解放軍，而是叫百姓的志願軍。結果令上百萬中國人拋屍他鄉，給中國和百姓帶來巨大災難。

梁光烈的父親梁興初（1912～1985 年），就參與了此戰。回中國後曾任海南軍區、廣州軍區副司令員等職。1955 年被授予中將軍銜，並獲諸多勳章。

有其父做後盾，梁光烈在中共軍界是出了名的敢說話，鷹派強硬人物。18 大前後，梁光烈兩度神祕消失，外界一片譁然，各種流言不脛而走。

一次是 18 大後，軍隊代表團討論 18 大報告內容，由郭伯雄主持，而身為國防部長的梁光烈卻沒有露面；另一次是 2012 年 9 月 25 日，中共第一艘航空母艦「遼寧艦」正式交付海軍，胡錦濤出席交接入列儀式並登艦視察，溫家寶也一同出席。然而在前方發回的照片和官媒央視新聞中都沒有看到梁光烈的身影。梁的缺席令外界感到蹊蹺。

然而《新紀元》在此 4 個月前就已報導其原因：梁光烈被胡溫邊緣化了。

第三節

南海鬥法 梁光烈被邊緣化

2012 年 5 月，中共和菲律賓在南海黃岩島對峙一個多月，戰爭大有「一觸即發」之勢，後來雙方以「休漁」告終對峙。對於黃岩島之爭，中共軍委主席胡錦濤一直強調不要升溫矛盾，5 月 15 日，中共官媒《解放軍報》再發題為《講政治顧大局守紀律》的整版文章。被外界解讀為這是胡錦濤再次警告周永康、薄熙來及江派軍中殘餘勢力不要「渾水摸魚、亂中得利」，給江系「血債幫」激化黃岩島之爭，予以重擊。

各種跡象顯示，南中國海上中菲之間的劍拔弩張，其源自北京的中南海。中共內部政治權力的不平衡，經由某種古怪的方式延伸到海外，再藉由民族主義激化甚至影響內部權爭，在古今中外的歷史上絕少鮮見。

「雜音四起」 戰備聲「喧囂」

2012 年 5 月 2 日，《環球時報》屬下的《環球人物》雜誌，

不但將深陷薄熙來政變醜聞的中共國防部長梁光烈「搬上」封面，還延續已被刪除的《環時》評論說法，要求中國周邊國家不要「挾洋自重」。「血債幫」搬出涉嫌薄熙來流產政變的軍方高層梁光烈，被認為是對胡錦濤的反撲。

5月8日，《人民日報》海外版發表火藥味十足的社論，稱「黃岩島忍無可忍就無須再忍」，甚至說中國不介意創造一個「黃岩島模式」。官媒新華社9日晚發表題為《踩踏中國底線：菲律賓莫打錯算盤》的時評稱，菲律賓嚴重侵犯中國主權，領土主權不容討價還價。共軍少將喬良接受雜誌訪問更是高調「反美」。大陸媒體網路一片「喊打」聲，並稱進入「戰備階段」。

中華網軍事論壇有帖子說，廣州軍區知情人士透露，8日凌晨，廣州軍區、南海艦隊同時宣布進入二級戰備狀態，所有人員取消休假，海軍航空兵開始轉場，海軍艦艇進入戰備值班。此外，與廣州軍區相鄰的南京軍區海空軍、第二炮兵部隊、空降第15軍同時提升至三級戰備狀態。一時間網路瘋傳「要打仗了」。

但在5月11日，中共軍方否認進入二級戰備狀態。國防部網站宣稱，廣州軍區和南海艦隊等部隊進入戰備狀態的報導不屬實。但沒有透露更進一步消息。

國防部長梁光烈舉動異常

中共高層釋放的信息不同調與當時發生的「王、薄事件」密切相關。自王立軍2月6日出逃美國領館到薄熙來4月10日正式被免職，中央軍委副主席郭伯雄、徐才厚都頻頻要求各軍頭向胡錦濤為代表的黨中央「表忠心」，唯獨國防部長梁光烈

「沉默」。

有傳聞說，梁光烈涉入薄熙來和周永康「奪權」整垮習近平的陰謀，梁、薄關係不一般。2011年11月胡錦濤出訪夏威夷期間，成都軍區在重慶舉行軍事演習，梁光烈以中央軍委委員和國防部長的身分到場力挺重慶市委書記薄熙來。

在薄熙來4月10日被解職正式立案期間，梁光烈與忙於「表忠心」的軍頭們不同，4月6日至16日視察兩廣海防、「調研」國防動員和海防工作，並要求部隊始終把邊海防和國防動員建設擺在重要位置，「在重大任務中當尖兵」。與此同時，4月8日中國漁船「配合默契」，開進與菲律賓有爭議的海域，10日菲律賓派軍艦試圖拘押中國漁民，中方派海艦船阻止，4月10日，中菲開始海上對峙。

軍報再提必須認清「背後陰謀」

2012年5月15日，胡錦濤直接掌控的中共中央軍委機關報《解放軍報》發表題為《領導幹部要做講政治顧大局守紀律的表率》的文章。文中說：「一直以來，『軍隊非黨化、非政治化』『軍隊國家化』的鼓雜訊不絕於耳，必須深刻認清這些錯誤言論背後的陰謀……」

胡錦濤提到的「軍隊非黨化、非政治化」的言論就是梁光烈提出的，被外界解讀梁的真實目的就是讓軍隊不聽命於胡錦濤，而聽他的，因為國外軍隊都是歸國防部長管轄。梁光烈想逼胡錦濤交出軍權，這就是《解放軍報》所指的「背後陰謀」。

胡溫極力「求穩」

對於中國和菲律賓的黃岩島之爭，胡錦濤及溫家寶反覆重申立場，一再強調不想矛盾進一步升溫。5月3日，胡錦濤在「中美戰略與經濟對話」揭幕式致辭時稱：「我們這個星球有足夠大的空間，應能容得下中美兩國和其他國家共同發展。」胡的談話特別強調雙方「應相互信任、平等互諒、妥善處理分歧」，清楚表達不希望兩國重蹈歷史上大國對抗、衝突的覆轍。

5月12日，《解放軍報》發表文章稱，解決南中國海黃岩島問題的外交空間仍然存在，並指責挑釁者「最想看到的正是中國失去理智，因怒而戰，進而引發中美激烈碰撞，使南中國海地區局勢變得動蕩。」「挑釁者這麼做是要達到『渾水摸魚、亂中得利』的險惡目的。」

分析認為，中共高層並不想打仗。道理很簡單，黃岩島不適於生存，打贏了也占領不了，中共仍然只能派艦船在島嶼周邊遊弋，與戰前沒什麼兩樣。

分析：周梁勾結菲律賓出賣黃岩島

時評員邢仁濤認為，這個事件從一開始就是江系「血債幫」為了救薄熙來、保周永康使的一個連環計而已，最終是希望藉此事件把胡錦濤、習近平拉下馬；一旦開戰打勝，血債幫藉軍功壓胡、習；戰敗了血債幫就藉民意推翻胡、習；不戰則鼓動民族主義來削弱胡、習，最終逼迫他們交權。當然菲律賓也不會白幫忙，代價是把黃岩島實質送給菲律賓。

「血債幫」是指江澤民集團迫害法輪功及民眾而欠有血債的一些人。近期倒台的王立軍、薄熙來，以及後台周永康都是緊隨江澤民迫害法輪功的「急先鋒」。

邢仁濤披露，菲律賓一直以來就是「血債幫」下本錢營建的一個後路大本營。菲律賓軍、警、政和中共血債幫的關係可比胡錦濤一派要深厚得多。幾個月前，周永康的公安部向菲律賓司法部援助200萬的執法設備，而且，江系控制下的軍隊和菲律賓軍方頻繁互動，菲軍方還被指控涉嫌「活摘器官」。

德國電視二台2009年2月曾報導，德國記者為器官買賣「周遊」世界，尋找「器官黑手黨」蹤跡時揭露，器官商許諾，移植的器官一周內可得到；仲介人則告知：「一般情況下在中國做手術，但最近一段時間我們把器官捐獻者送到菲律賓醫院。」

對此，邢仁濤認為，誰有能力這樣批量把器官捐獻者送到菲律賓醫院？除了中共血債幫政法委、軍隊外，沒有人能這樣大量走私人口出國門；而如果菲律賓軍警政裡面的人和中共血債幫沒有血腥金錢關係，血債幫的人也不敢送活著的供體到菲律賓，萬一被菲律賓當局扣下來當罪證就麻煩了。

胡錦濤「敲打」梁光烈 美國默契

在中菲對峙期間，雙方「口水仗」不斷升級，直到4月22日，美國政府強硬表態，將會與菲律賓聯防；23日中共黨媒「新華網」突然刊登胡錦濤早先在17屆中央紀委第七次全會上關於「剔除黨的肌體上的『毒瘤』」的講話，高分貝地公開強調要清除中共黨內和軍中的「毒瘤」。

隨即，梁光烈的態度軟化，在接受鳳凰台專訪時說：「軍方行動要根據國家外交需要。」中菲對峙當時緩解。

美國表示，中菲南海爭端不設立場，但會遵循「美菲防務合作條約」行事。5 月 14 日，美國國會參議院軍事委員會在華盛頓智庫「戰略與國際研究中心」（CSIS）一場會議中，首席共和黨成員麥凱恩（Senator John McCain）以及與會學者都認為，中、菲兩國不至於因為島嶼爭端而引爆戰爭。

顯然，各方都知道，中菲打不起來，這場對峙隨著周永康失勢「倒台」而落幕。中共宣布 5 月 16 日開始「休漁」，菲方也跟進表示「休漁」。中菲南海對峙再次緩解。

黃岩島事件 胡溫將計就計

《大紀元》專欄作家李天笑認為，梁光烈非常清楚，炒大南海衝突是一箭三雕。一方面可轉移胡、溫和中共高層追薄打周的視線，另一方面可繼續維持和擴大江系在軍隊的影響，再一方面可陷胡於兩難：如胡不注重南海衝突，則輕可弱化胡在軍隊權威，重可扣上喪權辱國的帽子；如胡捲入南海衝突，則被迫弱化對薄、周的追查。

梁抓住了中共的慣例和規則：誰在愛國主義、領土、主權等方面叫得凶，誰就搶奪了話語權，誰就得勢。梁自以為這一招卡住了胡的咽喉。李天笑說，但梁小看了胡。胡正好將計就計，把處理黃岩島衝突的主動權從梁手中拿過來，反過來用打黃岩島加強自己在軍中的地位。

因此，胡在黃岩島事件上也強硬，是胡把梁「轉移視線」的

陰謀轉化為加強自身在軍隊地位，以便擒拿周、打擊江，以及對江系血債幫進行最後清算的一個布署。胡對外勢必要宣示黃岩島的主權在中國，對內要藉此制約江系勢力。

軍中薄黨被查 胡溫再掃周殘餘

對於薄熙來企圖奪取中共中央最高權力，有港媒援引北京消息說，既有政治局常委周永康作後台，也有一大批有相同國家主義和血統論意識形態的紅二代，特別是一些少壯派將領的支持。這些紅二代支持薄熙來入常，先在 18 大代替周永康任政法委書記，掌握政法委國家專政機器大權後，在軍中少壯派配合下，待時機成熟後廢黜習近平，薄熙來便可即位。

《華爾街日報》報導，根據王立軍的口供和調查，中共中央已發現劉少奇之子劉源、前軍委副主席張震之子上將張海陽（二炮部隊政委）及另外幾位名紅二代人物有參與密謀之嫌。

薄熙來定期在府邸招待共軍將領，並經常批評現任中共領導人軟弱。據 2011 年 11 月被發現陳屍重慶一家酒店客房的英國商人海伍德的一位朋友介紹，海伍德曾說，薄熙來「超出人們的意識，具有非常強烈的軍國主義」。

在宣布調查薄熙來後第四天，中央軍委副主席郭伯雄特意訪問成都軍區，並要求嚴格遵照黨中共中央的領導。

隨著黃岩島局勢緩和，胡溫清理「血債幫」的步伐也加快了。作為江派第一軍頭的梁光烈出訪半個多月，被迫「與世隔絕」，等到返回中國，逃不脫被架空的命運，而其他周、薄的軍中殘餘也會被加快清洗。

第四節

梁光烈失勢成「花瓶」

2002 年，當時獨掌大權的江澤民將心腹梁光烈從南京軍區司令提拔為總參謀長。在中共軍隊的體制中，真正的最高兵權在軍委，執行者是總參，國防部形同虛設。換句話說，軍內的總參謀長在接到命令後，在和平時期擁有從各大軍區調兵的權力。

2007 年胡錦濤撤換總參謀長

正因為此，此前有報導稱，前參謀長梁光烈就是江家幫對抗胡、溫為首的中共中央的「有效武器」，出現政令不出中南海的局面，原上海市委書記陳良宇也才敢公開在中共中央工作會議上對抗胡、溫經濟宏觀調控政策。

2006 年 9 月 25 日，江派準接班人陳良宇被免職，當時胡錦濤急需顯示軍隊的支持來維護中共中央的權威，本應由總參謀部

與總政治部出面挺胡，但梁光烈掌控的總參和總政一起袖手旁觀，最後只能是總裝備部的陳炳德領「全軍裝備工作會議代表」，於中共中央宣布陳良宇免職的第二天（9 月 26 日），高調亮相挺胡錦濤。最終這次本來不屬於軍委最高級別的會議上，陸海空、二炮等部隊的高級將領反而全體出席，集體陪同胡錦濤接見總裝代表，而當時的總參謀長梁光烈「因公務沒有出現」。

2007 年，胡錦濤以 67 歲的總裝備部長陳炳德替換 68 歲的梁光烈出任總參謀長。有報導稱原因是「為了軍隊高級幹部年輕化」，但外界普遍認為是對梁光烈的不滿所致。此後梁光烈雖然還是軍委委員，但開始任「虛職」國防部長。

梁光烈參加薄「唱紅」成導火索

2011 年 11 月 10 日，成都軍區國動委在胡錦濤不在中國的時候舉行軍演，參加者有中央軍委委員、國務委員兼國防部長梁光烈，成都軍區司令員李世明、政委田修思等。

當日晚間，薄熙來、梁光烈、李世明、黃奇帆等又在重慶大劇院，觀看了以「軍民融合固國防」為主題的「唱讀講傳」文藝晚會。此舉被視為梁光烈力挺薄熙來「唱紅打黑」的信號。

消息稱，胡錦濤在看到梁光烈與軍方要員都參與「唱紅」活動後極度不滿，因為梁屢屢「不聽話」，直接導致胡錦濤再次對梁光烈動手，而這個時候胡又覓到了一個良機。

與梁光烈有關係的總參情報部神祕人物劉鵬輝和前總參情報部部長楊暉，因為涉黃光裕案，受到調查，劉鵬輝最終潛逃加拿大。胡錦濤對劉鵬輝的調查又牽出了意想不到的結果。

總參的神祕人物劉鵬輝

此前香港媒體的報導稱，北京有一個綽號「京城小神仙」的特殊人物劉鵬輝，據稱此人「神通廣大」，凡是中共中央領導的祕書都是他的好朋友，公安部、安全部、總參二部、高檢、高沃、中紀委的領導也常常是他的座上賓，如黃松有、鄭少東（前公安部長助理，已被雙規）等人只要劉鵬輝一打電話，就會趕到現場辦公，凡事必批。

劉鵬輝曾經透露他的真實身分是「總參二部的情報人員」（隸屬上海局），並稱，凡是商人，只要加入總參二部的體系，歸他和時任總參情報部部長楊暉指揮，將來即使「殺人放火」總參二部都能擺平。誰敢擋發財路，總參可以通知公安部、安全部，就可把誰安個「罪名」抓起來，就像總參隨時要監聽對手的電話（總參三部），立刻就會按照楊部長的指示去辦。條件是：每年要向劉鵬輝和楊暉上交「組織會費」6000 萬元，並安排公司 20％的股份給劉楊二人。

當時有人問劉鵬輝，總參情報部有那麼大的權力嗎？劉鵬輝聲稱，「你們知道前美國聯調局愛德加·胡佛嗎？現在的總參情報部楊暉部長就是『中國的胡佛』，江澤民、胡錦濤、周永康、郭伯雄等等還不是讓他玩得團團轉，只要楊暉說什麼，他們就跟著拍手叫好，五年後中央軍委主席一定是他的。」

據稱後來劉鵬輝安排楊暉與一些人見面。楊暉安排他們在香港實施各類計畫，據稱具體安排是：一、要控制香港的輿論工具。二、掌控賭業，控制港、澳、台三地的黑社會組織。三、收集大陸官員及家屬在香港經商的情報，特別是部、省長和常委們家屬

的情況。

劉鵬輝和楊暉都與梁光烈有密切的關係。尤其是楊暉，當年在總參情報部的部長位置據稱就是通過行賄梁光烈親戚得來的。

前總參情報部部長楊暉的來歷

劉鵬輝曾經稱，當年楊暉競爭總參情報部部長位置時就是他和上海局的周榮找到了時任總參謀長梁光烈的兒子梁軍（另一說梁軍是梁光烈侄子），送給他兩套別墅和 8000 萬元現金，為楊暉順利當上部長鋪平了道路。按周榮的話講，梁軍本身就是社會上的「小赤佬」（上海粗話），到處利用他爹的權力辦事，「收錢」賣官。

後來劉鵬輝和楊暉收到了幾千萬元的「工作經費」，劉鵬輝也被委任成為黃光裕的國美電器上市公司非執行董事。

2008 年 10 月 16 日，劉鵬輝稱黃松有出事，有些事情要牽扯到他。2008 年 11 月 23 日，黃光裕被帶走後，劉鵬輝則稱，楊部長已跟上面打好招呼了，黃光裕只是配合黃松有的案子了解點情況，過幾天就可以回家了。但是其後連劉鵬輝自己都跑到加拿大去了，說是楊部長「有緊急的海外工作任務讓他去辦」。

當時劉鵬輝仍吹噓稱，周永康的祕書（冀文林）每天跟他通電話，說他們答應的，一定會讓黃光裕平安無事的。但是隨後鄭少東、項懷珠、陳紹基、王華元等接連被中紀委「雙規」。

楊暉與梁光烈的關係

楊暉，1963 年出生，山東青島人。曾先後在中共駐南斯拉夫

使館、前蘇聯、俄羅斯使館和哈薩克使館工作，後又擔任總參三部副部長、31 集團軍副軍長，總參二部部長。2007 年升為少將軍銜。

消息稱，楊暉當上總參二部部長的「法寶」就是靠吹拍、買官。在總參情報部任職期間，每逢一年一度的幹部評議時，楊暉會找部裡幹部談話，要求給自己打高分，給其他競爭對手打低分；楊又利用分管俄羅斯的機會，在江澤民的心腹熊光楷的引見下與江澤民相識，從此傍上江澤民。在軍中，楊暉與江澤民的另外幾名心腹如由喜貴、賈廷安等稱兄道弟，最後一路升至總參三部副部長。

消息也稱，楊暉能當上總參二部的部長表面上歸功於其心腹劉鵬輝，賄賂梁光烈的兒子梁軍，但梁光烈更深一步的考慮是在其任職國防部長後，不甘心失去總參的權力，還需要一個總參內部的實權人物。當時，在軍中梁光烈與徐才厚都是江澤民的心腹，所以最後楊暉被選中成為總參情報部（二部）部長。而楊暉成為部長一事，事先連總參謀長陳炳德都不知情，而是軍委直接下的任命。

江派為了楊暉「沒少操心」

在楊暉成為總參三部的副部長時，據稱當時楊暉「太年輕」，其他三名副部長不服氣，還向中共中央軍委提出辭職，差點鬧出建軍以來從未見過的大鬧劇。後來熊光楷急忙帶著楊暉到江澤民、胡錦濤、郭伯雄那裡糊弄了一番，才把風波平息下來。

消息稱，楊暉成為總參二部的部長後，總參更是抗議如潮。

事後，總參情報部六名退休將軍聯名給軍委寫信，列出楊暉的六大罪狀：

一、買官賣官；二、謊報軍情；三、以權謀私，把東北下崗的親弟弟居然通過關係弄到海關總署當上了處長；四、任人唯親。

楊暉離開情報部前明目張膽地大肆在部、局高層位置上安排親信和哥們，如管錢管物的副部長郭慶、不曾在武官工作局工作過但是任局長的顧剛、綜合局局長徐又明等均是其小兄弟。

當時因為梁光烈和徐才厚仍然在軍委中有權有勢，最後只能是不了了之。這一切，胡錦濤並未有所動作，但是在梁光烈參與「唱紅」後，胡錦濤開始「新帳舊帳」一起算。

劉鵬輝涉嫌美諜 梁光烈軍委委員成「掛名」

在劉鵬輝潛逃後，因為事關總參情報人員的問題，而且時任總參情報部部長楊暉也牽涉其中，所以總參不便再參與調查。胡錦濤祕密下令由國安部負責對劉鵬輝進行調查。而國安最後的調查結果居然是，劉鵬輝是美國中情局的人！而且劉現在居住在美國，但胡錦濤當時並沒立即公布調查結果。

港媒報導稱：「因為劉的中情局身分，有關方面經過評估後認為，就是通過國際刑警組織發通緝令也沒用，相信無法將他引渡回大陸，只好任其逍遙法外。」

2011 年 8 月前後，楊暉因為黃光裕案和劉鵬輝的問題，被軍委「名升暗降」調到南京軍區成為參謀長。而當時為楊暉的調動「保駕護航」的又是梁光烈和徐才厚，楊暉被調到與梁光烈「關係頗深」的南京軍區也是出自梁的提議。

在梁光烈 11 月參加薄熙來的「唱紅」後，胡錦濤在 2011 年年底的祕密會議上，公開了國安部對梁光烈在軍中有聯繫的部分人員的調查結果，並質問梁：為什麼劉鵬輝是間諜？梁光烈的罪責據稱分別是，「用人不查」、「在軍內搞小圈子」、「要對軍核心機密遭到洩露負責」等。此後，梁光烈在軍委實際上成為一個掛名的軍委委員。總參情報部部長的親信是美國間諜，這個在中共政治局和軍委轟動一時的事情，到現在也一直是祕而不宣。

胡錦濤對楊暉不滿

中共當局對楊暉的審查還在進行中。在網路上，這個事件已經有了一些「風聲」，楊暉和梁光烈被選入 18 大軍方代表也被視為是中共軍內「維穩」的需要。在薄熙來出事後，網路上說梁光烈被免職的傳聞曾經沸沸揚揚。

現任南京軍區參謀長楊暉是不折不扣的江派成員，胡錦濤對楊暉很不滿。江派殘餘為了挽回梁光烈的失勢，及對國安部插手調查軍內涉諜情況的行為做出報復，趁國安內部一個副部長的祕書被指是間諜的時候大做文章，這個事件也就是 2012 年 6 月被炒得沸沸揚揚的國安 350 人涉諜案。

國安部 350 人間諜案的來由

2012 年 6 月初，路透社報導引述三名知道內情人士透露說，中共國安部的一名副部長助理 2012 年年初因涉嫌為美國當間諜而被逮捕。美國政府的一名重量級官員也確認中共國安部的這名

高官是在中共高層調查薄熙來事件時遭到逮捕的。

香港《新維月刊》報導說，不僅國安部的副部長助理已被逮捕，這名副部長本人也被停職，涉案人員最終高達 350 人。報導還稱，事情爆發後，港媒的報導表示，在中共高層引起震驚，「胡錦濤大怒，下令徹查。」還有港媒對於這起事件的描述越來越離譜，稱美國的情報人員居然直接去國安局這名祕書的辦公室拿情報，矛頭直指國安部部長耿惠昌。

消息稱，江派殘餘因為國安不斷端出軍方間諜問題而感到惱怒，從而藉挖出國安的間諜人員大做文章，並試圖以此對胡錦濤施壓。周永康在這起事件中雖也要承擔責任，但這起事件的矛頭對準的實際是胡錦濤的心腹耿惠昌。但是王立軍和薄熙來事件的爆發又使得這件事被暫時擱置，梁光烈並沒因此而重新行使權力，耿惠昌也沒有因此而遭到調查。

第五節

梁光烈反唱習「新十條」

2012 年 12 月下旬,中共中央軍委印發十條規定,要求從軍委、總部嚴抓,以上率下。與針對地方上提出的「習八條」相對應,習近平整肅軍隊時提出了「軍十條」,主要是針對江澤民及其三大軍頭的,特別是梁光烈。

消除軍中「雜音」

「軍十條」強調,「要嚴格文稿發表,軍委領導個人發表涉及重大敏感問題的講話和文章,須報軍委批准。」此前,在薄熙來下台後,軍頭紛紛發文效忠胡錦濤,但深涉薄熙來、周永康流產「政變」醜聞的中共國防部長梁光烈,在 4 月 6 日到 19 日這段敏感時期,多次在公開講話中談到江澤民的「三個代表」,被認為是對軍委主席胡錦濤的一種公開挑戰。

　　而在南海危機期間，梁光烈在南海問題上的挑釁態度，使得局勢危機一度升高。其企圖被外界解讀為：轉移視線，令胡、溫應付國際壓力和周邊變化，無暇解決國內政治危機的情況下，將對薄熙來的處置和對周永康的調查拖延下來。

「專場文藝演出」犯忌

　　「軍十條」還規定，軍委不准組織專場文藝演出，也是為肅清薄熙來「唱紅」文革流毒而量身定做。

　　2011 年 11 月 10 日，成都軍區國動委趁胡錦濤出訪時候舉行軍演，參加者有梁光烈、成都軍區司令員李世明、政委田修思等。當天晚間，薄熙來、梁光烈、李世明、黃奇帆等又一起觀看文藝晚會。此舉被視為梁光烈力挺薄熙來「唱紅打黑」。消息稱，胡錦濤對此極度不滿。

　　隨後不久，薄熙來率紅歌代表團進京，首場表演即選在張海陽所在的二炮禮堂。張在任成都軍區政委時就與薄關係密切。

　　薄熙來率紅歌團進京，被政治圈內視為「逼宮」，政治局常委沒有一人去觀看。不過，解放軍總政治部主任李繼耐和戰略導彈部隊第二炮兵司令員靖志遠出席了演唱會，並跟薄熙來登台「賣唱」。李繼耐和靖志遠時任中央軍委委員。

　　張海陽是中共中央軍委原副主席張震之子，和薄熙來交情匪淺，這對「紅二代」有著相似的身分和背景。張海陽在 2005 至 2009 年間擔任成都軍區政委，後來升任二炮政委，2009 年 7 月 20 日，張海陽被授予上將軍銜。但因挺薄，張海陽原本被外界看好的仕途在 18 大上戛然而止，並未進入中央軍委。

習近平軍委布局内幕

第十四章

郭伯雄貪腐更甚徐才厚

在江澤民治下，中共軍隊分兩大幫，「東北虎」的徐才厚幫及「西北狼」的郭伯雄幫，這一虎一狼在撈取個人利益上如狼似虎。（新紀元合成圖）

第一節

軍內公開信再曝郭家貪腐

中共建黨 93 年的前一天，中共前軍委副主席徐才厚被開除黨籍受審。幾天後網站流傳一封署名「總政機關幾位知情幹部」在 2014 年 4 月 7 日發表的「致全軍指戰員的第二封公開信」，揭露另一個軍委副主席郭伯雄的貪腐罪行。

江澤民撐腰　郭伯雄貪腐如狼

在江澤民治下，中共軍隊分為兩大幫，一是來自遼寧（主要是瓦房店）、俗稱「東北虎」的徐才厚幫，另一隻是資歷更久一點的、來自陝西、俗稱「西北狼」的郭伯雄幫。這一虎一狼意指，徐與郭二人在撈取個人利益上如狼似虎。

為何江澤民對這兩人的貪腐不聞不問呢？一方面是因為江澤民自己不乾淨；另一方面江需要用貪腐來增加他的所謂「凝聚

力」，誰跟他一起幹，江就提拔誰，並給予他貪腐而不被查的特權。

有了江澤民這把保護傘，郭伯雄幹的壞事之惡劣，也就不足為奇了。民間流傳說，郭伯雄被江澤民提拔，是因為一次江帶宋祖英去陝西，郭為了表忠心，親自為江在睡覺的時候站崗，從而得到江的賞識。

谷俊山極力巴結 總後營房特供郭家

公開信稱，2014 年 4 月初，看到徐才厚被調查，郭伯雄偷偷潛回陝西，也在安排後路。「谷俊山的後台除了眾所周知的徐才厚，還有郭伯雄。越到後期谷俊山巴結郭伯雄更賣力，他在總後營房部招待所專門給郭家設了個特供點，郭的親戚朋友來京都在那裡接待，山珍海味隨時供應。郭的女兒下海時，郭同谷俊山說，你要幫她起好步；谷很快給她送去 300 萬現金，並給她帳上打了 2000 萬元。後來，他看到總裝的人幫郭伯雄女兒做買賣，一次就賺了幾個億，不好意思的向郭保證，每年讓她包賺 3000 萬元。」

「郭的警衛員陳風泗對谷說手頭緊，沒錢花，谷俊山讓其開個公司，每年包他賺 1000 萬。谷俊山當總後勤部副部長是郭伯雄提的名。事後谷俊山曾對人說，這次提名費給郭伯雄送了 8000 萬。」

「去年（2013 年）北京公安局查獲一人拉了一車錢，是個無業遊民，但卻有從 21 軍調總政 311 基地的全套手續和全套軍官檔案。當時 21 軍領導很緊張，因為此人是陳風泗交辦的，生怕受牽連；後來，總政杜金才副主任一個電話把問題全擺平了。」

郭一路靠送禮、拉關係晉升

公開信還說，「郭伯雄的鬼點子多。這一點在他年輕時就很突出，他原是 408 工廠的工人，因為偷了輛自行車要追究責任，他嚇得把家裡的豬殺了，給廠長送禮，廠長給他支招說：徵兵開始了，你還是到部隊躲躲吧！他進了部隊，又靠著這套手法拉攏關係，上得很快。」

「例如 1981 年至 1983 年，他在國防大學上學，人坐在國防大學院裡沒動窩，調令卻從 55 師參謀長，軍區作戰部副部長，19 軍參謀長，軍區副參謀長轉了一大圈，從正團升為副軍。僅從簡歷上看，郭成了既懂機關又懂基層的複合型幹部。他從中嘗到了甜頭，所以後來他的祕書、兒子，都用這種方式晉升。」

送重禮才讓進門 不論表現全提拔

郭伯雄並沒有給老家帶來多大好處，這不是因為郭伯雄多麼廉潔，而是「郭伯雄因為年輕時偷自行車被告發事，對陝西老鄉恨得要死。一般人不讓進門，只有送重禮的才讓進來，聲稱收了他們的禮就是給了老鄉面子，送禮重的不管表現如何全提拔。陝西省軍區政治部主任史仲才就是送了重禮才提拔起來的，可惜上任不久，被判了重刑；郭伯雄親自多次跑到陝西去『搶救』，終於提前釋放。史仲才對人說：當初我給郭伯雄送的 600 多萬真起了大作用，否則肯定死在牢裡了！」

「47 軍政委范長祕來北京請谷俊山吃飯，谷說你喝一杯給你撥 100 萬（因為谷是管給下面各軍區撥款的）。范一鼓勁連喝 38

杯，谷果然一次性給 47 軍下撥四、五千萬。有了錢的范政委一次給郭伯雄的兒子送去 1000 萬。不久，范長祕果然被提為蘭州軍區政治部主任。」

郭家個個占官職 家鄉人罵沒良心

「郭的弟弟郭伯權原是一伙夫，後開歌廳，也在他的活動下，當上了陝西民政廳長。郭老婆的弟弟也當上陝西省軍區副司令。他的祕書張福基坐在八一大樓，幾年從一個團級幹部提為正軍職。」

「他兒子郭正鋼是個混混，在總後工作從不上班，結婚有了孩子還在外面胡搞女人。將浙江一女孩子肚子搞大了。對方要求必須結婚，否則要把他們郭家的醜事發到網路上。郭家急了，要求兒子和老婆馬上離婚；但南京軍區政治部領導認為應該先做合的工作，確係感情破裂，再開離婚介紹信。郭妻拿起電話將南京軍區領導大罵一頓，軍區只好馬上批准。於是郭太子終於順利和妻子離婚，與這個浙江女子結了婚。這樣一個敗類幹部，1974 出生的，竟然提到了副軍職……」

「因為郭伯雄只認金錢不認老鄉，不送重禮不准見面，他的老家陝西禮泉縣很窮，縣領導沒錢送，所以，他每次回家，禮泉領導全體下鄉躲避。家鄉人都罵他官雖大但沒良心，不像個厚道的陝西人。」

求神弄鬼 妄想用「鎮龍印」保平安

公開信還洩露郭伯雄的一些個人癮好。中共推崇無神論，不

允許百姓信神，但他們自己卻天天求神弄鬼的。江澤民的「迷信」就不說了，「（郭伯雄）他經常到廟裡燒香拜佛，乞求神靈保佑。這次（2014 年 4 月）回老家，他帶了一位風水大師，深更半夜到祖墳上，燒香舞劍，畫符念咒，乞求平安，行動搞得非常詭祕。去年（2013 年），國防大學一位副校長還曾花 600 萬給他買了一塊上好的翡翠，請雕刻大師蔚長海雕了一方大印，然後送白雲觀放了一天一夜。不知做了什麼法術，拿回來全家稱呼為『鎮龍印』。說有了這個，保證能將上邊『鎮住』，確保自己平安。這麼貴重的物品，聽說光手工費就花了近百萬，肯定地方上有登記，中紀委可去調查。」

公開信最後說，「長期以來，在郭、徐掌控下的軍紀委存在著極其嚴重的問題，只有交給中紀委王岐山書記才能真正地揭開蓋子。」

據多家香港和台灣媒體報導，郭伯雄在徐才厚出事不久也被抓進了秦城監獄。不過，這些都是未經確認的事，只供讀者參考。

第二節

習拔掉江澤民軍中左右膀

　　由於中共封鎖消息，2014 年 6 月 30 日已退休的中共軍委副主席徐才厚被宣布開除黨籍並移交軍紀委審查，很多人覺得太突然，中共軍方也異動頻頻，令外界十分關注郭伯雄案是否會很快公布。

　　不過《新紀元》的老讀者會發現，早在一年前的 2013 年 3 月 28 日出版的 319 期周刊中，已經報導了中紀委書記王岐山和軍隊總後勤部政委、劉少奇的兒子劉源，是習近平在地方和軍隊反腐的「哼哈二將」。其實，郭伯雄、徐才厚的厄運從那時就開始了。

「哼哈二將」分頭打老虎

　　2013 年 3 月 28 日《新紀元》周刊 319 期報導指出，「如果

說王岐山是在地方上替習近平反腐，那劉源就是在軍隊上替習近平抓貪，這一前一後、一左一右、一文一武、一明一暗地配合呼應，讓人戲稱他二人是習近平反腐的『哼哈二將』。」

文章還回答了，劉源作為習近平兒時的朋友、中青年時代的知音、老年時期的同盟軍，為何習近平上台後，同為太子黨的劉源沒有在 18 大高升呢？這是中共內部各派力量較量的結果，因為在 2011 年 12 月 25 日至 28 日，劉源已經公開站出來，替胡錦濤和習近平挑戰江澤民在軍隊中的鐵桿親信：谷俊山。2012 年 1 月 27 日，就在王立軍出逃前 10 天，劉源在總後高層會上宣布了雙規副總長谷俊山。從那時起，劉源作為習近平的太子黨同盟軍，已經開始為習近平剷除軍中腐敗而效力了。

《新紀元》在 18 大前還獲悉，62 歲的劉源曾患肺癌，並動過兩次手術。薄熙來案發後，劉源晚期肺癌發作，很長一段時間住在醫院裡。也許有人擔心他的健康狀況難以勝任新的工作，加上江派的竭力阻撓，於是在 18 大上，劉源未能入選中央軍委，被外界視為「靠邊站」。

關於劉源如何在軍中替習近平打老虎，當時《新紀元》報導了其中內幕：2011 年聖誕節期間的軍委擴大會議上，劉源突然發表了一番令人目瞪口呆的發言。只見劉源拿起一張軍方高層的豪宅的照片，說軍隊裡的一個腐敗分子耗資上億元，在北京黃金地帶占地 20 餘畝，建造了三座別墅群，號稱「將軍府」。說著劉源轉身直指主席台上的三個軍委副主席郭伯雄、徐才厚和梁光烈：「你們三位軍委負責人，在領導崗位上已經多年，對於軍中嚴重腐敗，更有不可推卸的責任！」

在等級森嚴的中共軍隊裡，下級敢於在眾人面前指著鼻子

罵上級，敢罵極具實權的軍委副主席，換個人，吃了豹子膽也不敢這樣做啊，但太子黨劉源做了。顯然，劉源事先得到了胡錦濤和習近平支持。人們只見主席台上的胡錦濤和習近平兩人不動聲色，而整個會場一下就像炸了鍋似地，全亂了！

2011 年 12 月 28 日下午，劉源在總後內部講話中慷慨激昂地提到：軍中腐敗「已經涉及到共產黨和解放軍的生死存亡，我寧死也不會放手！」「我不出頭，誰能出頭？！……豁出命來，終生不渝，像歷史上一樣，把害黨禍國的亂臣叛將、貪官污吏牢牢釘在恥辱柱上，讓這幫傢伙遺臭萬年！」「無論職位有多高，後台有多硬，我都要一查到底。」

劉源說的是「這幫傢伙」而不是「這個傢伙」，果然，谷俊山被揪出後，劉源就遭到來自各方的攻擊。江派人馬藉口劉源和薄熙來的私人關係，死死卡住劉，因為一旦劉源能進入中央軍委，對谷俊山案的查處只會更透徹、處理也只會更嚴厲，牽扯的人也只會更多。

谷俊山後台很大 胡提前兩步布局

後來港媒報導說，劉源雙規了谷俊山之後，徐才厚、郭伯雄等人竭力阻撓，據消息，習近平曾先後 12 次打電話查詢谷案的進度，徐才厚控制的軍紀委也是一拖再拖不予辦理。這也證實了劉源當初遭受的阻力和壓力有多大，他想在 18 大上位的難度有多高。

文章還提到谷俊山的後台，最早是他的河南老鄉、武警司令員吳雙戰，而吳雙戰和周永康、曾慶紅關係很好，最後買通江澤

民而提拔成了少將。而人大委員長吳邦國也是吳雙戰和谷俊山的保護人，這也是為何後來徐才厚不得不提攜谷俊山的另一個原因：一方面谷俊山給自己送了厚禮，同時也是因為谷俊山在更上面還有人，所以徐才厚和郭伯雄才不顧總後部長的反對，硬是把谷俊山提拔成了總後勤部副部長。

有人認為令徐才厚落馬的關鍵人物是習近平，不過客觀地看，假如沒有胡錦濤此前的兩步安排，可能徐才厚也不會這麼輕易落馬。為了拿下徐才厚，胡錦濤在退休前做了兩件大事，一是公開查處了谷俊山，二是提前安排了軍委副主席。

2012 年初，劉源雙規了谷俊山之後，總後一度想把谷俊山調走了事，不過胡錦濤不同意，說這樣的人，到哪都是禍害，於是胡錦濤拍板非要查處谷俊山，當然，目標是後面的徐才厚。胡錦濤當了 10 年的軍委主席，但由於徐才厚、郭伯雄等軍委副主席的作梗，將江澤民戴上「軍委首長」稱號，壓在胡錦濤頭上，軍中大事一律由「軍委首長」決定，胡這個軍委主席只是個傀儡。

據葉劍英家族人士爆料，當初胡錦濤在軍中的權力只夠任命一個少將，等 2008 年後胡在軍中才有幾個人聽他的，直到 2012 年薄熙來出事後，胡錦濤才算掌握了軍權。

為了盡快取代徐才厚，胡錦濤還在 2012 年 11 月的中共 17 屆七中全會上，增補親信范長龍、許其亮為中央軍委副主席，但原來的習近平、郭伯雄和徐才厚並沒有退下，於是出現了胡錦濤是軍委主席，下面五個軍委副主席的罕見局面。

在 2012 年中共 18 大前，胡錦濤和習近平聯手，基本控制了軍權，其親信瓜分了解放軍四總部：胡的親信房峰輝任總參謀長，張陽任總政治部主任；習的親信張又俠任總裝備部部長，老友趙

克石成了總後勤部部長。

這樣的格局迫使徐才厚等人在薄熙來事件上，無論是主動還是被動，都不得不「擁護」中央決定。由於徐才厚已經沒有實權，所以他退休後，習近平要打「死老虎」，便沒有任何阻礙了。

大陸網上有知情人爆料說，2012年谷俊山落馬後，徐才厚和郭伯雄都非常害怕被谷供出，於是他們曾求教於江澤民。「適逢18大之際，江安撫，言『沒事』，並稱和胡達成共識：『止於谷，不上追』，殊不知，胡與習也達成了共識『你查谷、我查上』。……因此說，查谷是胡拍板決定，查徐是習的決定。」

港台媒：郭伯雄被關在秦城監獄

劉源當時手指的三個軍委副主席，除了徐才厚，還有郭伯雄和梁光烈。6月30日傍晚徐才厚被公布落馬後，郭伯雄落馬的消息也立刻傳出，而且大陸媒體馬上就有所動作。

兩個月前的2014年4月，港媒《蘋果日報》、《東方日報》，台灣媒體《中國時報》等紛紛報導，郭伯雄已被關押秦城監獄內，並面臨調查。據說，郭伯雄、徐才厚與周永康等相互配合、沆瀣一氣，圈掘巨額財富，郭伯雄的家財早在2010年就超過百億，其中不少是和谷俊山狼狽為奸、大量出售軍事用地得來的。

徐才厚落馬後，7月8日，《大紀元》記者在中國大陸最大搜索引擎百度輸入「郭伯雄被抓」，一向封鎖嚴密的百度解禁了郭伯雄的眾多醜聞，「郭伯雄被雙軌 最新消息涉與女主播葉迎春車震」、「郭伯雄涉貪已被軟禁 東方報業傳郭伯雄涉貪已被軟禁內幕」、「徐才厚被抓 郭伯雄近況備受關注 郭伯雄是否被調查」、

「郭伯雄被限制自由了？郭伯雄和湯燦徐才厚的關係揭祕」等消息，滿屏都是。

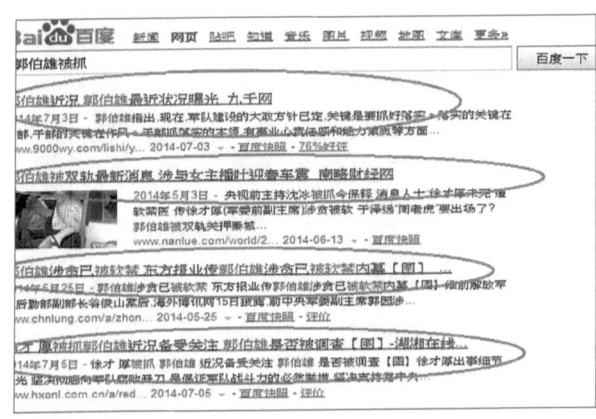

2014 年 7 月 8 日，百度上出現郭伯雄涉貪腐「被抓內幕」等消息。

在新浪微博搜索「郭伯雄」，則出現「根據相關法律法規和政策，『郭伯雄』搜索結果未予顯示」。大陸網路無法檢索到中共軍委主席的名字，極其怪異。

據說谷俊山被查後，徐才厚打悲情牌，以治病（膀胱癌）為由盤踞 301 醫院不出來；而郭伯雄「則打方術牌，先是回西北老家祖墳請導師做法，被曝光後認為不靈驗，惱怒下又改找高僧施法。」

公開新聞洩露郭伯雄出事

關於郭伯雄是否出事，人們眾說紛紜，不過在此 3 個月前的一則新聞顯示，2014 年 4 月在中共高級將領的追悼會上，郭伯雄的名字和徐才厚一樣沒有出現在官方的報導中，再次令外界感到郭已出事的可能性很大。

據《福建日報》2014 年 4 月 14 日報導，原福州軍區副政治委員王直 4 月 7 日去世，王直的遺體告別儀式 13 日在福州舉行。包括習近平在內的中共黨政軍官員，特別是那些軍頭，如范長龍、許其亮、常萬全、張萬年、遲浩田、傅全有、梁光烈、陳炳德等，或發唁電錶示哀悼，或對其家屬表示慰問，或送花圈。而郭伯雄和徐才厚的名字都沒有出現在媒體的報導裡，令外界感到極不尋常。

據《南華早報》報導，徐才厚出事前最後一次露面是在 2014 年的 1 月 20 日，參加中共軍委慰問駐京部隊官員的晚會上。此後 6 月 30 日，北京當局宣布開除徐才厚的黨籍並移交司法機構，同時披露了 3 月 15 日就對徐進行調查。有媒體透露，徐當時就已被習近平親自掌控的空軍特種部隊 24 小時守衛看管。

港媒報導郭伯雄已被押秦城，郭的兒子郭正鋼夫婦也被軍紀委帶走調查，百度解禁「中共前軍委副主席郭伯雄涉貪已被軟禁」，而新浪微博禁搜「郭伯雄」，這些現象都有些反常。

東北虎與西北狼的貪婪凶狠

郭伯雄，1942 年 7 月出生於陝西禮泉縣，從西北 47 軍起家。他和徐才厚一樣，開始都出生於農村貧寒人家，都是由於迎合了江澤民而爬上了高位。兩人一個被稱為「東北虎」，一個叫「西北狼」，表面上兩人水火不容，但背地裡兩人有很多相同之處，比如都和谷俊山之流貪腐蛀蟲關係密切，同時也都在巴結討好江澤民上異曲同工。

據說徐才厚 1983 年回瓦房店老家探親時，偶然認識了時任

廣州軍區某集團軍軍政委的老鄉于永波。于永波在 1989 年鎮壓「六四」以及 1992 年幫助江澤民清洗「楊家將」楊尚昆、楊白冰有功，受江澤民提拔，升任總政主任。從那以後，徐才厚也跟隨于永波一路高升。當徐才厚得到江澤民賞識後，于永波和徐才厚聯手打造出了一台能生產出 30 多名將軍的「流水線」，軍方流傳一個笑話：「瓦房店真是個好地方，不出泥瓦匠，專出將軍」。

　　郭伯雄的升官之路更是離奇。據《江澤民其人》一書記載：1992 年郭伯雄還是 47 軍軍長，少將軍銜。90 年代初，有一天江到陝西視察，順便去了 47 軍。江中午飽餐後要睡個午覺，郭伯雄一看機會難得，親自在門外站崗。江澤民這一覺睡了兩個鐘頭，郭伯雄在外面百無聊賴，但連廁所也不敢去，怕江隨時醒來，就功虧一簣了。江睡醒後一推門，猛然看見一衛兵筆挺地立在門前，甚為滿意，但也有些奇怪，這兵咋這麼老啊？定睛一看，原來是 47 軍少將軍長郭伯雄！

　　江澤民到哪個軍也沒享受過軍長站崗的待遇，對郭頓生好感。於是郭伯雄從 47 軍軍長，調到了北京軍區任副司令員，隨後連升三級，當了中央軍委的副主席，也混得一副上將的肩章。

　　也有的傳說，當年江澤民帶著宋祖英前往西北采風，郭伯雄曾以司令員身分為江澤民站崗值守。郭伯雄鞍前馬後的伺候，因宋祖英一句客套打賞話，而得到了江的賞識，遂升遷，並且再度回京。此前郭曾在北京軍區任副職數年，因被鄧小平所惡而回了西北。

　　據說谷俊山是徐才厚在濟南軍區當政委時就巴結上徐的。到北京後，「谷在為東北虎進行後勤財務打點的時候，同樣還侍奉著來自西北狼的郭，西北狼與東北虎，其時乃江在軍中的左膀右

臂，兩者表面水火不容，但背地裡聯手阻撓了許多軍國大事，是
江派的最大依仗。」

鄧小平當初讓江澤民當軍委主席時，還把張震、劉華清、遲
浩田等人安排在軍委，目的就是監控江澤民。2002 年這些人退休
後，江澤民為了架空胡錦濤，故意布置徐才厚、郭伯雄掣肘胡，
讓胡成為「跛腳鴨」。徐、郭二人幾乎是為所欲為，無人敢管，
也無人能管，據說光是谷俊山一人，就為郭、徐兩家各自上供了
不少於 1.5 個億的真金白銀。

其中最為直接的就是，谷在郭的兒子郭正鋼娶親時，直接送
出 4500 萬；在徐那最愛養「面首」的女兒出嫁時，送出了 3500
萬（其中 2000 萬為銀行卡現金，1500 萬為房產）。

傳郭伯雄兒子兒媳被帶走

7 月 9 日有港媒報導說，郭伯雄的兒子郭正鋼夫婦，最近因
涉及父親相關案件被軍隊紀委帶走協助調查。但這些消息尚未得
到官方證實。

郭正鋼，44 歲，大校軍銜，現任浙江省軍區政治部主任，
屬副軍職，「70 後」的他亦是軍中最年輕的軍職幹部之一。而早
在 2008 年，郭正鋼已經任浙江省軍區政治部副主任（正師職），
2013 年 4 月 25 日，在中共軍隊轉業幹部安置工作電視電話會議
上，郭正鋼首次以浙江省軍區政治部主任身分發表講話。

郭正鋼是中共浙江省當屆省人大代表。他最後一次公開露
面，是 2014 年 1 月 20 日浙江省人大閉幕會上，不過截至 7 月 9 日，
郭正鋼的名字仍在浙江省人大官網代表名單之列。

2014 年 8 月 1 日，曾被傳出被中共軍紀委帶走協助調查的郭伯雄的兒子郭正鋼出現在大陸官方媒體上。

郭正鋼是出現在《杭州日報》報導的 7 月 30 日杭州市多個主要部門官員到省軍區的走訪中，網站轉載紛紛以《浙江省軍區政治部主任郭正鋼亮相》為標題。這是郭正鋼被傳協助調查之後首次出現在中共官方報導中。

不過，有人根據 18 大後落馬官員在落馬前一天還在公開露面的先例中發現一個現象：露面並不意味平安，反而只能說明自己真的被官方盯上了。

徐才厚落馬 軍方異動頻頻

6 月 30 日，習近平親自主持召開中共政治局會議，宣布開除江澤民的「軍中最愛」、中共前軍委副主席徐才厚的黨籍，並將其犯罪線索移交軍事檢察機關。

7 月 3 日，有媒體披露，徐才厚的四名祕書以及數十名高級將領已被調查。

7 月 1 日，中共總後勤部政委劉源在黨刊《求是》雜誌上發文，力挺習近平。7 月 2 日，中共軍隊四總部和各大單位通過中共軍方《解放軍報》向習近平表示效忠。7 月 3 日，中共前總書記胡錦濤的軍中親信、軍委副主席許其亮要求中共官兵「聽從習主席」的指揮，向習近平表忠。

7 月 4 日，遼寧海事局官方網站發布消息稱，中共軍方在 7 月 4 日 16 時至 11 日 16 時，在渤海海峽、黃海北部相關水域，將執行軍事任務，要求在此期間任何船隻不得進入。公告中並點

出具體經緯座標。據說當時中國東部沿海某軍港內停靠十餘艘新老艦艇，不僅有東海艦隊的艦船，還有 113、116 號等北海艦隊的艦船。

7月7日，中共軍報頭版報導稱，中共中央軍事委員會副主席范長龍、許其亮，中央軍委委員常萬全、房峰輝、張陽、趙克石、張又俠、吳勝利、馬曉天、魏鳳和，要求「貫徹落實習主席重要指示」，撫軍表忠意味濃厚。

7月7日，公安部部長郭聲琨也在京主持公安部黨委會議，傳達習近平在政治局會議講話時稱，對「公安隊伍中發生的違法違紀案件堅決查處、絕不姑息」。這是李東生被開除黨籍以來，公安系統高層首次正式表態。李東生是中共 18 大以來，公安系統落馬的最高官員。

郭的老巢蘭州軍區人事調整

隨著郭伯雄被抓，其老巢蘭州軍區也出現人事變動。

7月7日，晚間的甘肅衛視報導說，中共蘭州軍區當天下午舉行晉升將官軍銜儀式，並出現三個人事變動。這履新的三人是：原軍區副政委苗華接任政委職務，代替卸任的李長才，原政治部主任范長祕轉任副政委職務，來自濟南軍區的徐遠林則接任政治部主任職務。

晉升的有十人，三名中將，七名少將，他們是蘭州軍區副司令員彭勃、蘭州軍區參謀長何清成、新疆軍區政委劉雷三名軍官晉升為中將軍銜。南疆軍區副政委趙省讓、陸軍第 47 集團軍副軍長謝增剛、甘肅省軍區參謀長王琦、甘肅省軍區政治部主任張

應銀、寧夏軍區副司令員宋維廣、寧夏軍區參謀長李勇、青海省軍區副司令員魏澤剛七名軍官晉升為少將軍銜。

苗華曾任駐福建 31 軍政治部主任，出身 31 軍的將領被稱為東南軍。中共總書記習近平曾長期任職福建，和駐閩中共將領多有相識。苗華出任蘭州軍區政委，被外界視為習近平穩控西北軍權之舉。

兩天後的 7 月 9 日，又傳出隸屬於陝西軍區的青海軍區和陝西軍區相繼任命新政委。李寧少將被任命為青海省軍區政治委員，59 歲的武玉德少將為陝西省軍區政治委員。

如今徐才厚、郭伯雄都在習近平的「哼哈反腐二將」的反腐動作下已癱倒了，剩下的梁光烈恐怕日子也不好過。習近平為整頓軍隊，樹立其絕對權威，搗毀軍中江派老虎窩也是勢在必行。

蘭州軍區缺席大軍區演練

2014 年 7 月 15 日，中共喉舌新華網報導，從當天開始，南京、瀋陽、廣州、北京、成都、濟南六大軍區的 10 支陸軍部隊，赴六個訓練基地，進行為期三個月的跨區基地化實兵實彈演練。

報導稱，首先登場的是中共成都軍區駐西藏防空某旅，在甘肅河西走廊中部的「甘涼咽喉」要地進行演習；這也是中共首次動用駐藏部隊前往低海拔地區進行演習。

值得關注的是，這次演習是在蘭州軍區的地盤、河西走廊的「甘涼咽喉」要地；中共六大軍區都有參加，唯獨缺蘭州軍區。

蘭州軍區是中共原軍委副主席、江派軍頭郭伯雄的老巢。郭伯雄曾先後任蘭州軍區下轄的 47 集團軍軍長和蘭州軍區司令員。

郭伯雄是江澤民軍中另一代言人

6月30日，前中共軍委副主席徐才厚被拿下。日前港媒報導，另一江派軍頭郭伯雄也涉貪腐被關押在秦城監獄；郭的兒子郭正鋼夫婦被軍隊紀委帶走協助調查。大陸最大搜索引擎百度曾一度解禁「中共前軍委副主席郭伯雄涉貪已被軟禁」等醜聞。

郭伯雄與徐才厚都是江澤民一路迅速提拔的軍中心腹。江澤民在中共「16大」上發動「軍事政變」留任軍委主席。據稱，胡錦濤當時被逼表態同意張萬年、郭伯雄等20位軍頭的「特別動議」。

2004年江澤民卸任軍委主席後，通過其軍中代言人——兩名軍委副主席郭伯雄、徐才厚，架空胡錦濤。

傳7000多退休高幹遭調查

2014年8月初，隨著中共前政法委書記周永康的落馬，打破了反腐「刑不上常委」的規定，港媒則流傳出了一份令中共退休官員心驚膽戰的名單。名單中顯示，有7280多名中共退休黨政軍高幹被列入中紀委審查對象，其中包括郭伯雄、梁光烈等人。有分析說，拿下徐才厚、郭伯雄只是習近平在軍中反腐的開始。

《爭鳴》披露說，中紀委在2014年6月18日以來，先後四次在中共黨內公布了有7280多名中共退休黨政軍高幹被列入審查。

其中副總理一級12名：王兆國、王樂泉、曾培炎、華建敏、鄭萬通、陳奎元、孫家正、蕭揚、郭伯雄、梁光烈、于永波等。

正省部級47名：白恩培（原雲南省委書記）、儲波（原內蒙古自治區監委書記）、王金山（原安徽省委書記）、梁保華（原

江蘇省委書記）、石宗源（原貴州省委書記）、黃小品（原福建省委書記）、呂祖善（原浙江省委書記）、李成玉（原河南省委副書記）、林樹森（原貴州省長）、田聰明（原新華通訊社社長）、王太華（原國家廣播電影電視總局局長）、盛光祖（原海關總署署長）、戴相龍（原全國社保基金理事長）等。

副省部級 392 名；其中 122 名是原中央企業黨政第一把手；92 名是原省高院院長、檢察長、公安廳長，地廳（司）級 2270 多名。副地廳（司）級 4560 多名。

報導還披露，更為荒唐的是，其中有近 3100 多名臨退休前獲得「獎勵性晉級」。近 40％「帶病」獲晉級，還有近千名是會受中共黨紀、政紀處分的官員。

報導還說，中共中紀委在 7 月中旬增加聘用、調進 1200 至 1500 名人員，負責審查這些退休官員。將在一年半內完成對名單內退休高幹的審查並作出處理結果。

這 7000 多名被中紀委調查的退休黨政軍高幹名單真假與否不得而知，不過日前曾有消息說，習近平在 6 月 26 日的政治局會議上就反腐問題表態稱，「反腐不設名額，有多少抓多少」。

國防大學《當代中國》編輯室主任辛子陵對美國之音表示，根據他所了解的情況，郭伯雄被調查一事是確實的。中國近代史學家、北京政治評論人士章立凡對美國之音表示，軍中「大老虎」徐才厚被打，只是習近平在解放軍中反腐行動的開始，相信還會有更多的前任、甚至現任軍中高層被打老虎。

習近平軍委布局內幕

第十五章

「入侵印度」
郭伯雄出事

習近平 9 月訪印期間，中共軍人進入印方邊境，製造緊張情勢。
就在習近平訪問印度回國後，網路上傳出郭伯雄（圖）將被抄家
的消息。（大紀元資料室）

第一節

習近平訪印
800 共軍「入侵」印度

習近平在 2014 年 9 月 17 日到 19 日出訪印度前後發生了諸多異常事件。習抵達印度的前一天，即 9 月 16 日，中共駐印度大使突然被緊急撤換；9 月 17 日習訪問印度當天，800 名中共軍人突然進入中印邊境實控線印方一側 3 公里處駐紮，被印度媒體稱為「入侵」；習近平結束訪問回國後，9 月 21 日，立即召開中共全軍參謀長會議。與會中，習近平強調「強化號令意識」、「確保政令軍令暢通」等。

9 月 23 日，中共外交部例行記者會上，中印關係成為各家媒體記者詢問的焦點話題。發布會上，有記者問：有報導稱，有 800 名中國軍人進入中印邊境實控線印方一側 3 公里處駐紮，中方對此有何回應？

中共外交部發言人華春瑩回答說：「據我了解，有關事態已經得到及時有效管控，邊境地區是和平的。」華春瑩的回答證實

了最早由印媒傳出的中共軍隊越境消息確有其事。

　　據印度媒體報導，從 9 月 17 日起，中印雙方各有約 1000 名士兵在主權引起爭議的兩國邊界線直接對峙。印度政府 18 日通報說，該國總理莫迪在會晤習近平時提到了兩國邊界的緊張局勢問題，並在正式會談中再度提及此事。

　　此後，印度媒體對中印的這次會面開始表示不滿。

　　印度銷量最大的英文報章《印度時報》在習近平結束訪問後發表社論，呼籲新德里政府要提防中國玩弄「黑臉白臉」（good cop bad cop）手法。

　　印度銷量第二大的英文報紙《印度斯坦時報》在一篇署名的評論中說，中國近年來在中印邊境的挑釁行動激增。該評論還提到，中國在邊境的軍隊活動也趨頻密，從 2006 年入侵 140 次到 2008 年的 207 次，至今仍然維持這個頻率。

　　習近平到訪新德里，中印兩國軍隊卻同時在 Chumar 和 Demchok 地區對峙，事情發生在習近平訪問印度之時，時間上的巧合引發外界諸多猜測。有分析稱，習近平外訪印度，這個時候中共軍隊越境，其背後或另有隱情，不排除有人故意給習下套，讓其在國際社會面臨難堪。

習訪印回國 強調軍隊「善謀打仗」

　　9 月 21 日，習近平外訪回國後即召開全軍參謀長會議。9 月 22 日，習近平在北京京西賓館接見中共全軍參謀長會議代表。他表示，面對國家安全新形勢和軍事鬥爭準備新要求，必須努力建設「善謀打仗」的新型司令機關，不斷增強組織指揮部隊打贏信

息化局部戰爭能力。

習近平強調「強化號令意識」，要「確保政令軍令暢通」。

隨後，七大軍區海空二炮集體向習表態效忠。同時，中共武警部隊密集調整多位地方總隊「一把手」，上海、重慶、湖南等武警總隊司令員同時易人。

據報，這次的會議中央軍委副主席范長龍、許其亮，中央軍委委員常萬全、房峰輝、張陽、趙克石、張又俠、吳勝利、馬曉天、魏鳳和等整個中共軍委班子悉數參加。這些大軍頭都是習近平和胡錦濤聯盟中的成員。

9月22日，香港《南華早報》引述消息人士說，習近平將針對一些有權勢的家族和派系展開行動，由於此類行動屬前所未有，所以他自然希望全面掌握軍隊的指揮權。

中共外交系統疑生重大變故

最近，中共外交頻生事件，尤其在習近平訪問印度前一天，中共9月16日緊急撤換了駐印度大使，讓外界大感意外，有港媒認為中共外交系統內部或出現重大變故。

習近平9月17日抵達印度，開始為期三天對印度的首次國事訪問。而在前一天9月16日，中共官媒報導，習近平根據中共人大常委會的決定免去魏葦的駐印度特命全權大使職務；任命樂玉成為駐印度特命全權大使。

據悉，新任大使樂玉成只是比習近平早到印度7天，而且是在習近平到達印度前一天才轉正，而免職的魏葦現年只有58歲，遠未到退休年齡，其擔任駐印度大使也不足兩年。

尤為蹊蹺的是，習近平這次出訪印度，所有外交準備工作都是魏葦一手主辦，突然臨時換人，如果不是有重大變故到非換不可的話，按常理是不會這樣處理的。

港媒《東方日報》分析認為，這場不同尋常的臨陣換將，顯示中共外交系統內部或出現重大變故。

江派在「9‧18」前後伺機製造混亂

此外，近期還有多起涉外事件發生，背景都不尋常。目前，多種跡象顯示內鬥中失勢的江派一直想方設法在國內外製造混亂、衝突，讓習近平無暇應對，以伺機奪權。習近平也正在著手繼續清理江派勢力。

9月9日，以色列前總理巴拉克訪問江澤民的兒子江綿恆任校長的上海科技大學，在 2008 年法拉盛事件中操縱攻擊法輪功的前紐約總領事彭克玉罕見露面作陪，繼續為江派站台。

9月15日香港保釣船再赴釣魚島，為氣氛緊張的香港時局增加動盪因素。雖然 18 日的報導顯示保釣船最後因為颱風等因素不得不撤回香港，最後並沒成行，但是 15 日的報導指香港海警放行保釣船出海，令外界猜測紛紛。曾慶紅的手下、香港特首梁振英，一直被認為在背後操控香港警方，包括海警等。

近期香港一直處於動盪不安之中，6月10日，在江派現任常委、中共人大委員長張德江的運作下，中共國新辦發表「香港白皮書」，改動「一國兩制」的定義，引起香港各界的強烈反彈。9月22日香港 25 所大專院校拉開為期五天的抗議中共人大封殺港人真普選的罷課行動，首日參與罷課的一萬多名學生擠爆百萬

大道,並於 9 月 28 日正式啟動「佔中」的公民抗命,後演變成國際關注的香港「雨傘運動」。

此外,9 月 16 日,江派海外媒體在「9‧18」之前刻意爆出在 2014 年初中共駐冰島大使馬繼生和他的妻子充當日本間諜,被中共國安帶走的消息。此後中共外交部拒絕回應此消息。這個消息被香港媒體轉載,並隨後被一些中國大陸的新聞網站轉載,但是很快又被刪除。此消息也被認為是江派在敏感時期,配合保釣船出海,挑釁中日關係,給習近平近期為緩和中日關係的努力製造阻力之舉。

《大紀元》時事評論員趙邐珺表示,從局勢來看,習近平要求組建新型司令機關,要求軍隊能打贏局部戰爭,是預備動用軍隊,以內戰的方式針對江派勢力展開雷霆血洗。由此可以推測,習近平心裡非常清楚江派窮凶惡極的勢力,以及其犯下駭人聽聞的滔天罪行,正在拚死對抗。

第二節

江派搞暗殺
蘭州軍區闖邊境 習訪印發火

2014 年 9 月 11 日至 19 日，習近平出席在塔吉克斯坦杜尚別舉行的上海合作組織成員國元首理事會會議，並訪問了塔吉克斯坦、馬爾代夫、斯里蘭卡及印度。習這次帶給印度 200 億美元的投資預算，同時習也是印度新總理莫迪上任後接待的第一個大國首領。為了表示友好，習專門選在莫迪生日這天在他的故鄉和他見面。豈料如此精心安排的出訪，卻因一系列「意外」而令習近平非常難堪，從而怒火中燒。

撤職魏葦製造轟動效應

首先是中共駐印度大使的突然更換。習近平 9 月 17 日到訪印度，16 日習宣布人大決定，撤銷 58 歲的中共駐印度大使魏葦，臨時換上中共駐哈薩克斯坦大使樂玉成。

官方簡歷介紹，魏葦，男，1956年3月生於北京，研究生畢業。
2000年前在中共外交部及駐外使館曾任祕書和參贊等職；2000年
任上海市長寧區副區長；2002年12月被江澤民提拔為駐汶萊大使；
2013年1月開始擔任駐印度大使。

這次魏葦一直負責安排習近平出訪印度的各項具體事務，他
被撤職後，大陸官方沒有公布他未來的去處，而海外則有不少傳
言，猜測魏葦可能是牽扯到間諜案了，否則哪怕他涉嫌貪腐等罪
行，也不會在萬眾矚目之時臨時被撤換。中共歷來是「家醜不可
外揚」，對於「家醜」，一定是極力掩蓋。即使魏葦真有問題，
也要等到習近平出訪結束後再處理。此前駐冰島大使馬繼生也因
涉嫌向日本洩露國家機密而被撤換。

大陸媒體也曾發表文章解釋為何要臨時更換大使。文章稱，
因為習近平重視中印關係，才臨時把資歷更高的樂玉成替代了魏
葦。魏葦屬於正司級別大使，而樂玉成屬於副部級大使。不過這
個理由很難有說服力，越是重視中印關係，越應該保證使館工作
的連續性，越不能半路出岔子。

雖然習近平9月16日才宣布更換大使，但樂玉成在10日已
經到達印度，12日中午向印度總統遞交了國書。人們不禁要問，
那中共外交部為何不在12日或之前宣布換人，非要拖到國際社
會都在關注習近平出訪印度的前一天才公布呢？莫非習陣營要的
就是這個轟動效應？

垂死掙扎的江派多地布署暗殺習

有關魏葦被緊急撤職的真實原因，《新紀元》獨家獲悉，「這

牽扯到中南海高層博弈，和南京青奧會類似。」

2014 年 8 月 16 日到 28 日，國家青年奧運會在江蘇南京舉行。16 日習近平出席了開幕式，28 日李克強出席了閉幕式，但兩人都一反常態，沒有順道對江蘇進行視察，而都是全程嚴密防守，來去匆匆。開幕式上習近平還把中央軍委委員、總參謀長房峰輝帶在身邊，而被認為是周永康心腹的江蘇省委書記羅志軍卻打破常規沒有露面。在閉幕式上，陪同李克強的也有軍委委員、總政治部主任張陽，此時的房峰輝正在北京陪習近平會見上合組織。

習李為何要帶共軍首領去參加一個運動會呢？這很反常，不過看過被江派掌控的江蘇和南京的情況，就不難理解習陣營的小心翼翼了。因為早在薄熙來受審之前江派就放風說，習近平若要嚴懲薄熙來，江派就要報復，就要利用青奧會對習採取不利舉動。按照慣例，青奧會是中共國家主席必須出席的活動。

查閱青奧會的安排不難發現，南京青奧會主席也如駐印度大使一樣，臨時換了人，而且還不止一次。

2010 年 8 月 14 日第一屆青奧會閉幕式上，國際奧運會主席羅格將青奧會的會旗交到時任南京市市長季建業手中。季建業一直被認為是江澤民的揚州「大管家」。還沒等青奧會召開，2013 年 10 月 16 日季建業就因所謂經濟問題被中紀委雙規，3 天後被免職，2014 年 1 月被開除黨籍。

百度百科顯示，2011 年南京青奧會主席就從季建業換成了時任南京市委書記的朱善璐，2012 年變成了現任南京市委書記楊衛澤，但到了 2014 年正式開幕時人們發現，青奧會主席又變成了江蘇省長李學勇。

　　對於這一連串的人事變動，有人猜測習近平可能早就察覺季建業一夥的圖謀，從而藉經濟問題來消除政變或暗殺發生的可能。於是習近平、李克強到南京都得讓軍頭陪同，而且絕不去其他地方，以防地頭蛇們設圈套、進行暗殺。以此推測，假如江派想在印度搞事，那更容易了。因為習近平出國不可能帶太多隨從，只要進入江派地盤，只要習近平的所有行程都是江派大使布置的，出現暗殺、交通事故或其他意外那是極為容易的事。

　　《新紀元》周刊在 2009 年報導過，《印度心腹之患：毛派恐怖主義》（第 126 期，2009 年 6 月 18 日出刊）。江派一直控制中共外交系統，特別是曾慶紅及其親信，在世界多國與當地的黑社會勾結，暗通款曲。下令駐印度大使魏葦收買幾個印度毛派共產黨人去進行恐怖活動暗殺習近平，那是很容易的，此前曾慶紅已經幹過多次了。如 2004 年 6 月 28 日，曾慶紅就在南非搞出了機場高速公路上的槍擊案，企圖謀殺準備起訴曾慶紅的法輪功學員。江澤民、周永康、薄熙來與曾慶紅等人，對法輪功群眾犯下「酷刑罪、群體滅絕罪、反人類罪」等，相繼在全球 30 多個國家遭到起訴和審判，他們被國際社會認定是反人類的血債幫。

　　為了阻止危險事態出現，習近平陣營讓外交部撤換了大使，同時為了今後讓江派暗殺行動公布於眾、成為其罪行之一，習陣營故意選在出訪前撤換大使，製造新聞效應，也就不奇怪了。

　　如今中共外交部早已是江習鬥的小舞台，比如 2014 年 9 月 9 日江澤民第二次詐死事件發生後，中共外交部不是如往常那樣直接批駁謠言，而是神祕地回答說：「無法證實」（江是死是活）。

中印邊境對峙 習近平尷尬

當習近平的印度行解決了「大使圖謀不軌」的陷阱後，訪問進入第二天時，9 月 18 日一早又冒出了所謂「入侵事件」。中共軍隊進入印度聲稱的國境線內 3 公里處挖戰壕（也有報導說是 5 公里），一副要對印度開打的姿態。

美國之音報導說，「成百上千的印度和中國軍隊在喜馬拉雅高原開挖戰壕，致使印度陸軍司令蘇哈格取消對不丹的訪問行程，以專門應對兩軍對峙。這一對峙局面突顯出尋求建立更緊密關係的這兩個亞洲大國之間的巨大分歧。」《印度斯坦時報》報導說，「中國近年來在中印邊境的挑釁行動激增，從 2006 年入侵 140 次到 2008 年的 207 次，至今仍然維持這個頻率。」一年 54 周，除去周六、周日以及逢年過節或大雪封山的日子，中共軍隊幾乎每天都要到印度認為是屬於印度、而中國認為是屬於中國的土地上走一遍。

但這次卻不同，中共軍隊不是派幾個士兵去巡邏，而是突然派出 800 人在 Chumar 挖戰壕，於是印度派出 1000 人在相鄰的 Demchok 地區對峙。印度媒體因此大罵習近平，說他一面在和談一面想武力威脅。1960 年中印之戰給印度人留下了至今無法泯滅的記憶。

據悉，這個派兵命令不是習近平發出的。《新紀元》獲悉，當得知邊境事件後，習近平非常生氣，同時也很尷尬。後院起火、家裡人添亂，這是很難向印度人解釋得清的。於是人們看到，習近平一回國就衝著軍方發火，並開始嚴厲整肅軍隊。

突來的全軍參謀長會議

9月19日晚，習近平回到北京，與他同行的除了妻子彭麗媛，還有王滬寧、栗戰書和楊潔篪等人。20日習近平要求軍委下發通知，第二天9月21日官方報導說，經習近平和中央軍委批准，中共軍方召開全軍參謀長會議，總參謀長房峰輝出席會議。另外參與會議的還有：中共政治局委員、中央軍委副主席范長龍與許其亮，軍委委員常萬全、房峰輝、張陽、趙克石、張又俠、吳勝利、馬曉天、魏鳳和等。也就是說，整個中共軍委班子全出動了。據說全軍參謀長會議在最近幾十年都沒召開過，這次很特殊。

9月22日，習近平在北京京西賓館接見全軍參謀長會議代表。習講話稱必須努力建設「善謀打仗」的新型司令機關，不斷增強指揮部隊打贏信息化局部戰爭的能力。習還要求「強化號令意識」、「絕對忠誠」、「聽從指揮」、「確保政令軍令暢通」等。毫無疑問，這次出兵印度，不是號令出了問題，就是軍令不暢，下面做的和上面想的截然相反。

接下來23日，中共七大軍區海空二炮集體表態，支持習近平建新司令機關。

據說習近平將調整中央軍委，總後勤部政委劉源和總裝備部部長張又俠都很有可能晉升，其中至少一人將被任命為中央軍委副主席。與此同時。重慶、上海、湖南這些原來屬於江派掌控的地區，也都緊急撤換了武警總隊司令員，以確保習近平的命令能夠暢通地傳遞。

此前在2012年中共「18大」前夕，上海、浙江、廣西、山西、山東、黑龍江、上海等9個省分曾陸續調整了武警總隊將領，

2013 年兩會期間，中共武警部隊各省軍政主官也進行了「18 大」以來最大規模的調整。

回到印度邊境問題上，到底是誰在違背習近平的意願，下達軍令讓 800 士兵在有爭議之地挖戰壕呢？

蘭州軍區的行動與郭伯雄的命運

中印士兵對峙之地，中國稱為西藏的阿里地區，歸新疆軍區的第 13 邊防團防守。該團部隊編號是 69316，駐紮在西藏阿里獅泉河一帶，負責喀喇昆侖山南段、喜馬拉雅山西段，中國和印度、中國和尼泊爾邊境。該邊防團的「神仙灣哨所」是中共軍隊最高的哨所，海拔 5382 米，1982 年被中共中央軍委授予「喀喇昆侖鋼鐵哨卡」。該團有 800 人左右，這就是說，9 月 18 日那天，新疆軍區 13 邊防團是全體出動去挖戰壕了。

官方資料顯示，如今負責新疆軍區的是新疆軍區司令員劉雷。劉雷（1957 年～），山東聊城人，少將。2007 年任第 21 集團軍政委，2013 年任新疆軍區政委，同年任命為中共新疆維吾爾自治區黨委常委。

據知情人介紹，在中共軍隊的編制中，新疆軍區是按駐地來劃分的類似省軍區的稱號，但它隸屬於蘭州軍區。不過新疆軍區由於情況特殊，它又比一般省軍區高半個級別，蘭州軍區屬大軍區級別，新疆軍區就屬副大軍區級別。

蘭州軍區是原中共中央軍委副主席郭伯雄發家的根據地。2014 年 7 月中旬，就在上海民航飛機因為軍事演習而晚點或取消時，《新紀元》就報導了《郭伯雄老巢蘭州軍區缺席六大軍區演

練》的消息。當時中共六大軍區正在舉行為期三個月的實戰演習，不過獨缺蘭州軍區。而成都軍區駐西藏部隊卻結集在蘭州軍區地盤、河西走廊中部的「甘涼咽喉」要地。外界分析說，江派軍頭徐才厚落馬後，郭伯雄也被指大事不妙，已傳出被抓消息。

就在習近平訪問印度回國後，網路上傳出郭伯雄將被抄家的消息。此前《新紀元》在封面故事中報導了《郭伯雄危機！王岐山劉源拔掉江澤民軍中左右膀》（第 386 期，2014 年 7 月 17 日出刊）。按照中共軍隊的「雙首長」制，一個人想花錢行賄徐才厚，他必然同時行賄郭伯雄，只有兩人都同意了，他才能如願升官。何況郭伯雄的在軍隊的實權比徐才厚還多點。當時港媒報導說，郭伯雄 2014 年 4 月就被抓，7 月 9 日他的兒子郭正剛也被抓。

據《爭鳴》9 月號刊文披露，8 月 12 日下午 3 時，郭伯雄在出席離退休中共軍委委員北戴河第三小禮堂組織生活會上被宣布審查，帶離北戴河。據說郭伯雄返京被關押後的第三天就招供了四方面問題：一是他在蘭州、成都、廣州、深圳、南京、蘇州、濟南、青島各有一套別墅的業權，是由當地軍區分配的，據悉市價超過 6000 萬元；二是收油畫幾十幅；三是在國開行有 12 個帳號，存款 780 萬元；四是他收藏了 8 個國家的手槍 12 支。據說按照中共現行軍法，這些罪過足以讓其判處死刑。不過他主動交代了，也許會從輕發落。

可以想見為何習近平回國發火後，提出要增強指揮部隊打贏信息化局部戰爭的能力。起初郭伯雄為了配合駐印度大使魏葦的行動，在阿里地區安排了軍人行動，不過後來大使被撤職，郭伯雄也投降交代了，但西藏那邊卻還是出事了，習認為這就是信息不到位、軍令不暢通的表現。

第三節

南京青奧會兩大異常
或江派政變流產

習李南京行 軍委異常隨同

2014 年 8 月 16 日晚間，習近平出席南京第二屆夏季青年奧林匹克運動會。陪同習近平出席的有王滬寧、劉延東、孟建柱，甚至包括了軍委委員、總參謀長房峰輝，但江蘇省委書記羅志軍卻沒有陪同。羅志軍一直被認為周永康的心腹。

8 月 28 日晚間，總理李克強出席青奧會閉幕式，陪同人員中有軍委委員、總政治部主任張陽。習近平在 28 日會見了上合組織成員國總參謀長，中共總參謀長房峰輝會見時在座。

江派意圖政變習近平？

近期，有港媒一直在報導南京軍區參謀長楊暉涉嫌與徐才厚

一起組建私家軍，意圖對中南海不利的消息。《大紀元》也曾多次報導，原總參二部部長楊暉與周永康、以及周的祕書冀文林之間的關係。

早在薄熙來受審之前，坊間已經在傳，江派有計畫利用這次青奧會對習近平採取不利舉動，按中共慣例，青奧會是中共國家主席必須出席的活動。

2013 年 12 月 19 日，北美新浪網以標題《涉周永康案 江蘇省委書記羅志軍進去了》引述《澳洲日報》報導稱，據可靠消息，羅志軍因為捲入周永康案被調查，他和南京市委書記楊衛澤（前無錫市委書記）給周永康的兄弟和妹妹，以及兒子周濱輸送大量利益，目的是在薄熙來奪權後，羅志軍做公安部長，周永康對此做了承諾。

報導稱，羅志軍和楊衛澤都被調查中。

2013 年 4 月 29 日，周永康以「著名校友」身分訪問蘇州中學，羅志軍與省長李學勇、蘇州市委書記蔣宏坤作為陪同官員。

習李在江蘇不視察 或有難言之隱

習近平和李克強在南京參加青奧會期間，均未對舉辦地南京和江蘇其他地區進行考察。

據「察時局」分析稱，中共領導人離京出席大型國際性運動會開幕式期間，除了常見的接見中共代表團、會見與會的外國客人外，在當地黨政主要負責人陪同下，對舉辦地進行考察，也是一種慣例安排。此次習李「過江蘇而不察」，是近年來高層出席大型運動會開幕式前後唯一一次沒有在當地安排考察活動。

中共國家領導人如何安排活動、去地方參加活動是否進行考察，都是經過縝密考量的。因此習近平、李克強在江蘇沒有安排調研活動，更多原因可能是「不方便」在當時公開考察。

青奧會結束後江蘇異動連連

據報導，南京青奧會結束之後，南京市委書記楊衛澤被安排參加為期 10 天左右的中央黨校組織的幹部訓練。隨後，楊衛澤消失了 10 天，於 9 月 17 日在媒體上發文露面。在楊衛澤消失期間，外間傳言楊衛澤涉腐將被「雙規」。

9 月 17 日，江蘇省委書記羅志軍公開宣稱，表示要「深入學習習近平系列講話精神」、「以鐵的紀律維護良好政治生態」。

9 月 18 日，南京軍區政委鄭衛平會見了厄瓜多爾國防部長瑪麗亞·埃斯皮諾薩一行，傅勇以南京軍區副參謀長身分參加會見。此前傅勇的職務為南京軍區下轄的陸軍第一集團軍副軍長，此次意味著他已擢任新職。

傅勇成為南京軍區副參謀長，也被認為是當局對軍區參謀長楊暉的牽制。

坊間傳聞青奧會組委會主席曾換人

9 月 20 日，「中國茉莉花革命」引述消息指，中共政協委員、南京市政協主席沈鍵已被立案調查。沈是現任中共江蘇省委書記羅志軍的心腹。

2010 年 8 月 14 日，第一屆青奧會閉幕式的最後階段，國際

奧運會主席羅格將青奧會的會旗交到前南京市市長季建業手中。季建業一直被認為是江澤民的揚州「大管家」。

百度百科的報導，2011 年時候南京青奧會主席是時任南京市委書記朱善璐，2012 年執行主席是現任南京市委書記楊衛澤，但是到了這次青奧會開始時，主席變成了江蘇省長李學勇。

對此，坊間有兩種分析，一說是南京書記或者市長未能出任青奧會組委會主席的原因之所在，是政變行動時，級別太低；另一種說法是習近平抓捕季建業就是因為對此有所察覺，從而使得青奧會組委會主席一職也轉給了江蘇省長。

甚至還有說法稱，江蘇省按照周永康在位時候布署的青奧會「維穩」人馬，還遭習近平勒令裁減原有規模。

政法委「維穩」被減弱

江蘇是江澤民的老家，整個江蘇省的「維穩」一直按周永康主掌政法委時定下的規模進行，港媒報導，此次南京青奧會，江蘇省委通知省內各市「維穩要做到不顯山露水」。

7 月 29 日，周永康被宣布正式立案審查，江蘇也被令裁減原定「維穩」規模，南京青奧會組委會裁減了原定開幕式規模的三分之二，總體預算費用削減了一半。

習近平軍委布局內幕

第十六章

徐案後軍隊人事大洗牌

2014 年 3 月 15 日，中共三大軍頭之一徐才厚被抓捕。徐以買官賣官的方式一手提拔了 570 多名師級以上高級將官，其落馬對中共官場帶來的衝擊可想而知。（AFP）

第一節

徐案牽動軍委人事新布局

2014 年 3 月 15 日，71 歲的徐才厚被抓捕，成為很多中共軍官們終生難忘的一天。那天上午，當了 10 年中共中央軍委副主席的徐才厚被軍紀委正式調查。中共三大軍頭之一的徐才厚，以買官賣官的方式一手提拔了 570 多名師級以上高級將官，其落馬對中共官場帶來的衝擊可想而知。

高調曝光徐才厚被抓現場

據 2014 年 11 月 20 日出刊的第 32 期《鳳凰周刊》報導，「3月 15 日，正在北京 301 醫院治療晚期膀胱癌的徐才厚突然被叫走，某軍委領導當面宣布對他進行組織調查。」不過，據悉等徐才厚被帶回 301 醫院時，已經不許進入原來的病房了，而是被帶到了該院的東院小南樓。解放軍 301 醫院是中共最高級別的醫院，

專為地方省部級、軍隊軍級以上官員治病，鄧小平、江澤民等人都是在此住院或搶救的。

「幾個工人當著徐才厚的面，往窗戶上釘上隔離柵欄等安防設施。」「就在 15 日當天，在京的部隊就大面積知道了。因為院方把原來住在 301 醫院東院小南樓的人全都遷走了，而原本的警衛人員也都換了。」當晚，徐才厚在北京的妻女也隨即被抓，其祕書秦某亦被控制。

人們注意到，徐才厚被立案調查的當天，恰好是「中央軍委深化國防和軍隊改革領導小組」宣布成立之日，那天習近平以組長的身分出席了軍委深改組第一次全會。兩件事的時間重合，意味深長。按理說，官方可以按照中紀委的雙規慣例把徐才厚祕密帶往某處，再派出特別醫療隊同行，或在 301 醫院建立一個特別封鎖區，禁止任何人進入，但北京這次選擇高調騰空整個 301 南樓，讓這個消息傳得更快更遠。

隸屬於香港鳳凰衛視的《鳳凰周刊》以《國賊徐才厚查抄內幕》為封面，報導了徐才厚貪腐案的許多內幕細節。鳳凰衛視是極少數特許能在大陸發行的「境外媒體」，其老闆劉長樂出身中共軍方，曾在總參任職，後在香港營商並創辦鳳凰系。《新紀元》在 2012 年報導過，鳳凰衛視背後的真正老闆是葉劍英的兒子葉選寧，在薄熙來事件爆發前，葉家一度支持薄熙來，但後來葉家轉向支持習近平。《鳳凰周刊》曾經首家爆出前中共上海市委書記陳良宇在 2006 年落馬事件，2012 年 10 月曝光引發徐才厚落馬的關鍵人物谷俊山的貪腐問題，以及推倒谷俊山的劉少奇之子劉源 18 大仕途受阻的內幕。

據說葉選寧與習近平私交甚好，從這篇獨家報導的內容來

看，其報導尺度遠遠超過《鳳凰周刊》平常的內容，許多細節與之前海內外流傳的辦案情形吻合，另外，也報導了許多只有直接辦案者或者軍方最高層才能掌握的信息，被認為是中共官方提前放料、試水溫的結果。

徐家搜出上億現金 以噸計量

《新紀元》此前報導過，出生貧寒的徐才厚從小跟爺爺奶奶長大，大學畢業後被分到農場「接受再教育」，幾年後入伍，在吉林省汪清縣守備三師炮團任連副指導員。1982 年前後，徐才厚被送到北京解放軍政治學院（現在的國防大學）培訓，兩年後開始一路高升。

1992 年 11 月他被遼寧瓦房店老鄉于永波推薦給江澤民，成為中共解放軍總政治部主任助理。《鳳凰周刊》引述知情人士的消息稱，2014 年 3 月 15 日徐才厚被正式調查的當天晚上，中共軍事檢察院的辦案人員對北京阜成路上徐才厚的一處 2000 平米的豪宅進行搜查，搜查結果大大出人意料。

「原本以為社會上有關徐才厚涉嫌貪腐的傳聞很厲害了，且從谷俊山案發至今都兩年多了，徐才厚即使有什麼貪污，財物早就轉移完畢，家裡斷然不會有東西了。」「然打開豪宅的地下室，辦案人員還是嚇了一跳：裡面到處堆放著現金，有美元、歐元、人民幣，清點不過來，辦案人員只好拿秤來秤，再貼上封條。被查抄的現金足足有一噸多重！有的打著包甚至都未開封。」此前發改委能源局案中，副司長魏鵬遠家中被搜出兩億元現金，根據媒體的估算，一億元人民幣百元鈔票的重量約為 1.15 噸，如果《鳳

鳳周刊》該報導屬實，則徐才厚的一個住房內就搜出一億多元人民幣。

消息稱，此外在徐宅的倉庫裡，還有 100 多公斤、200 多公斤的和田玉，各種名貴的硬木和珍稀的翡翠製品。成堆的和田玉大多原封不動，有的只是去了玉石的一層外皮，露出裡面的大概成色。徐宅倉庫還有唐、宋、元、明歷朝的各種古玩器具和字畫。這些寶物都雜亂地放在屋子裡，堆積如山，辦案人員只得臨時叫來十幾輛軍用卡車將其全部運走。

在徐才厚原來的辦公地點、軍委總部八一大樓地下還有一個祕密儲藏室，裡面也放滿了現金，由其祕書和一名負責勤衛的女兵看管。據說徐才厚生活作風糜爛，與該名女子關係混亂。他答應給這名女兵「入學提幹」，可是一直不兌現，徐才厚退休後，這名女兵絕望了，一天從山東老家開來一輛麵包車，把徐地下儲藏室裡的現金裝了一整車，連人帶錢一起「失蹤了」。徐才厚自知理虧，也不敢叫人追查。

年僅 3 歲的外孫也有房產

《鳳凰周刊》還透露了一個頗具戲劇性的細節。徐才厚未被調查時，外界盛傳徐在上海有 4 套房產，徐認為是他人栽贓，大發雷霆，主動致電某軍方高官，讓其派人調查。後來軍紀委調查發現，該處房產確實不是以徐才厚名義登記的，而是徐才厚年僅 3 歲的外孫的名字。

徐才厚的妻子趙某是該起受賄案的被告。據說谷俊山的弟弟為了行賄，找到趙表明心跡，主動獻上上海的四套房產。一開始

趙認為是普通的上海房產，因而拒絕，但對方安排她到上海實地看屋，發現這是四套打通的師職軍官經濟適用房，房間裝潢豪華，地段頗佳，趙才欣然收下。徐才厚在四川成都也有別墅，受賄人同樣是其妻趙某。趙一開始去成都看了該處別墅後，嫌建物面積過小，對方於是加修擴建，占地數畝，趙才同意收下。外界猜測中共 18 屆四中全會上通報開除黨籍的原成都軍區副司令員楊金山中將，很可能與此事有關。

徐才厚病重病危期間，中共軍方通知其妻趙某前去探視，不料趙某竟然拒絕。據說徐才厚的荒淫無度已令其家人無法忍受。而妻子趙某收受賄賂後，賄賂的官員都受到徐才厚的「提拔」，因此徐才厚無法撇清受賄關係。

買官賣官是徐才厚第一大罪狀

《鳳凰周刊》還報導了谷俊山被抓受審的細節。2012 年 1 月下旬，中共軍紀委宣布對谷俊山進行調查。在谷俊山被調查前，徐才厚把他接走了。谷俊山欲作最後一搏，多次送給徐賄金，共計達 4000 多萬元。「在移交司法候審的日子裡，關押中的谷俊山有段時間每天都會哭上好幾個小時，而在發覺徐才厚未能像承諾的那樣保住自己後，谷俊山開始拚命『咬人』。」「谷俊山在任的時候氣焰十分囂張，除了對最高層級的軍隊領導俯首貼耳之外，對同級和下級軍官根本就不屑一顧。」據說谷俊山案涉 300 億元，受賄 6 至 8 億人民幣。

買官賣官是徐才厚的第一大罪狀。在長達十多年的時間內，大權在握的徐掌管著數百萬解放軍和武警部隊中高級領導幹部的

人事任免調配權，中高級軍官們的政治前途和職務升遷，徐一句話就可決定。京城有傳言，徐才厚在位期間，外人想見到徐本人，首先要通過祕書等關卡，請託送禮至少在百萬元以上。按照中共軍隊幹部任免規則，正師級以上軍官需要軍委領導批准，與其有權錢交易的人，職務至少應在正師級、副軍級甚至正軍級以上，其人數約在 570 人以上。

據悉，辦案人員在搜查徐宅地下室的賄金和贓物時，發現一箱裝在茅台年份酒包裝箱裡尚未開封的現金，內有某官員要求「進步」的簡歷。後來該名官員招供「為求進步」因而向徐才厚行賄。據說這位少將是四川省軍區政委葉萬勇。軍隊買官賣官現象之嚴重，《新紀元》在《習近平的太子黨盟軍》有關劉源的章節中披露了更多實例，甚至連中共高官太子黨若不送禮，都無法晉升。

官方加速查處徐案

儘管《鳳凰周刊》報導徐才厚貪腐上億，但中共官方內部通報的數額卻大大縮水。2014 年 4 月，中共中央和中央軍委就徐案對大軍區以上的高級將領做了通報，5 月下旬又對師級幹部進行通報，稱徐才厚的案情是收受谷俊山 4000 多萬元的賄金和 4 套房產。

媒體上的報導更是遭遇更大封鎖。20 日凌晨 5 時左右，海外中國數字時代網站披露中宣部密令：「原軍委副主席徐才厚案，一律以權威媒體統一口徑報導。各地各網站需嚴格檢查有關此案的相關報導，如出現問題將會嚴肅追責。」11 月 20 日，大陸各

大網站大量轉載《鳳凰周刊》有關徐才厚貪腐的報導，當晚所有轉載被迅速刪除。

不過第二天還是有人繼續抗命中共中宣部。微信帳號「政知局」從《鳳凰周刊》的文章中挑選出 10 個細節，隨後「北青網」等媒體以標題《徐才厚案 10 個過目不忘的細節》轉載了此文，且一直未被刪除。

中共軍事檢察院於 11 月 27 日宣布徐才厚案偵查終結。徐才厚從接受調查到移送司法機關僅隔 3 個月，再到偵查終結，前後也僅半年多，一般涉及同等規模的案子，拖上一年兩年都屬正常，快速偵徐案，似乎另有用意，徐才厚的膀胱癌傳再度惡化，可能也是官方加速查處的原因之一。

傳軍委副主席郭伯雄的祕書被抓

不過，快速處置徐才厚案，可能也是為了後續的清理軍方開路。11 月 2 日，古田「全軍政治工作會議」上，習近平稱要肅清徐才厚案在軍中的影響，釋放出拆除軍中江派勢力的信號。會上包括兩名「紅二代」、後勤部政委劉源及二炮政委張海陽等 6 人發言。

11 月 4 日中共現任軍委副主席許其亮在中共官媒上刊文，再次提到軍中存在腐敗現象，特別提到徐才厚案的影響，並稱要在軍中反腐，與此同時，另一現任軍委副主席范長龍在河北、內蒙古和山西駐軍也表態要肅清徐案殘餘。11 月 18 日中共總裝備部政治工作會議上，總裝備部部長張又俠也高調強調要肅清徐案影響。11 月 20 日，中共軍報刊發 8 名軍方學者的文章，中共國防

大學政委、上將劉亞洲表示,查處徐才厚、谷俊山等「只是解決問題的開始」。

11月20日,就在《鳳凰周刊》報導徐才厚貪腐細節的同一天,海外網路流傳,追究郭伯雄的行動已在此前3周開始。郭伯雄祕書被抓時,辦公室搜出數百萬現金、手槍兩把、子彈500發;同時已有20名將軍被抓。此前《新紀元》報導過,按照中共軍方的所謂條例,將領晉升,需要同時得到兩位軍委副主席徐才厚和郭伯雄的同意,於是買官者都需同時送禮徐才厚和郭伯雄。還有媒體稱,郭伯雄、徐才厚及中共前軍委委員李繼耐的多名親信,因涉貪而被中共軍紀委立案調查。11月15日,傳出中共海軍副政委馬發祥13日「跳樓自殺」,據稱馬發祥是郭伯雄的馬仔,被調查當天自殺。

6月30日徐才厚被公布落馬後,有關郭伯雄被查的消息就不斷傳出。早在2014年4月,港台媒體等紛紛報導,郭伯雄、徐才厚與周永康等相互配合圈掘巨額財富,郭伯雄的家財早在2010年就超過百億,其中不少是和谷俊山相互勾結、大量出售軍事用地得來的。2014年7月17日出刊的第386期《新紀元》在封面故事《郭伯雄危機了!王岐山劉源拔掉江澤民軍中左右膀》中報導了很多細節。

郭伯雄和徐才厚都是江澤民在軍中的代表人物,胡錦濤與溫家寶執政時,江澤民通過郭、徐等心腹架空胡錦濤,直到2012年重慶事件爆發,胡錦濤才藉機奪回軍權,但江派黨羽遍布軍中,習近平對周永康案延後處理,應與軍隊江派殘餘的清理還沒進行完有關。

傳前軍紀委書記張樹田被查

就在郭伯雄祕書被抓的 11 月 20 日同一天，不少香港雜誌報導說，「中共前紀委副書記、中央軍委紀委書記、總政治部副主任張樹田上將已被立案審查，隨時可能被捕。」

現年 73 歲的張樹田，河南商丘人，1992 年任中共武警部隊政委，1994 年晉升武警中將警銜；1996 年因李沛瑤案調任至蘭州軍區副政委；1998 年底任總政治部副主任，2000 年被授予上將軍銜；2002 年 11 月兼任中央紀委副書記，2003 年 1 月張樹田接替升任總政治部主任的徐才厚兼任了軍紀委書記，2004 年 12 月退役。

報導引述軍中知情人士消息稱，張樹田案牽涉到其同鄉谷俊山以及徐才厚和郭伯雄。由於張樹田一度主掌中共軍紀委，使之成為掩蓋軍中貪腐問題的主要保護傘之一。谷俊山案 2011 年底就案發，但一直被拖到 2 年多後的 2014 年 3 月 31 日才被提起公訴，其間習近平多次催促詢問都無效。

張樹田屬於正大軍區級，如消息屬實，張樹田將成為繼徐才厚後第二位被查的中共上將。

于永波恐怕難以脫身

關於習近平反腐面臨的局勢，時政評論人士林保華分析稱，「癌症末期的徐才厚，臨死還被逼吐出一些他的賣官網絡。僅僅是靠買官上來的將領，如果團結起來，勢力不容小覷。如果他們彼此了解底細而成立『軍中買官校友會』向習近平叫陣，難保習

政委馬發祥接到中央軍委紀委通知「前去談話」後，當場就縱身從 15 層高樓躍下，成為北京海軍大院幾乎人人皆知的事件。不過，據香港《南華早報》引述知情者提供的消息說，此事有兩個怪異之處：一個是誰都不敢議論此事，另一個則是馬發祥跳樓的消息先是通過微信傳播，4 天後中共官方才媒體靠引用港媒的報導予以證實，間接公布。

11 月 17 日，有網民披露馬發祥自殺細節。大陸微信帳號「察時局」陳述馬發祥是在位於北京公主墳的海軍大院東區 100 號樓15 層縱身跳下自殺身亡，自殺原因可能是因為「抑鬱症」。11 月17 日大陸新浪網以《港媒：海軍副政委馬發祥跳樓身亡》為題刊發此消息，同時也援引了「察時局」的說法。

官方簡歷顯示，馬發祥是海軍軍系出身，歷任海軍政治部祕書長、海軍裝備研究院政委，2005 年 7 月晉升海軍少將軍銜，之後繼續升任至海軍政治部主任、海軍副政委，是中共 17 大代表。

為何官方允許新浪網報導馬發祥的自殺消息呢？有分析猜測這是官方想用間接方式證實馬的死訊，從而警告其他貪官，明白自己身處的險境。也有評論稱，種種跡象表明，繼政法系統和中石油系統被清洗之後，習近平陣營正在不動聲色地在軍隊進行大整肅。據軍中消息人士透露，此波抓貪主要針對總政、總後和各地方省軍區。軍隊反貪調查已經觸及各軍兵種、各大軍區，而且落馬的 8 名將軍中，大部分都是徐才厚的親信。

姜中華自殺或與暗殺胡錦濤有關

不過，這已經不是中共海軍少將跳樓身亡的第一例。3 個月

前的 9 月 2 日下午，海軍少將姜中華在浙江省舟山市怡東凱麗酒店跳樓身亡的照片被大陸微博曝光，但中共官方至今對此諱莫如深，軍方亦沒有任何回應。姜中華此前擔任中共海軍南海艦隊裝備部部長，之前曾任南海艦隊榆林保障基地司令員。曾有日媒報導，榆林基地是中共海軍核潛艇基地，曾駐泊多艘 094 型戰略核潛艇和 093 型攻擊核潛艇。

有人猜測姜中華之死與洩密核潛艇有關，也有認為與暗殺胡錦濤有關。

據《新紀元》2012 年 8 月出版的《中南海政治海嘯全程大揭祕》透露，2004 年江澤民卸任軍委主席後，郭伯雄和徐才厚作為江澤民的「監軍」，連手架空了胡錦濤，直到 2012 年重慶事件爆發，胡錦濤才藉機奪回軍權。但江澤民、郭伯雄、徐才厚的黨羽遍布軍中。

2006 年、中共 17 大召開的前一年，5 月初，江澤民和胡錦濤分別去了青島。當胡乘坐中共一艘導彈驅逐艦到黃海視察北海艦隊時，兩艘軍艦突然同時向胡乘坐的導彈驅逐艦開火，打死驅逐艦上 5 名海軍戰士。驚慌失措之下，載著胡錦濤的導彈驅逐艦立即調頭，疾馳駕駛艦隊離開，直到安全海域。當時，江澤民還約情婦陳至立到青島等候暗殺胡錦濤的「佳音」。

為了避免再次受暗殺，胡換乘艦上的直升機飛回青島基地，未敢停留，也未回北京，直飛雲南。江澤民一直設法打探胡的消息，但沒人知道任何消息。一個星期之後，胡把一切安排妥當，才回北京露面。事後官媒新華社發消息稱，胡錦濤 11 日至 15 日在雲南考察。

受命於江澤民，安排暗殺胡錦濤的海軍司令張定發，不久「患病」死去。死後，既沒有弔唁也沒有悼詞。中共官媒新華社、《解

放軍報》都意外地沒有報導這位海軍司令的死亡信息，只有隸屬於海軍的小報《人民海軍報》2006 年 12 月 17 日在頭版刊出個簡訊：「中央軍委委員、海軍原司令張定發同志，因病於 12 月 14 日在北京逝世，享年 63 歲」，消息中只有一個簡單得不能再簡單的履歷，甚至連刊登黑白遺照都無。

2006 年北海艦隊暗殺失敗 3 年後，江澤民又下令郭伯雄安排了針對胡錦濤的另一暗殺活動——「黃海謀殺案」。2009 年 4 月 23 日，中共軍史上規模最大的多國海上閱兵活動在青島海域舉行，來自 29 個國家的海軍代表團、14 國海軍 21 艘艦艇匯聚黃海。時任中共軍委主席胡錦濤在閱兵開始之前，得到密報：江澤民的人馬準備在 23 日早上 9 點開始的閱兵時，在 14 國海軍艦艇的面前直擊胡錦濤。

於是，胡突然更改計畫，先會見 29 國海軍代表團團長。同時派軍中心腹將企圖「弒君」的海軍艦艇官兵「搞定」。12 時左右，一切就緒後，胡身著西裝開始閱兵。據悉，當日胡錦濤招手致意時，臉上肌肉緊繃，而旁邊站著的軍委第一副主席、江的親信郭伯雄行軍禮時，手猶瑟瑟發抖。

有評論稱，作為郭伯雄的馬仔，馬發祥自殺係企圖逃避對其罪行的清算，顯示軍中的江派勢力正極力「負隅頑抗」，習近平陣營與江派之間的博弈將進一步升級，郭伯雄很可能步徐才厚的後塵被拋出，而郭伯雄的後台江澤民也很可能被觸及。

劉斌涉湯燦錢色醜聞

此次被抓捕的 8 名中共將領中，劉斌深涉官媒中嚴重的錢色

貪腐。11 月 15 日晚，大陸多個微博傳出，13 日北京軍區戰友歌舞團團長劉斌被軍紀委帶走。不過，官方未證實這個消息。

劉斌原為京劇演員，1984 年進入北京軍區戰友歌舞團，曾首唱軍旅歌曲《當兵的人》一曲成名。現任北京軍區戰友文工團團長，副軍級待遇。

當時有網民披露，「忽聞戰友歌舞團團長劉斌被軍紀委帶走接受審查！有媒體人稱這不意外。1998 抗洪期間，武漢搞一場義演，此人要出場費，否則不出場。當地媒體準備報導，因軍人身分稿子被和諧。」「此人潛規則了不少女文工團員，潛完後送給大手掌（首長）。」

還有網民說，「2010 年 9 月在徐才厚授意下北京軍區政治部主任董萬才讓戰友文工團的劉斌特招師妹湯燦入伍戰友文工團。湯燦說非常感謝劉斌團長的知遇之恩，讓其演唱之路翻開了一個新的篇章。」

據大陸百度資料顯示，1986 年劉斌在官方中央電視台「春晚」後走紅。據劉斌講，1999 年 10 月 1 日，在當晚的文藝晚會上演唱《當兵的人》，受到時任前中共黨魁江澤民等官員的接見。

2011 年底大陸網路傳出「公共情婦」軍旅歌手湯燦（右）被中紀委帶走調查的消息後，有關劉斌（左）的消息不斷曝光，網傳劉斌與湯燦有染。（大紀元資料室）

網傳劉斌與湯燦淵源深

2011 年底，大陸網路傳出被稱為「公共情婦」的軍旅歌手湯燦因涉貪腐、性賄賂被中紀委帶走調查的消息後，有關劉斌的消息不斷曝光。此後，據新浪博客署名「遠行的星」刊文稱，湯燦能有今天的事業，背後離不開 3 個男人的支持，除了其老師金鐵霖和導演陸川之外，就是被湯燦稱為有「知遇之恩」的劉斌。

湯燦 2010 年 9 月被特招入伍，命運從此改變。這一年湯已38 歲，早已過了文藝演員的黃金年齡。據外媒報導，湯燦被戰友文工團團長劉斌「潛規則」後，獲軍委副主席徐才厚青睞，搖身穿上軍裝。入伍後，湯燦更被授予了文職級別三級，專業技術五級，大校軍銜，享受副師級待遇，可見提攜人的背景深厚。

湯燦自 2011 年底至今未曾露面。2014 年 11 月 26 日，大陸知名博主秦全耀發博文《中國三大尋人啟事》，其中質疑湯燦的去向。文章稱，湯燦說沒就沒了，有人說湯被判 15 年，也有人說已被祕密處死。

據悉，劉斌的問題涉徐才厚和湯燦外，還和他自身的生活作風腐化等問題有關。11 月 16 日，中共中央軍委副主席許其亮在軍隊文藝工作會議上，暗中提到劉斌的問題。

劉錚：谷俊山的繼任者

第三位被抓的是總後勤部副部長劉錚，他不但人被帶走，還被軍紀委抄家，從家中起出不少涉嫌貪腐的證據。

劉錚歷任總後勤部司令部通信自動化局局長，總後勤部司令

部副參謀長。2009 年 12 月任總後勤部司令部參謀長，2012 年 12
月，他接替原總後勤部副部長谷俊山的職務，任總後勤部副部長。
消息指他長期負責總後通訊裝備的採購，且在升遷過程中涉嫌向
時任軍委副主席徐才厚買官。徐才厚當時分管總政和總後。

據悉，劉錚向徐才厚行賄 2000 萬元。該消息若被中共官方
證實，劉錚將是劉源出任總後勤部政委後第二名被查的副部長。

宋玉文與于善軍

繼海軍副政委馬發祥跳樓身亡後，又傳出吉林省軍區副政委
宋玉文也已上吊身亡。這已是 3 個月來，連續傳出 3 個中共將領
自殺身亡。

11 月 19 日，法廣、中央社等援引海外中文媒體消息報導，
吉林省軍區副政委宋玉文少將在調查期間上吊身亡，時間在 11 月
15 日前。

宋玉文長期在吉林省任職，曾任通化軍分區政委，2009 年升
任吉林省軍區政治部主任，2012 年晉升少將，2014 年 8 月任吉
林省軍區副政治委員。吉林省軍區隸屬瀋陽軍區。

1972 年至 1984 年，徐才厚也曾在吉林省軍區擔任過政治部
副主任等職，此後長期在瀋陽軍區任職，2007 年至 2012 年任中
共軍委副主席，因此瀋陽軍區被認為是徐才厚的地盤。

11 月 13 日，總政保衛部長于善軍也被捕。于善軍也是少將
軍銜，1953 年 12 月生，河南濟源人，曾任蘭州軍區某高炮旅政委、
蘭州軍區政治部保衛部部長。2007 年任總政治部保衛部副部長，
2009 年任總政治部保衛部部長。

退休也難逃抓捕

這次被軍紀委拘查的還有 3 位中共退役將領，一是原黑龍江省軍區司令寇鐵少將。64 歲的寇鐵出身中共野戰軍，歷任排長、參謀、副科長、科長、裝甲兵處長、40 集團軍機械化師副師長、摩步師師長、40 集團軍坦克 5 師師長、40 集團軍參謀長、副軍長、23 集團軍軍長、黑龍江省軍區司令員。40 集團軍和 23 集團軍都屬瀋陽軍區，是徐才厚的勢力範圍。2010 年屆齡 60 退役，少將軍銜。

另一位被軍紀委拘查的中共將領是湖北省軍區原司令苑世軍。此人 1949 年 11 月生，河北邢台人。1997 年升少將軍銜。1994 年 3 月至 1999 年 9 月任駐香港部隊副司令員，1999 年 9 月至 2003 年 6 月任廣東省軍區副司令員，2003 年 6 月任湖北省軍區司令員，2007 年 6 月任湖北省委常委、省軍區司令員，2008 年起擔任解放軍代表團的中共人大代表。

瀋陽軍區原聯勤部參與活摘器官

11 月 13 日同批被拘查的退役將領還有瀋陽軍區原聯勤部長王愛國。王愛國長期在瀋陽軍區野戰軍任職，2007 年即升少將，深得徐才厚賞識，將他扶上聯勤部長之位，2011 年屆齡退役。

瀋陽軍區是最先活摘法輪功學員器官的地方，薄谷開來、王立軍、薄熙來、周永康、徐才厚就是最早參與活摘器官、犯下反人類罪行的人。作為負責為各兵種提供軍需、衛勤、軍事交通運輸等保障的瀋陽軍區聯勤部，很可能涉足活摘法輪功學

員器官的罪惡，因為最早曝出活摘法輪功學員器官的蘇家屯正處於瀋陽地區。

瀋陽軍區是最先活摘法輪功學員器官的地方，江派人馬薄谷開來、王立軍、薄熙來、周永康等就是最早參與活摘器官、犯下反人類罪行的人。（大紀元合成圖）

2014 年 9 月，追查迫害法輪功國際組織對原中共解放軍總後勤部衛生部部長白書忠進行了電話調查，白書忠供認是前中共國家主席江澤民批示用法輪功學員器官做移植。

調查員提到，「你們和這些聯勤一分部、二分部包括聯勤四零分部，他們負責的軍隊醫院有沒有直接領導和被領導的關係？」白書忠回答，他們掌控軍醫大學，江澤民對活摘器官這事很重視，「還是很重視這個問題，都有批示的。」

資料顯示，在 1999 年 7 月江澤民開始非法鎮壓法輪功後，瀋陽軍區聯勤部也緊緊追隨，成立了「法輪功辦公室」，迫害軍中法輪功學員。比如曾在黑龍江省佳木斯市 224 醫院工作的麻醉師王紀平就曾被非法關押在瀋陽軍區聯勤部，被殘酷折磨，並於 2009 年被迫害致死。8 月 5 日，「澳洲新聞網」報導稱，出身瀋陽軍區的中共副總參謀長侯樹森捲入徐才厚案。據稱，遼寧阜新一大老闆在接受調查時，供出了侯樹森是他向徐才厚行賄 1000 萬的牽線人。

　　另據大陸媒體報導，11 月 11 日，侯樹森以「原副總參謀長」的身分出席在珠海舉行的第 10 屆中國國際航空航太博覽會開幕式。這是官方媒體首次披露侯樹森被去職的消息。

　　侯樹森是在 2009 年被江澤民提拔，2005 年時剛任瀋陽軍區參謀長，這種火箭式提拔速度的背後原因就是因為侯積極從事活摘法輪功學員器官的工作而受江提攜。1999 年 12 月到 2005 年 12 月，瀋陽軍區聯勤部部長正是侯樹森，而這 5 年間正是中共軍隊醫院參與活摘法輪功學員器官最為猖獗的時期，其屬下的後勤部隊也參與了活摘器官的運輸工作。

　　綜上所述，當年瀋陽軍區聯勤部的侯樹森、王愛國、康曉輝等人相繼被查，除了貪腐外，顯見其中還深涉活摘器官的黑幕。

劉源暗中主管軍紀委

　　據《新紀元》獨家獲悉，近來中共軍隊一系列貪腐將領的落馬，都與原中共國家主席劉少奇之子、現總後勤部政委劉源有關。雖然對外沒有宣布劉源的新職位，但劉源已經在暗中掌控軍紀委，並開始對軍隊貪官進行密集調查。

　　一位不便公布姓名的知情人告訴《新紀元》：「查得很厲害，上溯 25 年，搞得提心吊膽的。主要查政工、後勤和沿海地區，比如海軍、廣東軍區，20 幾年前的陳年老帳都翻出來查。比如南有 42 軍，以廣東軍區為主，北有 27 軍，南邊主要查走私，北邊主要查賣官，27 軍駐紮在大同，山西的煤礦很多，27 軍也自己挖煤賣錢，不過掙的錢基本給了部隊，1990 年代後他們就收手了，所以這次 27 軍抓的人不多，但海軍走私就太厲害了。汽車、石油、

毒片，什麼掙錢走私什麼，比海盜、走私團伙還厲害。用軍艦走私，堪稱世界一絕。南海、東海、北海艦隊，走私成風，海南島的……空軍也走私，當時廣州空軍，用飛機走私，只是空軍換人換的快，現在基本都換光了，查不到了。」

他還說：「習近平用劉源來查貪腐，現在軍隊內部空氣特別緊張。外界看到的那幾個落馬的，不是原因，只是一點小結果，所以人跳樓死了，其他人也不敢議論，說不定明天就輪到自個兒了。現在人心惶惶的，有些老軍頭脾氣爆，看到比自己高的大老虎都還沒被查，倒先輪到自己了，不服氣，但又沒辦法，就跳樓自殺了。我估計今後自殺的會更多，那些貪腐金額大的、官銜高的，哪怕是自殺，官方也只會說是病死的，以後『病死』的會很多的，等著看吧！」

據他描述，一次習近平在廣州軍區的親信到基層走訪，偶然遇到一個開奔馳 600 的團級幹部，習感到吃驚。一個團級幹部，又不在廣州市，一個月工資也就 200 元人民幣，怎麼可能買得起呢？

42軍中有3個師：124、125、126師。「126師原來就是邊防師，後來變成了武警，駐紮在惠州，管深圳的邊防，撈了很多錢。那時張萬年、于永波的那些江派人馬，撈錢都很凶，深圳、珠海都歸他們管，他們不光靠走私、炒地皮發財，還給老軍頭運送黃色錄像，非常囂張，而且和地方關係搞得最緊張。」

「廣東當地的黃、賭、毒，比如東莞深圳惠州等，不是公安在背後撐腰，而是駐軍武警和軍隊。為了爭點利益，軍隊經常和地方打起來，開著軍車就去了，幾句話不對勁，槍就掏出來了，地方政府管不了，百姓恨得要命，但中央不管，江澤民就是搞錢

來拉攏人，誰給錢，就聽誰的。」

　　《新紀元》此前報導了江澤民的腐敗治軍。1998 年朱鎔基在一次「反走私」會上講：光 1998 年上半年軍隊開槍、開炮打死海關緝私人員及公安武警、司法人員 450 人，打傷 2200 多人。他們還動用軍方氣象台來服務，冒用總理簽字，隨便蓋上軍委副主席大印就冒領 20 億，事情到江澤民那裡就被壓下了，軍隊的這些行為真使海盜、響馬、地方貪官皆望塵莫及。

　　1998 年 11 月在西山軍委、軍紀委生活會上，中共國防部長遲浩田也承認：「1994 年以來，軍隊所辦經濟實體的資本及收入 80％以上被高、中級幹部挪走私分，每年軍費中有 50％以上是花在高、中級幹部吃喝、出國旅遊、修建豪華住宅、購買豪華轎車上。」

　　有學者曾把中共軍隊的現狀與清朝北洋軍隊相比較發現，如今的中共軍隊還比不上北洋水師，無論如何改革、反腐，都是小修小補，若不終止共產專政，特別是在犯下反人類罪行後，假如不能在這些大是大非上做出明智的選擇，其滅亡的結局是很難改變的。

第三節

中共數十名高級將領
職務遭調整

10 名共軍高級將領履新

習近平掌控軍權之後，對軍隊高級將領進行了密集調整，從 2014 年 12 月 1 日至 26 日，至少有 10 名共軍高級將領履新，涉及的職位包括武警部隊司令員、政委，海軍政委、副司令員等。

據中國軍網 12 月 25 日報導，中共軍委委員、海軍司令員吳勝利與海軍第 18、19 批護航編隊視頻通話，由海軍政委苗華主持。在京出席的官員包括海軍副司令員杜景臣、蔣偉烈、劉毅、丁毅等。

這是蔣偉烈首次以海軍副司令員的身分出現，也是苗華首次被明確報導其海軍政委的身分。蔣偉烈此前是廣州軍區副司令員兼海軍南海艦隊司令員，苗華此前為蘭州軍區政委。

12 月 22 日，中共軍委副主席許其亮宣布，武警部隊政委許

耀元與軍科院政委孫思敬對調的任命。孫思敬已轉任武警部隊政委。中共武警部隊司令王建平調總參任副總參謀長。

此外，近期職務進行了調整的共軍高級將領還包括：廣州軍區前副政委兼南海艦隊前政委王登平，出任海軍副政委；前總參謀長助理高津，出任軍事科學院院長；成都軍區前副政委柴紹良，出任總裝備部副政委；廣州軍區聯勤部前政委吳社州，出任濟南軍區政治部主任；總參戰略規劃部前部長張鳴，出任濟南軍區參謀長。

在這一輪中共高級將領職務調整的同時，中共政壇也出現震盪。12月6日，官方宣布，中共前政法委書記周永康被開除黨籍，並予以逮捕。12月22日，中共政協副主席、統戰部部長令計劃被調查。

再往前推，徐才厚落馬後，中共軍隊也變動頻繁。

如2014年7月26日，據港媒報導，曾任徐才厚秘書的濟南軍區政治部主任張貢獻證實被撤職，此外，還有多名少將涉徐才厚案接受或協助調查，包括二炮副政委于大清少將、中共軍報社前社長黃國柱少將、四川省軍區前政委葉萬勇少將、西藏軍區副政委衛晉少將、前湖北省軍區副司令蘭偉杰少將、前山西省軍區司令方文平少將及總後勤部副參謀長符林國少將，他們之中已有多人獲中共官方證實被查。

8月8日，中共官媒報導題為《習近平布局軍隊改革：破體系壁壘，謀三軍轉型》一文中，提到陸軍轉型、「建設現代化陸軍的核心」等問題。

8月13日，有港媒報導，據北京方面消息，中共軍隊改革意向初步提出，濟南軍區將被整編為陸軍總部，其他軍區微調後改

稱方向戰區，原濟南軍區人員調整內容暫未出爐。

9月30日，媒體報導中共濟南軍區第26軍軍長譚民，接替高光輝，擔任瀋陽軍區第16軍軍長。

10月7日有報導說，原濟南軍區第20集團軍政委徐忠波已接替徐遠林，出任第54集團軍政委。此前8月1日前夕，徐遠林升任蘭州軍區政治部主任。9月27日，中共軍報透露，第20集團軍原政治部主任薛君接替徐忠波擔任集團軍政委。

10月13日，網上有消息稱，瀋陽軍區副參謀長張岩已跨區填補譚民留下的第26集團軍長的空缺。10月23日，《解放軍報》稱，原南京軍區第12集團軍政委張學杰已調任第31集團軍政委。10月1日，原第1集團軍副政委周皖柱已接替張學杰，調升第12集團軍政委。

8名少將同一日受調查

11月16日，習近平當局宣布將中共軍方審計署劃歸中央軍委建制，由軍委辦公廳直接管轄，中共軍方審計署主管全軍審計工作。

11月17日，據多家媒體報導，8名少將受到調查，其中有總後勤部副部長劉錚，前湖北省軍區司令員苑世軍，黑龍江省軍區司令員寇鐵，瀋陽軍區聯勤部長王愛國，總政保衛部長于善軍，北京軍區戰友文工團團長劉斌，吉林省軍區副政委宋玉文少將，以及傳11月13日跳樓自殺的海軍副政委馬發祥。

新一波人事調整涉四總部、七大軍區

12 月 4 日,大陸官媒證實,中共軍隊信息工程大學副政委、紀委書記高小燕被軍隊檢察部門帶走。

12 月 8 日,大陸官方媒體證實中共南京政治學院副院長兼上海分院院長戴維民少將 11 月中旬被調查。

據港媒 12 月 20 日報導,前中共駐港部隊司令、現任北京軍區司令張仕波與國防大學校長宋普選對調職務。

財新網 12 月 24 日報導,11 月 22 日,中共少將、軍事科學院世界軍事研究部原副部長羅援於北京香山論壇期間在微信上曾透露,中共在處理徐才厚案件的同時,中共軍方也在調整軍隊人事。這波調整幾乎涉及所有四總部、七大軍區、三大軍兵種和武警部隊,其中副大軍區級和正軍級更是有幾十人。

中國大變動系列 **028**

習近平軍委布局內幕

作者：新紀元編輯部。**執行編輯**：王淨文／張淑華／黃采文。**美術編輯**：吳姿瑤。**封面設計**：R-one。**出版**：新紀元周刊出版社有限公司。**地址**：香港荃灣白田壩街5-21號嘉力工業中心B座3樓25。**電話**：886-2-2949-3258（台灣）852-2730-2380（香港）。**傳真**：886-2-2949-3250（台灣）／852-2399-0060（香港）。**Email**:mag_service@epochtimes.com。**網址**：www.epochweekly.com。**香港發行**：田園書屋。**地址**：九龍旺角西洋菜街56號2樓。**電話**：852-2394-8863。**台灣發行**：高見文化行銷股份有限公司。**地址**：新北市樹林區佳園路二段70-1號。**電話**：886-2-2668-9005。**規格**：21cm×14.8cm。**國際書號**：ISBN978-988-13131-5-7。**定價**：HK$128／NT$450。**出版日期**：2015年1月。

新紀元
NEW EPOCH WEEKLY

www.ingramcontent.com/pod-product-compliance
Lightning Source LLC
Chambersburg PA
CBHW060218030726
47499CB00004B/1096